JN177271

橘花紅月
Kitsuka Akatsuki

文芸社

# 混昔物語　目次

# 混昔物語

〜日本昔話奇譚〜

# 0　都の陥落

娘は改めて悟った。自分はしくじった、決断するのが遅過ぎたのだと。

復讐。その二文字だけを頭と胸に刻み込んで海を渡ったはずなのに。どれだけ時間が掛かろうとも、どんな手を使おうとも、必ず仲間の無念を晴らして奪われた宝を取り戻すと誓ったはずなのに。余計な感情を捨て、全てを抛つ覚悟で臨んだはずなのに——。

どれ一つとして守りきることができなかった。

都全体がいつになく騒々しい。草木も眠ろうかという時刻なのに、あちこちから闘争心による咆哮と恐怖心による悲鳴が聞こえて来る。地獄絵図の背景に流れる音楽としてこれ以上相応しいものはないだろう。

確かめずとも分かる。島のみんなが娘の代わりに仲間の仇を討つため、都まで大挙して押し寄せて来たのだ。喧騒の正体は彼らの吠え猛る声と、都を守るために闘う人や逃げ惑う人たちの叫び声。

娘は主人を起こすために寝室に駆け込んだ。

「旦那様！　大変です！」

「一体何事なんだ？」

起こすまでもなく、既（すで）に主人である男は起きていた。

「都に……鬼の大群が押し寄せて来ました」

そう。今都を襲っているのは人ではない。人の何倍もの力を持つ、異形（いぎょう）の者たち。

「鬼？　鬼というと……」

「あなた様が以前辿（たど）り着いた島で見た、あの者たちです」

「……なぜそれを？　私は君に、あの島に行ったことは話していないはずだが」

「それは……わたくしもまた、鬼の子だからです」

「……何だって？」

「わたくしは人ではありません。今は姿を偽っているだけなのです」

「……なぜ、そのようなことを？」

「わたくしはあなた様に復讐するためにここに来ました。こうしてお仕（つか）えしているのもあなた様に近づくため。そのためだけに、わたくしはこのお屋敷にいたのです」

娘が屋敷にやって来たのは一年以上前のこと。娘は仲間の命と島の宝を奪い去った男を亡き者にするために、単身島を出て男の居場所を探した。

発見した時、男は都の中でも一際目立つ屋敷に住み、宮中にも出入りしていた。その様子から男はそれなりの地位にあると分かった。

娘は人間に姿を変え、小間使いとして男に近づいた。まずは様子を見ようとしたのだが、仕えてすぐに、男が地位だけでなく富と名声も手にしていると分かり、復讐心が大きく燃えたぎった。どうせ奪った宝を使ったに違いない。あの宝にはそれだけの力がある。

最初は命令だから臨んだ復讐だったが、娘は自分自身の意思として、刺し違えてでも男の命を奪うと心に決めた。

復讐心は男一人にだけ向けられたわけではなかった。彼といつも一緒にいる妙齢の美女。髪を綺麗に整え煌びやかな着物に身を包んでいるせいか娘の知っている容姿とは雰囲気が異なるが、見間違いではない。彼女は男と一緒に島にやって来た女だ。二人は今、夫婦として一緒に暮らしている。

女も殺せとは命令されていない。仲間の命を奪ったのは男の方であり、女はただ縮み上がって怯えていただけと聞いている。だから女への復讐心は完全に私情だった。

二人はいつも仲睦まじい。幸せを満喫するように頬が緩みきっており常に笑顔が絶えない。二人の間に子供が生まれてからはなおさらに、屋敷全体がまるで桃源郷のごとく彼らに感化された生温い空気に包まれた。娘にはその温さが酷く不快だった。

だからこそ、男の幸せに一役買っている女や子供のことも許せなかった。
隙（すき）あらば三人まとめて始末する。娘はずっとその思いを胸に秘めて献身的に働いた。どんな仕事も嫌な顔一つせず完璧にこなし、徹底的に二人に尽くした。そのかいあって娘は使用人の中で最も信頼され、旦那が宮中に出かける時も同行を頼まれるほどの立場を得た。復讐を果たすには願ってもない境遇だろう。旦那や奥方と二人きりの瞬間を作ることなど今や瞬（まばた）きをするように容易（たやす）い。

だが旦那の信頼が厚くなるほど逆に娘は追い込まれていった。屋敷にいる時の様子、宮中で帝（みかど）のために働く様子、町で知り合いと談笑する様子などを眺めるうちに、娘の旦那に対する評価や認識が少しずつ変化していった。

初めは残忍で冷酷なだけの男だと思っていた。平然と他人の不幸を踏み台にして自分の幸福を掴（つか）み取る男だと。だが違った。彼は女房を慕い、我が子を愛（いと）おしみ、友人知人を大切にし、帝を敬い、使用人にも慈悲を惜しまない。

彼を見ていると胸が温かくなる。いつからか娘の胸中には、復讐の炎による熱さとは違う、もっと別の心地良い火が明るく灯（とも）るようになった。

娘は自分に言い聞かせた。自分は何のためにここにいるのか。何をしなければならないのか。果たさなければいけない目的は何なのか。

ある晩、娘は意を決して旦那の寝室に忍び込んだ。手には旦那や奥方の料理をこしらえるために使っている包丁。娘は寝ている旦那の横に座り、両の手で力いっぱい包丁を握ってゆっくり振り上げた。旦那に聞こえるのではと思うほどの動悸がした。

「……旦那様……」

そこで娘の時間は止まった。

今にして思えば、あの瞬間に止まったのは時間だけではなかったのだろう。復讐の炎が燃え盛る勢いも一緒に止まってしまったに違いない。

あれが運命の分かれ目だった。あの時躊躇せずに包丁を振り下ろしていれば、都が戦場になることもなかった。無関係な人たちが巻き込まれることもなかった。鬼と聞くと人々は無条件に恐れを抱くようだが、ほとんどの鬼は理由もなしに無関係な人間に危害を加えたりしない。野蛮な無法者が多少なりともいるのは人間だって同じだろう。

「――申し訳ありません。旦那様」

娘は旦那に全てを打ち明けた。自分が屋敷に来た目的と、今の気持ちを。

「わたくしたちには神通力という力があり、ある程度なら離れていても互いのことが分かるのです。あの者たちは今のわたくしに復讐を果たす気がないことを知り、強硬な手段に出たのでしょう。全てはわたくしのせいなのです。わたくしが……」

旦那の指がそっと娘の頬に触れる。

旦那は怒ることも咎(とが)めることもせず、ただただ優しく微笑(ほほえ)んでいた。

娘は泣き崩れた。どうしてこんなに優しいのか。娘にはそれが嬉しくもあり、悲しくもあった。こんなに優しい人じゃなかったら、あの時躊躇せずに済んだのに。

仲間の仇が、討てていたのに――。

旦那は何も言わず娘の頭を撫で続けた。それがまた娘を嬉しい気持ちにさせ、悲しい気持ちにさせた。だがおかげで覚悟も決まった。

涙を拭(ぬぐ)って顔を上げ、娘は旦那の目をしっかりと見つめた。

「旦那様。今すぐここからお逃げ下さい」

「そうはいかない。事情はどうあれ、都が襲われていることには変わりがない。私には帝をお護(まも)りする義務がある。仲間も心配だし、私だけ逃げ出すわけにはは」

「なりません、旦那様」

旦那の言い分は分かる。しかし彼に義務があるように、娘にも意地がある。

「確かにあなた様は以前、わたくしの仲間と戦い勝利しています。ですが今回は勝手が違うのです。今の彼らは怒りに任せて、本能の赴くままに都を破壊しています。一人や二人なら退けることも可能かもしれませんが、この人数では……」

鬼は数十人はいるだろう。都の壊滅はもはや免れられない。

「わたくしがあなた様を安全な場所までお連れ致します。さあ」

手を引いて一緒に寝室から出ようとしたが旦那は動かなかった。

「待ってくれ。君の話によれば、彼らの狙いは私なのだろう？　だったらなおさら私が逃げずに出て行った方が」

「出て行けば、あなた様は確実に命を奪われてしまいます」

「しかしいずれにしても私一人だけというわけにはいかない。女房と子供を残して行くことはできないよ。もし逃げるのだとしても彼女たちも一緒に」

「……ご心配には及びません。お二人は既に別の者が安全な場所にお連れしています。後ほどわたくしたちも合流する予定になっていたのです」

「本当かい？」

嘘だ。だが別の者が彼女らを連れて逃げることはいずれ本当になるだろう。何も示し合わせていなくても、この状況で取るべき行動は一つしかない。

旦那はやはり動こうとしなかった。妻と子供の無事が確保できたとしても、帝や帝を護るために戦っている仲間たちが気懸(きが)かりなのだろう。仲間を失う辛さは娘も痛いほどよく知っている。皮肉にもこの男が教えてくれた。

だが今はそれ以上に、護りたい人を護れない方が辛い。

「旦那様。帝様には宮中のお仲間様がついております。ですが奥方様たちは、万が一追っ手に見つかってしまった場合、お付きの者だけではとても護りきれません。あなた様が一番に護らなければならないのは誰ですか？」

少し意地悪な言い方だったかもしれない。だが娘と同じように、旦那にも命に代えても護りたい最愛の人がいる。

「……分かった。行こう」

ようやく旦那の足が動いた。

娘は人目を忍ぶように旦那を連れて都を離れた。

「しかし先ほどの話では、君たちは神通力とやらで互いのことが分かるのだろう？　逃げたところで居場所を突き止められてしまうのでは？」

「今どこで何をしているかが正確に見えるわけではありません。離れた場所でも意思の疎通が取れるだけです。もちろん追いつかれる可能性はありますが、わたくしにも策がありますので、大丈夫かと」

都を大きく離れ山に入る。凄まじかった戦いの鳴動が嘘のように聞こえなくなった。世界に二人だけしかいないと錯覚しそうなほど周囲が静まり返っている。

旦那は躊躇せずついて来てくれる。夜中に山道を駆けるなど普通ならためらいたくなるはずなのに、肝が据わっているからなのか、娘の信頼が厚いからなのか。あるいは逃げた先に待っている人を思って自分を奮い立たせているのか。

　山の中腹を過ぎた辺りで二人は足を止めた。

「旦那様。お体の方は大丈夫ですか？」

「君こそ疲れてないかい？」

「わたくしは大丈夫です。体力には自信がありますから」

旦那が空を仰（あお）ぎ見る。娘も視線を上に向けた。東の空が微（かす）かに白み始めている。

「随分遠くまで来たなぁ。そろそろ夜が明けそうだ」

木々の隙間から麓（ふもと）を窺（うかが）う。もう都の姿は見えない。

「ところで合流場所というのはどこなんだい？　この辺りなのかな？」

やはり気懸かりなのは最愛の人か。この場には自分たちしかいないのに、彼の瞳に映っているのは娘ではない。

「大丈夫ですよ。そのうち姿が見えると思います」

　今の言い方に棘（とげ）はなかっただろうか。投げやりになっていなかっただろうか。不審な態度が表に出れば怪しまれてしまう。不安にさせてしまう。

「そうか。ならばしばらく待つとしようか」

大丈夫だったようだ。培(つちか)った信頼感が悪い意味で良い方に働いている。騙(だま)していることを申し訳ないと思いつつ、娘はそのことに感謝した。同時に、彼の瞳に自分が映らないのは当然かとも思った。ただでさえ人外の者なのに、更に平気で主人を騙すような女を好きになるはずがない。

それでも構わない。旦那の安全が保証されるのなら自身がどう思われるかなんて些細(ささい)なことだ。付き人として信頼してくれただけで十分。

だから娘はもう一つ、あと一つだけ嘘をつくと決めた。

「歩き過ぎて少し喉(のど)が渇きましたね、旦那様。お水飲みませんか？　道中必要になるかと思い、用意しておきました」

娘は背負っていた風呂敷(ふろしき)を解(ほど)いて竹筒を取り出し旦那に手渡した。

「さすがだな君は。どんな目的で近づいて来たにせよ、君は本当によく尽くしてくれた。感謝しているよ。私の子供も、君のような強くて優しい子に育って欲しいと思う」

旦那が竹筒に口をつけ、一気に中身を飲み干した。

次の瞬間――

「な、何だ……？」

旦那の体がゆっくりと倒れる。

「お許し下さい、旦那様」

娘は倒れた旦那のそばにしゃがみ、そっと髪に触れた。

「無事に逃がすには、この方法しか思いつきませんでした。思えばわたくしは、最初から最後までずっと、あなた様を騙しっぱなしでしたね。本当に、最低な女です」

目の届かないところに隠してしまえば娘がそばにいない限り簡単には見つからないだろうから、ひとまずは無事を確保できる。鬼の仲間たちが気づく頃には居場所が分からなくなっているはずだ。

「どうかご無事で……旦那様」

娘は旦那を抱き上げ、額にそっと口づけをした。

都は見るも無惨な姿になっているに違いない。逃げ延びた人もいるだろうが、命を失った人も少なくないはずだ。申し訳ない気持ちはあるが、娘一人の力では都に住む全ての人を護れない。たった一人救えただけでも僥倖だ。

旦那が誰より無事でいて欲しいと願っている二人は大丈夫だろうか。無事に逃げられていれば良いが、もし最悪の事態を迎えたとしても――。

「……わたくしは、本当に最低ですね」

ようやく娘は自分の本心に気がついた。

自分の幸せのために他人の命を平気で犠牲（ぎせい）にするのは、旦那ではなく娘自身だった。一番大切な人を救うために都の人間全てを犠牲にしても構わないと思っている。奥方に至っては犠牲になってくれた方が良いとさえ思っている。

旦那と奥方の仲睦まじい様子を恨めしく思っていたのは、隙あらば奥方も始末してやると思っていたのは、仲間を犠牲にして幸せになっているからだと娘は思っていた。実際、最初はそうだった。でもそれは本当に最初の頃だけだったのだ。

復讐の炎だと思っていたものは、本当は嫉妬（しっと）の炎だった。旦那は確かに娘にも優しかったが、あくまでも優しかっただけ。使用人として大事にされていただけ。

ようは旦那の愛を独り占めしている奥方が羨（うらや）ましかったのだ。

あの愛がほんの少しでも娘に向けられたら、奥方も助けただろうか。分からない。

どのみち全ては後の祭りだ。もはや戻るべき場所はない。

嫉妬も怨恨（えんこん）も慕情も、もう用済みにしなければ――。

## 1　老夫婦の誓願

お婆さんは我が目を疑った。洗濯物をごしごし擦っていた手を止め、地蔵のように一点を見つめる。

川の上流から見たこともない大きさの桃が流れて来た。明らかに普通ではない。一回りや二回り大きい程度ならともかく、体を折り畳めばお婆さんも入れそうなほど大きい。とは言え、どんなに大きくても桃は桃。世の中には大きな桃もあるものだと、お婆さんは柔軟に目の前の事実を受け入れた。

「こりゃあ……食いでがありそうじゃあ」

桃が静かにゆっくりとお婆さんの前までやって来た。川に入って桃を塞き止め、転がすように地面に上げる。お婆さんは洗濯物をその場に残して桃を傷つけないよう慎重に家まで運んだ。

洗濯物を取って来てお爺さんを待つ。しかしいつもなら日が暮れる前に帰って来るお爺さんが、今日はすっかり日が暮れ、月が顔を出しても帰って来なかった。

お婆さんはお爺さんの身を案じてはいたものの、深くは考えなかった。山と谷がはっきり分かれているように、いつもと違う出来事がまとめてやって来ることもあるかもしれない。お婆さんと同じような不思議な出会いをお爺さんも体験しているかもしれない。

その考えを裏付けるように、帰って来たお爺さんは朝出かけた時とは少しだけ格好が変わっていた。

「お帰りなさい、じいさんや」

「遅くなってすまんのう、ばあさんや」

言いながらお爺さんが背負子（しょいこ）を下ろす。

「その頭のものは？」

お爺さんは頭に頭巾（ずきん）を被っていた。朝には被っていなかったものだ。山の中で拾いでもしたか、誰かにもらいでもしたか。

「おおこれか。これが何とも不思議な頭巾でのう」

お爺さんが頭巾を取りつつ、自分の身に起きた出来事を語り始めた。

事の発端は数日前。お爺さんがいつものように山で柴（しば）を刈り終えて家に帰ろうとした矢先、視界の先に一匹の狐（きつね）がいるのに気がついた。お腹（なか）が減っているのか、頭の上にある木の実を採ろうと何度も飛び上がっている。

採れない高さには見えないが、狐が何度飛び上がっても木の実には届かない。狐のそばまで近づいたところでお爺さんは合点がいった。

どうやら足を怪我(けが)しているらしい。だから高く跳躍できないのだ。

「よしよし。ならばわしが採ってやろう」

お爺さんは狐の代わりに木の実を採って狐に差し出した。狐は木の実を咥(くわ)えて山の奥へと帰って行った。

そして数日後の今日、その狐と再び出会った。

相変わらず木の実が採れなくて困っているのかと思ったが、どうやらそうではない。じっと動かずにお爺さんを見ている。まるでお爺さんを待っていたかのように。

見つめ合うことしばし。狐は身を翻(ひるがえ)して山の奥へと向かい始めた。視線だけ後を追っていると、狐が時々足を止めてお爺さんの方に振り返った。ついて来いと言っているようにお爺さんには見えた。

狐の後に続いてしばらく歩くと、一軒の古い藁葺(わらぶ)き小屋に着いた。

「お前さん、こんなところに棲(す)んでるのかぁ」

狐に続いて中に入る。人の姿はない。誰かに飼われているのではなく、空き家に勝手に棲み着いているらしい。

人はいなかったが小屋の中にはもう一匹狐がいた。体の大きさから考えて親狐だと思われる。子狐が近づくと親狐は我が子を尻尾で包み込んだ。

親狐と目が合う。何かを伝えたがっている感じだが、残念ながらお爺さんに狐の意図は分からなかった。真意が分からずにいると、親狐は一度部屋の奥に引っ込み、何かを咥えて持って来てお爺さんの前に置いた。

赤い一枚の布。頭がすっぽり入ってしまいそうな穴が開いている。元々この小屋にあったものなのか、随分と汚れが目立つ。

「これは……頭巾じゃろうか」

再び親狐がお爺さんを見つめる。

「これを、わしにくれると言うのか？」

狐が肯定の意を示したように見えた。木の実を採ったお礼なのかもしれない。

「そういうことであれば、ありがたく頂戴するとしよう」

お爺さんは狐の親子と別れて小屋を出た後、早速頭巾を被ってみた。

「もっと寒くなって来たら役に立ちそうだのう」

当然ながらお爺さんは頭巾を頭巾以上のものとして考えていなかった。だが家に帰る途中、奇妙な現象に遭遇した。

人の姿は見えないのに話し声が聞こえる。

一人や二人ではない。他愛もない会話が四方八方から耳に飛び込んで来る。すぐ近くで話しているように聞こえるのに、どこを見渡しても誰もいない。

「はて面妖（めんよう）な」

お爺さんは立ち止まって会話に耳を澄ませた。

「もうすぐ日が暮れちゃうよ。早いとこあの木まで行かなきゃ」

「よーし、じゃあどっちが飛ぶのが早いか競争だ！」

直後、近くの木に止まっていた二羽の鳥が羽ばたいた。

「まさかとは思うが……」

別の木に止まっていた鳥の近くに行き、聞き耳を立てる。

「この前食べた木の実、美味（おい）しかったなぁ」

「へえ、どこにあったの？　連れてってよ」

真（まこと）に信じがたいことだが、今の会話は木の上にいる鳥たちのものらしい。

他に思い当たる節（ふし）がないので、頭巾を外してみる。途端に会話は聞こえなくなった。代わりにいつも通りの鳥の鳴き声が耳に入ってくる。再び頭巾を被ると鳴き声が止み、お爺さんもよく知る言葉が聞こえるようになった。

言葉が分かるのは鳥だけではなかった。他の動物にも試してみると、狐や兎の言葉も聞き取れた。それどころか、蝶々やてんとう虫に至るまであらゆる生き物の言葉が分かることが判明した。

「こりゃあ凄い頭巾をいただいたもんじゃ」

今までにない楽しみを手に入れたお爺さんは、辺りが暗くなることにも気づかずに山の中を歩き回って動物たちの会話を楽しんだ。

「それでこんな時間になってしまったんじゃ」

「ほんに不思議な頭巾じゃねえ」

思った通り、お爺さんも不思議な出会いを果たしていたようだ。

「ばあさんの方こそ、この大きな桃はどうしたんじゃ？」

お爺さんが部屋の真ん中に堂々と鎮座した桃を眺める。

今度はお婆さんが今日あった出来事を話した。

「――ほう、そうかいそうかい。川上からのう。山の上の方には、こんな大きな桃がいっぱいなっとるんじゃろうか。今度採りに行ってみるかのう」

「もしそうなら、また流れて来るかもしれませんねえ。何はともあれ、早速この桃をいただいてみましょう」

お婆さんは包丁を持って来て、桃の側面、ちょうど縦に割れ目が入っているところに切り込みを入れようとした。

「……なかなか固い桃じゃあ」

「これだけの大きさともなれば仕方ないじゃろう。どれ、わしがやろう」

お爺さんに包丁を渡す。

「うーん、こりゃ確かに固いのう。本当に食べられるんじゃろうか」

お爺さんが力を入れて包丁を押し込む。

ようやく少し切れ目が入ったと思った瞬間、桃が割れ目に沿って独りでに開いた。

「おお!? こ、これは……」

二人揃って目を見開く。

中にあったのは桃の果実ではなく、一人の赤子だった。

「これは……どういうことじゃ？ 中から赤子が出て来おった」

戸惑いながらもお婆さんが赤子を取り出す。

少しの間、二人は無言で赤子を見つめていた。赤子は声を上げることなく安らかな笑み（え）を浮かべて眠っている。

「桃から人が生まれるなんて、俄（にわか）には信じられんが……」

「あり得ないことではないのかもしれんねえ。あの時のことを思えば」

二人は昔、子宝に恵まれないことを嘆き、神様に子供を授けて下さいと祈り続けたことがある。願い通りにやがて二人は子供を授かった。しかし生まれて来た子は普通の子供とは少し違っていた。

あの一件がきっかけで二人は、世の中には不思議なこともあるもんだと、ある種の達観を抱くようになった。だから今回の件もすんなりと受け入れられた。

「あれからもう、何年くらい経ちましたかねえ」

「わしらがちょっと気味悪がったばっかりに、あの子には辛い思いをさせてしまった。元気に暮らしていてくれれば良いがのう」

「あの子は賢くて強い子じゃ。きっと大丈夫ですよ」

「……そうじゃな」

二人は再び赤子に視線を落とした。

「もしかしたらこの子も、神様が授けて下さったのかもしれませんねえ」

「きっとそうじゃ。神様がわしらに、罪滅ぼしの機会を与えて下さったんじゃ」

「それならば、大事に育てないといけませんねえ」

「うむ。あの時と同じことを繰り返してはならん」

二十年ほど前に二人の間に生まれた子。身の丈が一寸しかなかったことから、二人は一寸法師と名づけた。ずっと一寸のままでいて欲しいと思っていたわけではない。大きくなれば普通の子と同じように成長すると心の中では信じていた。

だが意に反して一寸法師はいつまでも経っても大きくならない。それでも二人は一寸法師を大層可愛がった。

だからあれは本心からの言葉ではなかった。

どうしてこの子はいつまで経っても大きくならないのか。自分たちが授かったのは人間の子供じゃなかったのか。ある日、ふとそんな呟きを漏らしてしまった。

本当にもののはずみだった。一寸法師に聞こえるように言ったわけでもないし、仮に本当に人の子じゃなかったとしても、大切な我が子には変わりがない。

しかし一寸法師は、二人が僅かでもそう思ったことを敏感に察したようだった。その日以来、何となく家の中を気まずい雰囲気が支配し始め、一寸法師も二人と少し距離を置くようになった。

そしてある日、一寸法師は武士になるために都に行くと言って、家を出て行ってしまった。嘘ではなかったのだろうが、気まずさに耐えられなかったせいもあると思う。

二人は今でも、あの時のことを悔いている。

ずっと欲しいと思っていた子宝に恵まれたのに、どうして出て行かれるようなことを言ってしまったのか。追い出すつもりなど毛頭なかったとは言え、一寸法師が都に向かうと言った時に引き止めなかった事実は覆らない。あの子の意思を尊重したと言えば聞こえは良いが、そんなものは言い訳だと言われたら、否定はできない。

この赤子を大事に育てたところで一寸法師への償いにはならない。だがそれでも——。

すやすやと眠っていた赤子が突然声を上げて泣き始めた。

「おおよしよし。お腹でも空いたのかねえ」

「わしらも飯にしよう、ばあさんや。わしも腹ぺこじゃあ」

「はいはい。今すぐ支度しますよ。ちょっと待っていて下さいな」

お婆さんの脳裏に昔の記憶が甦る。

お爺さんと二人でも決して寂しくはなかったが、三人で仲良くご飯を食べていた時の充足感と言ったら、二人の時の比ではなかった。

あの一時を、もう一度。

二人は赤子を桃太郎と名づけ、大事に大事に育てた。

## 2　金太郎の門出

今日も今日とて、金太郎は動物たちと一緒に山を駆け回っていた。

以前は一人で駆け回っていた。山の中を散策し、木の実を採って食べ、川で泳ぎ、背中に担いだ自慢の鉞で薪をこしらえる毎日。

いつからかそんな日常に仲間が加わった。タヌキ、キツネ、リス、ウサギなど、多くの動物たちが金太郎を慕って、毎日一緒に山を駆け回るようになった。特別なきっかけがあったわけではない。元来動物に好かれ易かったこともあり、気がつけば自然にみんなと遊ぶようになった。

唯一の例外はクマ。ある日いつものようにみんなで遊んでいたら、クマの縄張りに踏み込んでしまった。クマの姿を見るなり動物たちは本能的に恐れを成して一目散に逃げ出したが、金太郎は逃げなかった。恐怖など微塵もなく、襲いかかって来るクマと真っ向から取っ組み合い、自分の何倍も大きい体を投げ飛ばした。以来クマは金太郎を大将とでも認めたのか、おとなしく従うようになり、他の動物とも仲良く遊ぶようになった。

何でも楽しめる金太郎だが、クマとの一戦以来、相撲（すもう）で力比べをするのが一番の楽しみになった。動物たちも懲（こ）りずにつき合ってくれる。何回やっても常に金太郎の圧勝だが、みんな満足そうだった。金太郎を大将と認めている証拠である。

「よし、今日はいつもより向こうに行ってみるか」

クマの背中に乗り、金太郎は一行を連れて普段は足を運ばない山奥へと入って行った。風と木漏れ日（こもれび）の祝福を受けながら奥へ奥へと進んで行く。木々のざわめきと小鳥のさえずりが行進曲のように一行の足取りを軽快にさせている。

しばらく進むと行進曲に新しい楽器が加わった。

楽器の正体は落ちたら無事では済まなそうな谷底を流れる川の激流だった。

「む……谷か。飛び越えるのは無理だな」

金太郎はクマから降りて森に近づいた。手頃な木に当たりをつけ、背中の鉞を手に取って力いっぱい打ち込む。何度か打ち込んだところで、木は少しずつ傾いて行きその身を横たえた。

軽々と倒れた木を持ち上げ、みんなのところへと戻り、谷に木を掛ける。その作業を何度か繰り返して金太郎は即席の橋を作った。

「これで渡れるな。行こう」

再びクマに乗り、金太郎が先頭で橋を渡った。みんなが後に続く。

全員が無事に渡り終わり、更に奥へと進もうと思った矢先、金太郎は何者かが木陰に隠れているのを見つけた。

「……そこにいるのは誰だ？」

熊ではない。狸でも狐でもない。人間だ。金太郎と同い年くらいの少年。見つかったことを恐れている様子はなく、物珍しそうに金太郎を見ている。

金太郎はクマから降りて少年に近づいた。

「オイラは金太郎ってんだ。お前さんは？」

「……桃太郎」

名乗りながら、少年――桃太郎が木陰から出て来る。

「オイラに何か用か？　じーっと見てたけど」

「……凄い力持ちなんだね」

「あ？」

「見てたよ。木を持ち上げてるとこ」

「ああ、あれか」

橋を作っているところをずっと見ていたらしい。

「凄(すげ)えだろ。オイラはこの山で一番の力持ちだからな。あそこにいるクマだって、オイラには勝てねえんだ」

「ええ⁉　あんなに大きいのに？」

桃太郎はクマを見ながら大きく目を見開いた。

「ああ。よく力比べしてっけど、いっつもオイラの勝ちなんだ」

「そりゃほんとに凄いや。僕も力はある方だと思うんだけど、さすがに熊と力比べして勝てる気はしないよ」

「へえ、お前、力に自信があんのか？　だったらいっちょ、オイラと力比べしようや」

「い、いいよいいよ。熊に勝っちゃうような人と力比べしたって勝てっこないよ」

桃太郎が手と首を大きく左右に振る。

「なーに言ってんだ。そんなのやってみなくちゃ分かんねえだろ？」

「でもなぁ……」

「軽い遊びのつもりで良いんだよ。とにかくやってみようぜ」

金太郎は動物たちの方に振り返り、おーいと声を掛ける。

「オイラ、これからこいつと力比べするぞー！」

その一言に動物たちが沸き立つ。金太郎につき合っているうちに、彼らもすっかり相撲遊びが好きになっているようだ。

開けた場所を見つけ、金太郎は桃太郎と対峙（たいじ）した。土俵を作るかのように周りを動物たちが囲む。

鉞を地面に置いて腰を沈め、金太郎は蹲踞（そんきょ）の姿勢を取った。

「相手を地面に倒せば勝ちだ」

「うん、分かった」

金太郎を真似て桃太郎も構える。

じっと睨（にら）み合うこと数秒。合図は必要なかった。両者とも目だけで意思を交わし、同時に相手にぶつかって行く。

金太郎は桃太郎の思わぬ力強さに内心驚いた。体格で言えばクマどころか金太郎よりも小柄なのに、金太郎より力があるかもしれないと思わせるほど桃太郎の踏ん張りは強かった。危うく一発で倒されるところだった。舐（な）めていたわけではない。ただ自分より強いなどとは微塵も思っていなかった上、最初に言った通りほんの遊びのつもりだったから、全力を出す気などなかった。だが自分より強いかもしれない相手と力比べができることが金太郎の本能に火を点（つ）けた。

動物たちの歓声が聞こえる。金太郎を応援してくれているのか、思いのほか踏ん張る桃太郎に称賛を浴びせているのか。

一分が過ぎ、二分が過ぎても、二人は一歩も動かなかった。押しきることもできず、投げ飛ばすこともできない、完全に均衡（きんこう）の取れた互角の勝負。かつてこれほど勝負が長引いたことなどない。

知らず知らずのうちに金太郎の顔には笑みが浮かんでいた。一方の桃太郎は歯を食いしばって険しい表情を浮かべている。表情だけを見れば金太郎が優勢に見えるが、実のところ金太郎の方が余裕はない。だがどうしても笑顔が抑えられない。力を入れれば入れるほど自然と笑みも増して来る。

半刻ほどが過ぎても勝負はつかなかった。

長時間踏ん張ったことで体中が悲鳴を上げていた。桃太郎も同じだったようで、始まり同様、二人とも同時に力が抜け、もつれ合いながら地面に崩れた。

動物たちが二人のそばに駆け寄って来る。

金太郎はごろんと仰向（あおむ）けになった。

「……ははっ！」

笑いが止まらなかった。

初めて引き分けた。今まで負けはおろか引き分けたことすらない向かうところ敵無しの金太郎が、生まれて初めて引き分けた。

考えてみたら人間相手に力比べをするのも初めてだ。

「いやあ、お前さん強え（つえ）なあ。この山にオイラと同じくらい強い奴がいたなんて、これっぽっちも思ってなかったよ」

クマにだって力比べで勝っているのだ。クマ以上に力のある者が山にいない以上、自分が最強だと自負することは思い上がりではないはずだ。

桃太郎も仰向けになる。

「僕もちょっとビックリした。力比べって、今までしたことなかったから」

「そうなんか？　強い奴と力比べすんのって、楽しいだろ？」

「うーん、どうなのかな……？」

「オイラと力比べしたの、あんま楽しくなかったか？」

「そんなことないよ。そんなことないけど……力比べが楽しかったたって言うより、一緒に遊べたのが楽しかったたって感じかなぁ。僕、ずっと一人で遊んでたから」

「じゃあこれからはオイラたちと一緒に遊ぼうぜ。今日みたいに力比べしたり、川で泳いだり、木に登ったりするんだ」

「うん、良いねそれ。楽しそう」

　声を出して笑い合う。呼応するように動物たちも鳴き声を上げた。金太郎にはみんなも笑ったように聞こえた。

　よっ、と金太郎が上半身を起こす。隣で桃太郎が同じように体を起こした。

「楽しいぜえ？　ま、オイラはやっぱり力比べすんのが一番楽しいけどな。なあ、知ってっか？　世の中には鬼っていうもの凄え強え奴がいるんだってよ」

「鬼？　何それ？」

「オイラも見たことはねえんだけどよ。この山にはいねえしな……でも母ちゃんが教えてくれたよ。鬼ってのは体が物凄くでかくて、とんでもなく強いんだと」

「物凄くでかい……熊よりもでかいのかな？」

「さあ、よく分かんねえ。もしかしたらでかいかもな」

「そんな大きい生き物がいるんだね。凄いなあ」

「な？　凄えだろ？　オイラ、いつかその鬼ってのと力比べをしてみてえんだ」

「危ないよ。熊より大きいんでしょ？　さすがの金太郎だって勝てないよ」

「そんなことねえよ。オイラに勝てる奴なんていねえ。引き分けられる奴は……まあ、いるかもしれないけどな」

少なくともここに一人。

「でも良いさ。勝ち負けは問題じゃねえ。強い奴と力比べできりゃオイラは満足だ。今日のように……な」

「鬼かぁ。どんな姿をしてるんだろ。ねえ、君たちは鬼って見たことある？」

桃太郎が動物たちに向かって話しかけた。頷いたり首を傾げたりを繰り返している。

「みんなも鬼を見たことはないって。聞いたことがある子はいるみたいだけど」

「……お前さん、みんなの言葉が分かるのか？」

一方的に話しかけたり相手の様子から何を言っているか察するくらいなら金太郎だっていつもやっている。でも今の桃太郎は違う。明らかに会話ができているとしか思えない様子だった。

桃太郎は人懐っこい笑みを浮かべて自分の頭を指差した。

「理由は分からないけど、この頭巾を被ると動物たちの言葉が分かるんだ」

「本当か⁉　そりゃ凄えな！　なああ、オイラにもちょっと被らせてくれよ」

「うん、良いよ」

金太郎は桃太郎から頭巾を受け取り、早速頭に被ってみた。

動物たちの声に耳を傾ける。

「お……おお！　分かる。みんなの言葉が分かるぞ！」

今まではただの鳴き声だった動物たちのそれが、はっきりと自分たちの使う言葉と同じものとして聞こえる。

「こりゃあ本当に凄ぇや！」

動物たちとは長いつき合いだ。言葉が分からなくたって意思の疎通は取れる。でも会話ができるとなると全然違う。

金太郎はみんなといろんなことを話した。みんなも金太郎にいろんなことを話してくれた。一緒に野山を駆け回るのが楽しい。一緒に相撲を取るのが楽しい。一緒におにぎりを食べるのが楽しい。金太郎の強さをみんな心底尊敬している。

金太郎はますます嬉しくなった。

「なあなあ桃太郎！　この頭巾、オイラにくれないか？　これがあれば毎日みんなといっぱいお喋り（しゃべ）ができるんだ。なあ、頼むよ」

金太郎は両手を合わせて懇願した。

うーん、と桃太郎が申し訳なさそうに眉（まゆ）を下げた。

「金太郎の気持ちは分かるけど、これはおじいちゃんのものだから……」

あげるわけにはいかないということらしい。

無理もない。動物の言葉が分かる頭巾なんて、そんじょそこらで手に入るような代物でしろものではないはずだ。さぞかし価値のあるものに違いない。今日会ったばかりの人間に無条件で譲るのは難しいだろう。

「そっか。それじゃしょうがねえな。ちっと惜しいけど」

金太郎は桃太郎に頭巾を返した。桃太郎が頭巾を被り直す。

「ごめんね」

「気にすんな。毎日お喋りできたら楽しいとは思うけど、別に今までだって仲良くやって来たんだ。何も問題はねえさ。なあみんな！」

動物たちが声を上げる。

「もちろんだ！　だってさ」

桃太郎が翻訳ほんやくしてくれた。

「へへ。そうだろうと思ったぜ。ああ、でもよ、また一緒に遊ぶ時には、オイラにも貸してくれよな」

もちろん、と桃太郎が頷く。

「さて、それじゃあそろそろ日が暮れるし……今日は帰るか」

「そうだね」

最初に出会った谷の前まで戻る。

「それじゃ、僕はこっちだから」

「おう、またな！」

金太郎と動物たちは桃太郎と別れを告げ、木の橋を渡って元来た道を戻って行った。

次の日も、その次の日も、季節が変わっても、金太郎は桃太郎と遊んだ。いくつもの季節が通り過ぎ、たくさんの思い出が二人の中に積み上げられて行った。

そして何度目かの春を迎えた、ある日のこと。

「……武士になる？」

「おう！　そうだぜ」

いつものように遊びに来た桃太郎に向かって金太郎は力強く答えた。

「源頼光（みなもとのよりみつ）とかいう偉い武士が訪ねて来てよ。お前も武士にならないかって」

「武士って何するの？」

「さあ、よく分かんね。けどオイラの強さを見込んで声を掛けたって言ってたから、誰か強い奴と力比べをしたり、鉞を思いっきり振り回してりゃ良いんじゃねえの？」

「そんなので良いの……？」

桃太郎が苦笑いを浮かべる。

「でも、じゃあ、山を下りるんだね」

「ああ。武士になるには都に行かなきゃならねえかんな」

「みんなとも、お別れするの？」

桃太郎が動物たちを見る。金太郎も視線を向けた。

「……ああ。みんなと離れるのは寂しいけどよ。それでもオイラは、武士って奴になりてえんだ。母ちゃんも喜んでたし。何でもよ。オイラの父ちゃんも昔、武士だったんだってよ。例の鬼って奴にやられちまったらしいんだけど」

「鬼に……？」

「ああ。その頼光さんってのが来た時に、母ちゃんが話してくれたんだ。今まで父ちゃんのことを詳しく聞いたことなかったから、初めて知ったよ」

母の話によれば、金太郎は生まれたばかりの頃、両親と共に都に住んでいたらしい。父は武士として宮中に仕えていたが、ある時都に鬼が攻め入って来た。そして父は都を守るために戦い命を落としたそうだ。

「何で急に鬼が攻めて来たのかはよく分からねえらしいけど、都は酷い有様だったんだってさ。んで、母ちゃんはオイラを連れて命からがらこの山に逃げ延びたんだ」

「そうだったんだ……」

「だからよ。武士になれば父ちゃんの仇を討つ機会も、あるかもしれないと思ってな。まあ、やっぱり純粋に力比べをしてみてえって気持ちの方が強いけど」

　金太郎は、嬉しそうに話す母を見て、きっと父は尊敬に値する立派な人物だったのだと思った。そんな父の命を奪った鬼が憎くないとは言わないが、金太郎にとって顔も思い出せない父は肉親よりも赤の他人に近い。仇を憎めと言われてもいまひとつ気持ちが入らない。やはり金太郎にとって鬼は自分の力を試す相手という印象が強い。良き友であり強敵でもある、ちょうど桃太郎のような存在。

　いかなる理由があろうと金太郎は友を憎む真似はしない。

「金太郎と会えなくなるのは寂しいけど、応援するよ」

　桃太郎が笑みを浮かべる。どこか寂しげな笑顔だった。

「ありがとよ。ってか、お前もそのうち都に遊びに来いよ。きっと楽しいことがいっぱいあるぜ。どんなとこかよく知らねえけど」

「うん、分かった」

「ああそれから、オイラの代わりにみんなの面倒も見てやってくれよな。あいつら、桃太郎のこともだいぶ気に入ってるし」

「任せて」

桃太郎と出会ってから早数年。今では金太郎と同じくらい、動物たちは桃太郎にも懐いている。クマも最初は金太郎しか背中に乗せなかったのが、今では金太郎と桃太郎が半々くらいの割合だ。

金太郎も金太郎で、それまで以上に動物たちと親交を深めた。やはり桃太郎の持っている頭巾の効果は大きかった。

彼らともお別れしなければならない。

未練がないと言ったら嘘になる。動物たちとも、桃太郎とも、母とだって別れは惜しい。それでも金太郎は都に行ってみたかった。かつて母が住んでいた都。父が命を懸けて守ろうとした都。一体どんなところなのか、是非とも自分の目で確かめてみたい。みんなとの別れ以上にそれが楽しみでもある。

頼光の話では一度は鬼によって壊滅寸前まで行ったそうだが、今はかなり復興が進んでいるらしい。金太郎と両親がいた頃の都の姿にだいぶ近づいているのだとか。

知らない世界が都にはたくさんあるに違いない。

「さて……それじゃあ、オイラはもう行くな。帰って旅支度をしなきゃなんねえ」

「山を下りるのはいつ?」

「明日。朝早く出かけることになると思う」

「そっか。元気でね、金太郎」

「おお、お前もな」

がっちりと握手を交わす。初めて会った時に比べて、随分と握手のしがいがある手になったものだ。

「みんなも達者でやれよ！」

動物たちにも声を掛ける。動物たちが一斉に吠えた。

「都に行っても頑張れよ金太郎！　だってさ」

「へへ。みんなの応援があれば百人力(りき)だぜ！」

翌朝、母との別れも済ませ、金太郎は都へと向かった。

大きく成長した背中に、一振りの鉞と多くの思いを背負って。

## 3 十五夜の約束

また十五夜がやって来た。空には団子のような綺麗な月が浮かんでいる。

この寺では満月の夜になると、寺の和尚と周りに住んでいる狸たちが腹鼓を打つのが恒例となっている。ぽん太はこの月に一度の行事が楽しくて仕方なかった。以前の暴れ放題悪戯し放題な毎日も悪くなかったが、今の方が何倍も楽しい。

「さあ、今夜もやんべえ」

和尚の音頭に合わせてぽん太たちも自らのお腹を叩く。

以前は寺に誰も住んでいなかった。たまに住もうと考える酔狂な輩が現れても、ぽん太たちが追い出そうと執拗に悪戯を仕掛けるため、大抵は五日も保たずに出て行った。

ぽん太が悪戯を仕掛けた和尚は三人。今の和尚がその三人目に当たる。

一人目はいかにも真面目そうな和尚だった。すっかり荒れ果てた寺を再建しようとでも思ったのか、一人の弟子らしき坊主と共にやって来て黙々と掃除をしたり淡々とお経を唱えたり、とにかく勤勉な和尚だった。ぽん太たちにとっては格好の的だった。

ぽん太は別の狸と共に一つ目小僧とろくろ首に姿を変え、お経を唱えている和尚のところに行って盛大に驚かしてやった。目論見通り、妖怪の姿を見た和尚と弟子は腰を抜かして気を失った。彼らの間抜けな姿を狸たちは豪快に笑い飛ばした。

妖怪が出る寺と分かってすっかり参ったのか、やはり幾日も経たないうちに和尚は弟子と一緒に寺を出て行った。

しばらくして別の和尚がやって来た。図体がでかくて屈強そうな和尚だった。

例のごとくぽん太は一つ目小僧に化け、もう一匹の狸はろくろ首に化け、和尚を脅かすために寺に入った。しかし前回のようには行かなかった。見た目に似合ってなかなか図太い神経をしているのか、和尚は一つ目小僧やろくろ首を見ても全く驚かず、逆に殴りかかって来る始末。ぽん太も頭を叩かれ泣きを見る羽目になってしまった。

妖怪変化は効果がないと悟った狸の親分は、寺の前に集まって夜通し腹鼓を打つ作戦を考えた。ひたすら打ち続けて眠れないようにするのが狙いだった。

夜になるのを待ち、早速みんなは寺の前で腹鼓を打った。

今度は上手く行った。騒々しさに耐えきれず、和尚が寺から飛び出して追いかけて来たのだ。狸たちは逃げ回りながら、決して悪戯の手は緩めず、足を滑らせた和尚が石に頭をぶつけて気を失うまで腹鼓を打ち続けた。

また幾日もしないうちに二番目の和尚も寺から出て行った。

更に時が過ぎ、三番目──今の和尚がやって来た。前の二人と違って真面目そうでも屈強そうでもなく、やたらと小汚い格好で、本当に和尚なのかと疑いたくなる人物だった。寺に住み着いた後もお経を唱えず、昼間から酒を飲んで酔っ払っていた。ぐうたらを絵に描いたような和尚だった。

ぽん太たちはいつものように、まずは妖怪変化で脅した。しかし全く効果はなかった。驚くでもなく襲いかかって来るでもなく、ぽん太たちに団子や酒を振る舞うという、客人をもてなすような行動を取って来た。

妖怪変化が効かなかったので、ぽん太たちは和尚が寝静まるのを待って再び腹鼓作戦を決行した。前回同様、和尚が寺から出て来たのを見た狸たちはしめしめと思ったが、また も和尚は予想外の行動に出た。和尚自身も腹鼓を打ち始めたのだ。狸囃子（たぬきばやし）に混じって、不器用で鈍い、和尚の性格を表したような音がこだまする。

和尚は腹鼓を打ち続けた。負けじとぽん太たちも応戦した。

激しい腹鼓合戦。朝まで続いてもおかしくないほどの勢いだった。だが何百回目になるか分からない腹鼓を叩いた時、一際鈍い音が聞こえると同時に、和尚が後ろに引っ繰り返ってしまった。

いつもなら悪戯成功とみんなで喜ぶところだ。しかし何百回も一緒に腹鼓を打ったことで仲間意識が芽生えたのかもしれない。

「おい、この和尚を寺に運べ」

親分の指示でぽん太たちは和尚を寺の中に運び、布団に寝かせた。

「腹の叩き過ぎで気を失っただけだろう。明日になれば元気になっているさ」

和尚が眠りに落ちたのを見届けて、ぽん太たちは山奥へと帰って行った。

次の日、ぽん太が単独で寺の近くに行ってみると、和尚が昼間から酒を飲んでいないという何とも珍しい光景に出くわした。それどころか寺の前で腹鼓の練習をしていた。昨夜の音が気に入らなかったのか、ぽん太の気配に気づくこともなく、一心不乱に腹鼓を打っている。和尚にも殊勝（しゅしょう）な一面があったようだ。

ぽん太は仲間のもとへ戻り、早速見たことを話した。

狸たちは再び寺にやって来て、和尚が腹鼓を打つ様子を黙って見つめた。

西日がきつくなって来ても和尚は腹鼓を止めなかった。休憩すら取らず、狸の霊にでも取り憑（つ）かれたように何度も何度も腹鼓を打ち続ける。最初は物珍しい気持ちだけで見ていたぽん太もいつの間にか和尚を応援する気持ちの方が強くなり、頑張れと何度も心の中で呟いた。

みんなも同じ気持ちだったようだ。少しずつ音が良くなっていく和尚を見て、良いぞ、もう少しだ、と呟く者が一匹二匹と現れ始めた。親分だけは人間風情に自分たちのような音は出せるものかと口を尖らせていた。

すっかり日が暮れて月がお勤めを始めた頃、和尚とぽん太たちは昨晩のようにみんなで輪になり腹鼓を打ち合った。合戦ではなく合奏だった。不協和音の入る余地がない、まとまりの取れた斉奏。和尚の腹鼓も狸と遜色ないほどに成長していた。

ぽん太は楽しかった。悪戯心のない純粋に腹鼓を楽しむ一時。初めての経験だった。

親分だけは面白くなかったようだ。音こそ周りのみんなと調律が取れているものの、形相には鬼気迫るものがあり、腹を叩く強さも見ているこっちが痛くなるほど。嫌な予感がぽん太の胸中を襲った。

予感は的中した。明らかに腹鼓とは違う、空気が破裂するような音が辺りに響き渡ったかと思ったら、昨日の再現のように親分が後ろに引っ繰り返った。

合奏が止まる。親分が腹の痛みを訴えて転げ回った。

「おお、こりゃあいかん。待っとれ。今薬を持って来てやる」

和尚は寺に戻り、薬の入った瓶を持って来た。

粘り気のある液体が親分の腹に塗られていく。更に和尚は布で腹の傷跡を覆った。

「これで大丈夫だ」

和尚の言葉通り、しばらくすると親分は何事もなかったように起き上がった。

「具合はどうかな?」

大丈夫だと主張するのと薬を塗ってくれたお礼を言う代わりに、親分は一度大きく腹を叩いた。どうやら痛かったらしい。親分は再びもんどり打って倒れた。

「これ、まだ腹を叩いてはいかん。そんなすぐには治らんわい。次の満月の日までお前さんの腹鼓は禁止だ」

親分は渋々ながらも和尚の言葉を聞き入れた。

「さあ、それじゃあ残りのみんなは、こやつが少しでも早く回復するのを祈って、朝まで腹鼓を打つぞー」

この日からぽん太たちは和尚に悪戯を仕掛けるのも止め、十五の夜が来る度(たび)に和尚と一緒にみんなで輪になって、心行くまで腹鼓を叩くようになった。

今宵(こよい)もご多分に漏れずみんなで狸囃子を楽しんでいた。しかしいつもと違い、今夜は珍しく来客があった。

軽快な腹鼓の音にでも誘われたのか、みんなで楽しく叩いていたところに不意に一人の青年が姿を現した。年の頃は十七、八と言ったところか。

腹鼓が止まる。

和尚が青年に近づいた。

「何用かな、少年？」

「用はないんだけど、何か音が聞こえたから、誰かいるのかと思って」

「この辺に住んどるのか？」

ううん、と青年は首を横に振って、南の方を指差した。

「あっちの方から来たと思うんだけど、よく分かんない」

青年の話によると、普段は足を運ぶことのないこちらの方に山菜を採りに来たが、帰り道が分からなくて迷っているうちに夜になってしまったとのこと。その道中で狸囃子が聞こえたので、耳を頼りにここまで来たらしい。確かに青年が背負っているかごの中には山菜らしきものが満杯に詰まっている。

「少年、名前は？」

「桃太郎」

和尚が青年――桃太郎の顔をじっと見つめる。

「あい分かった。桃太郎や。今日はこの寺に泊まって行きなさい。夜の山道は危険だ。明日、わしが山の麓まで送って行ってやろう」

ぽん太は少しだけ驚いた。和尚はあまり人助けのために労力を割く人に見えない。でも親分の手当てもしてくれたし、案外お人好しな性格なのかもしれない。

「本当に?」

「ああ。わしも以前、あっちの方からやって来たのだよ。道なら分かる」

「ありがとう。でも大丈夫かな。お爺さんとお婆さんが心配するかも」

「なあに、その分、明日無事に帰って安心させてあげなさい。生きてさえいれば、いくらでも孝行はできる」

「……うん、分かった」

それからまた和尚と狸たちは輪になって腹鼓を打ち始めた。桃太郎はその様子を楽しげに眺めていた。

ひとしきり叩いた後、和尚は寺から酒を持って来て酒盛りを始めた。桃太郎も持参していた水を飲みながらつき合う。ぽん太たちも、いつもなら腹鼓を叩き終わればすぐに山に帰ってしまうのだが、今夜は二人の酒盛りにつき合った。

どうやら桃太郎はぽん太たちの言葉が分かるらしい。頭に被っている頭巾のおかげで人間以外の言葉を聞き取れるようだ。だから普段は腹鼓でしか意思の疎通を図れない和尚とも、桃太郎が通訳を行うことで言葉での会話が可能だった。

いろいろな話が聞けた。

和尚が、今は飲んだくれの乞食（こじき）坊主だが、昔は都で立派に坊さんを務めていたこと。その都が鬼という妖怪変化ではない本物の化け物によって襲われ、多くの友人が命を失ったこと。和尚自身は運良く逃げられたが、逃げた先でも鬼に遭遇することが何度かあり、そんな生活を何年も繰り返しているうちに下界に嫌気が差したため、人里離れたところに住もうと考え、こんな山奥にやって来たこと。

「鬼ってのは、そんなに恐ろしい化け物なの？」

桃太郎の質問に、ああ恐ろしいとも、と和尚が答える。

「あんな恐ろしい化け物、他に知らんわい。一匹や二匹なら束（たば）になって掛かれば何とかなるかもしれん。だがあんなに大勢で攻められたら一溜（ひとたま）まりもないわい」

「そうなんだ……大丈夫かな」

「何がかな？」

「あ、うん。前に僕の友達が、鬼と力比べしたいって言ってたんだよ。一緒にこの山に住んでたんだけど、何年か前に都に行ったんだ」

「馬鹿なことを言っちゃいかん。あんなのとまともに力比べなんぞできるものか。一捻（ひね）りされてお終（しま）いだ」

「そいつは熊を投げ飛ばすこともできたんだけど、それでも無理？」

「熊を？　そりゃあたいしたもんだが、でも熊と鬼を一緒にしちゃあいかんよ」

どうやらよほどの絶望を味わわされたようだ。あの楽観的な和尚が、鬼のことを話題に出しただけで、盃を持つ手を小さく震わせている。

「実は近いうちに都に遊びに行こうと思ってるんだけど」

「行くのは構わんが、鬼を見かけたらすぐに逃げなさい。友人にも忠告してあげた方が良いだろう。触らぬ神に祟りなし……とな。もっともあれは、神と言うより悪魔だがな。とにかく、お前さんには危ない目に遭って欲しくないのだ」

「どうして？」

「お前さんの目が都にいた頃の酒飲み仲間に似ていてな。何だか放っておけんのだ」

――都……。

和尚と桃太郎の会話を聞いて、ぽん太の中にある考えが浮かんでいた。

夜が明け、和尚と桃太郎は山を下りる準備を始めた。狸たちは自分たちの塒へと帰り始めたが、ぽん太だけはみんなと一緒に帰らず和尚たちについて行った。

「桃太郎さん、桃太郎さん」

「何だいぽん太？」

「都に行く時、オイラも連れてってくれない？」

「え？」

「オイラ、一度で良いから山を下りてみたいんだ。でも一人で下りるのは怖いから、誰かと一緒に下りたいんだよ。みんなは一緒に行ってくれないし」

仲間の狸たちは山での暮らしに満足している。誰も山を下りようと考えない。ぽん太が山を下りたいと言った時なんか一笑（いっしょう）に付されたほどだ。でもこの山だけが世界の全てでないことは知っている。外の世界には面白いものがあるに違いない。そう思っていたぽん太にとって、昨夜の桃太郎の話は渡りに船だった。

迷っている暇はなかった。

この機会を逃（のが）したら誰かと一緒に山を下りる日は来ないだろう。和尚にもその気はないようだし、桃太郎以外に動物の言葉が分かる人間に出会えるとも思えない。

「桃太郎さんはいつ都に行くの？」

「まだちゃんとは決めてないよ。お爺さんとお婆さんにも話さなきゃいけないし」

「じゃあ次の満月の晩、またお寺に来てよ。そんでオイラと一緒に都に行こう」

「良いけど……大丈夫かい？　鬼が出るかもしれないよ？」

「ちょっと様子を見るだけだよ。一目見たらすぐにまた帰って来るさ」

「分かった。じゃあ次の満月の晩に」

「やった！　約束だからね！」

承諾の返事を聞くなりぽん太は桃太郎たちと別れ、踵を返して山奥へと帰った。

また一つ新たな楽しみが増えた。都がどんなところかは分からないけど、腹鼓にも匹敵する楽しみが一つくらいはあるはず。考えるだけでもこんなにわくわくして来るのに、どうして仲間たちは山を下りようと思わないのか、不思議でならない。

桃太郎の言うように鬼とかいう存在のことは不安だが、全力で逃げれば何とかなるだろうと、ぽん太はあまり深く考えなかった。悪戯以外で頭を使うのは、ぽん太の得意とするところではない。

約束通り次の満月の晩に桃太郎は迎えに来てくれた。前回と違い旅支度をばっちり整えた恰好だ。頭の装飾品も頭巾から鉢巻きに変わっている。

寺で夜を明かし、朝を待ってぽん太は桃太郎と一緒に山を下りた。

## 4　浦島太郎の救済

浦島太郎がこの世に生を受けたのは三百年以上も前になる。三百年間生き続けているわけではない。とある事情により、自らが生きていた時代よりも遥か未来の世界で生きることになってしまったのだ。

とある事情とは、一匹の亀を助けたことに端を発する。

三百年前のある日、いつものように浦島が魚を捕ろうと海に来ると、浜辺で一匹の亀がいじめられていた。浅瀬の方まで来たところを運悪く捕まってしまったのだろう。数人の子供たちに棒で突かれたり叩かれたり引っ繰り返されたりと、されるがままだった。

可哀想に思った浦島は子供たちに近寄り、亀をいじめるのを止めるよう忠告した。子供たちは一向に聞き入れなかった。自分たちが捕まえたのだからどうしようと自分たちの勝手だと言い張る。言葉で諭しても聞かないと判断した浦島は子供たちになけなしのお金を渡し、亀を売ってくれと頼んだ。お金がもらえて嬉しかったのか、子供たちは快く亀を手放して帰って行った。

「さあ、もう大丈夫じゃ。海へお帰り」

浦島は亀を海へ逃がしてあげた。亀はのんびりと沖へ向かって泳いで行き、やがて姿が見えなくなった。

数日後、またも浦島は魚を捕るために海へやって来た。今度は亀がいじめられている現場に遭遇することもなく、舟で沖へ出られた。

釣りは浦島の生活を支える一番の基盤となっている。魚が釣れなければ食糧が手に入らないから、立派に死活問題である。しかし当の本人には危機感など全くなく、単なる道楽として楽しむように釣り糸を垂らしている。釣果に関係なく明日には明日の風が吹く。釣れないならその時はその時。浦島は基本的にのほほんとした性格なのだ。

その日も魚釣りが半分に日光浴が半分くらいの割合で、魚が糸に引っかかるのを気長に待っていた。

「もし、そこのお方」

不意に魚の代わりに誰かの声が浦島の耳に引っかかった。

周囲に人影はない。当然だ。浦島がいるのは穏やかに波打つ広大な潮水の絨毯（じゅうたん）の上。舟の一艘（そう）もないのに人がいるわけがない。

空耳かと思って釣りに意識を戻す。

「もし、そこのお方」

先ほどと同じ声、同じ言葉が聞こえた。空耳ではないようだ。

再び周囲を見渡す。やはり人はいない。代わりに一匹の亀がいた。

「わたくしです。先日助けていただいた亀です。あの時はありがとうございました」

「……亀が喋った？」

聞き間違いでなければ、確実にこの亀は人語を操った。鳴き声と波の音が絶妙に合わさって偶然にも人の言葉に聞こえるような音を紡ぎ出したのか。あり得ない。一文字二文字ならともかく、明らかに意味のある一文を紡ぎ出すなど、魚が大空を飛び回るよりも起こり得ない奇跡だ。

「驚かせて申し訳ありません。わたくしはその……普通の亀とは少し違いまして」

「だから人の言葉を喋れると？」

「あまり驚かれてはいないようですね」

驚いていないわけではない。だがのんびり屋な浦島には、亀がどうして人語を操れるのか、普通の亀とどう違うかなど、詮索するより受け入れる方が早くて楽なだけ。

「それで、今日はどうされたのかな？　また陸に上がろうとしているのかな？　今度は捕まらないように気をつけなされよ」

「いいえ、そうではありません。本日はあなたに会いに来たのです」

「わしに会いに？　何でまた？」

「先日のお礼をと思いまして」

「礼を言われるようなことはしておらんよ」

「でもあなたのおかげで助かりました。あのままだったらどうなっていたことか」

「あの子らも悪気はなかったのだろう。亀なぞめったに浜辺にやって来んから、ちょっと珍しかったんじゃなかろうか」

　だからたぶん、命を落としたり大怪我を負ったりはしなかったと思う。いじめられていたことに変わりはないし、見兼ねたのも事実ではあるが。

「どうあれ、あなたに助けられたことは事実です。だから何かお礼をさせて下さい」

「気持ちはありがたいが、お礼と言われても欲しいものがあるわけでもないし、強いて言えば、今日食べる分の魚が手に入れば満足じゃ」

「では竜宮城へご案内するというのはどうですか？」

「竜宮城？　竜宮城とは？」

「海の底にある宮殿です。地上にはない珍しいものもいくつか見られますよ」

　海底にある宮殿。宮殿など地上でもお目に掛かったことはない。

「確かに面白そうだ。しかし海の底に行くことはできんなぁ」

「大丈夫ですよ。わたくしの背に乗っていれば」

「水中では息ができん」

「それも大丈夫です」

「うーむ……」

本当に大丈夫だろうか、と頭の中で言い終わるよりも一瞬早く、もう一人の自分が大丈夫だと結論づける。疑うのなら亀が人の言葉を喋っているところから疑うべきだろう。そこを受け入れているのに疑うも何もない。

「こんな不思議な出来事、そうそう体験できることではない。せっかくの機会だ。行ってみようか」

「ありがとうございます。ではこちらへ」

舟から亀の背へと移動する。

「竜宮城に着くまで、これを口に当てていて下さい」

亀がこれと言ったのは、海藻(かいそう)のようなものだった。口に当てろと言うくらいだから、きっと海中で息ができない問題を解決する何かなのだろう。浦島は言われるがまま、素直にそれを口に当てた。

「では行きますよ」

日課のように海には出ているものの、潜(もぐ)った経験は数えるほどしかない。だから竜宮城以前に、海中の様子が浦島には新鮮なものだった。

どんどん深く潜って行く。降り注ぐ陽の光が少なくなり視界が暗くなって行く。だが海底付近に到着すると、暗かった浦島の視界が逆に眩(まばゆ)い光で一気に開いた。

荘厳(そうごん)にして雄大な宮殿がそこにあった。宮殿自体初めて見るものだから、地上にある宮殿も軒並(のきな)みこうなのかは分からない。浦島に分かるのは、自分の中にあるいかなる言葉を用いても竜宮城とやらの美しさを表現するのは不可能ということだけだ。

浦島たちが正面に近づくと、待っていたように扉が独りでに開いた。

「ようこそ竜宮城へ。もうそれを外して大丈夫ですよ」

竜宮城の中には空気があるらしい。なぜなのか、と浦島は考えなかった。竜宮城の美しさに囚(とら)われて考えることを忘れていたと言った方が正しいかもしれない。

「今、案内の者を呼んで参ります」

亀が奥へと消えて行く。しばらく待っていると亀の去った方から、明らかに人間の女性と思(おぼ)しき者の姿が見えた。浦島のように布切れ一枚ではなく、皇族やら貴族が着ていそうな仰々(ぎょうぎょう)しい恰好をしている。もっとも皇族や貴族を実際に見たことはない。

女性は浦島の前で立ち止まり、ゆっくりと丁寧に頭を下げた。

「ようこそお越し下さいました。わたくしは乙姫と申します」

「乙姫殿……」

浦島は乙姫と名乗った女性にすっかり見入ってしまった。

竜宮城と同じく、いかなる言葉を用いても表現できない美しさと気品を持つ女性。見惚れない人などこの世にいないだろう。あの世にもいないかもしれない。声は亀に似ている気がする。竜宮城に住む者は人間以外もみんな人の言葉を話すことができて、似たような声をしているのだろうか。

「どうぞこちらへ」

乙姫の後に続いて宮殿の奥へと進む。

足よりも視線の移動の方が忙しかった。

亀は何と言ったか。地上にはない珍しいものがいくつか見られる、だったか。とんでもない。いくつかどころか、見るもの全てが珍しい。宮殿を支えている柱一つにしたって、一体どんな素材でできているのか、見ても触ってもよく分からない。

通路の行き止まりに入口に似た大きな扉があった。乙姫が手を触れるより早く、扉の方が二人を招き入れた。

大きな広間だった。浦島が住んでいる掘っ建て小屋が幼虫の寝床に見えるほど、全てが桁違い。ここはおとぎの国だろうか。

「ごゆるりとおくつろぎ下さい」

広間の中央に、これまたどんな素材でできているのか分からない、柔らかくて座り心地の良さそうな長椅子がある。浦島は恐る恐る腰掛けた。卓を挟んで対面の長椅子に乙姫が座る。動作や姿勢が一々優雅で、浦島はそわそわした。どうにも落ち着かない。ずっと誰かにくすぐられている気分だ。

間を置かず部屋に誰かが入って来た。今度は人間ではなかった。

「ご馳走を用意しましたので、遠慮なく召し上がって下さいね」

乙姫の言葉通り、ご馳走と呼ぶに相応しい数々の料理や飲み物が魚たちによって運ばれて来る。気持ちは浮ついていたものの、ちょうどお腹が空いていたこともあり、浦島は早速出された料理に手を伸ばした。

何を食べているのかさっぱり分からなかった。お酒も地上では飲んだことのない味だった。美味しいのは分かる。上品かどうかは分からない。

もてなしは料理だけではなかった。風情のある音楽。鯛や平目の華麗な舞い。溶けるような乙姫の笑顔。どれ一つ取っても亀を助けた礼としては恐れ多いものだった。

中でも浦島の興味を一番惹いたのは、四季の窓と呼ばれるものだった。名前の通り、開けると四季それぞれの風光明媚な景色を見ることができる、何とも不思議な四枚の窓。春の桜や夏の星空、秋の紅葉に冬の雪山。浦島の知る四季の姿もあれば初めて見る一面もあったが、全てが竜宮城に負けないほど美しく、心が洗われた。

本当は料理を食べ終えた時点で、十分に礼はしてもらったと言って帰るつもりだった。しかしあまりの居心地の良さと何日でもいてくれて構わないという乙姫の言葉に甘えてしまい、浦島は何日も留まって竜宮城を堪能した。

酒とご馳走に舌鼓を打ち、魚たちの余興に笑い、乙姫との語らいに心を弾ませ、四季折々の風景に酔い痴れる。夢のような時間がいつまでも続いた。

気がつけば三年が経っていた。

「本当に、帰ってしまわれるのですか？」

「うむ。ここでの暮らしはとても楽しいが、やはりわしは……」

「そうですか」

浦島が帰ると言い出すや否や、乙姫は今にも泣き出しそうな表情を浮かべて、本当に帰るのかと何度も訊き返して来た。魚たちも、言葉を発することはなかったが、皆一様に浦島が帰るのを惜しんでいるようだった。

竜宮城の居心地はとても良い。良過ぎるくらいだ。一生をここで過ごすことになっても何ら不満はない。しかしやはり浦島は地上の人間。居るべき場所は海の底ではない。母や友人のことも気懸かりだ。彼らは今頃どうしているのか。特に母は息子が三年も帰って来ないことを気に病んでいるだろう。

乙姫は散々引き止めてくれたが、浦島は結論を変えなかった。最終的には乙姫も納得してくれた。

「浦島様。これをお持ち下さい」

帰り際、浦島は乙姫から箱を一つ手渡された。

「これは玉手箱（たまてばこ）と言って、竜宮城に古くからある宝物です。地上からお客様が来ることはめったにありませんが、彼らが再び地上にお帰りになる際は、こうして玉手箱を一つ渡すことになっているのです」

随分と軽いが中身は何だろうか。ここで食べた料理の一つでも入っていれば地上のみんなを喜ばせることができるが、果たして。

浦島はちょっとだけ中身を拝見してみようと箱の上蓋（うわぶた）に手を掛けた。

「なりません、浦島様」

乙姫の絹のように滑（なめ）らかな手がそっと浦島の手に添えられる。

「この玉手箱は、決して開けてはいけない箱なのです」

「開けてはいけない？」

「今に限らず、地上に戻ってからも、決してこの箱は開けないで下さい」

「しかし、それでは中身が……」

「良いのです。これはそういうものなのです」

意図が分からない。開けてはいけない箱など、水に浮かべられない舟のようなもの。何の価値もない。しかし乙姫の顔は至って真剣だった。

「……分かり申した」

理由は不明だが、乙姫が絶対に開けるなと言うのなら無理に逆らうこともない。

「では浦島様。お元気で」

「乙姫殿も」

乙姫とお付きの魚たちに見送られて浦島は竜宮城を後にした。

地上に戻って来た浦島を最初に襲った感情は、郷愁ではなく驚愕（きょうがく）だった。

三年という月日は決して短くない。多少なりとも村の外観に変化があるのは頷ける。しかしこれはいくらなんでも変わり過ぎだ。浦島の記憶にある風景が何一つない。あるべき姿も、いるべき姿も、どこにもない。

災害に見舞われて村ごとなくなったのか。いや違う。この光景はむしろ、退化ではなく進化だ。浦島のよく知る掘っ建て小屋など一つもなく、人々の恰好も浦島よりは乙姫に近い。彼女のような華やかさはないにしても、浦島のようなみすぼらしさもない。竜宮城とは別の意味で異世界に来てしまった感覚。

浦島は方々を歩き回って人々から話を聞いた。その結果、今は浦島の知る時代から三百年も未来であることが判明した。

三百年。三年の百倍。何もかもが変わるのに十分な年月。

理由は分からない。だが何が起こったのか、分かっていることはただ一つ。

竜宮城での三年は、地上での三百年に相当するということだ。

乙姫や竜宮城のみんなは知っていたのだろうか。乙姫が執拗に浦島の帰りを引き止めたのはこのためだったのか。

ふと玉手箱に目が行く。母、友、住居――地上の全てを失った浦島にとって唯一の所持品である、開けることを禁じられた謎の箱。何が入っているのだろうか。案外、状況を打破する代物が入っているのではないだろうか。例えば三百年前に戻れる何かが。

通常、人は過去に戻ることはできない。だから開封を禁じられているのではないか。開けることはすなわち、神様に喧嘩（けんか）を売るようなものだから。

中に入っているのは果たして、神か悪魔か。

頭が結論を出すよりも早く、浦島の手は無意識に箱を開いていた。

中から出て来たのは神でも悪魔でもなく、ただの白い煙だった。煙は瞬く間に浦島の姿を老人に変えた。時間を戻すのではなく、時間を進める代物だったらしい。

一瞬で老人になったことに驚かなかったと言えば嘘になる。だがそれ以上に浦島は驚くべき早さで現状を受け入れた。

これは咎だ。母や友人を顧みず、時間の流れに逆らって何年も快楽に溺れた罰。一気に時間が進んだので今の自分が何歳なのかは分からない。あと何年生きられるのかも分からない。いずれにしろ残された時間は多くないはずだ。

浦島は近くの村に居を構え、静かに余生を過ごすことにした。

代わり映えのない日々。喋る亀も現れなければおとぎの世界へ行くこともない、数奇な出会いとはかけ離れた暮らし。そんな生活が三年以上続いた。

大きな出来事は何も起きなかった。せいぜい、犬を一匹拾ったくらいだ。何日も食べ物にありつけなかったのか、河原で弱っているところを助けて家に連れ帰って以来すっかり懐かれてしまって、今も一緒に暮らしている。もしかしたら浦島は動物を助ける星の下に生まれたのかもしれない。

浦島は犬をシロと名づけて可愛がった。

シロが来てくれてから毎日が少しだけ楽しくなった。シロといると孤独が紛れる。罪深い身でありながら一端の人間としての幸せもいただいている。感謝すべきなのか恐縮すべきなのか迷うところだ。

どうあれ、自分はこのまま何事もない日常を送りつつ天からのお迎えを待つことになるのだろうと、浦島は思っていた。

しかし予想は外れた。

シロとの二人暮らしにもすっかり慣れた頃、村に一人の青年がやって来た。青年は桃太郎と名乗り、一匹の狸と傷ついた一羽の雀をお供に連れていた。

「この雀、怪我をしているみたいなんだけど、手当てをお願いできないかな?」

「良いとも。わしの家に来なされ。怪我が治るまでわしが面倒を見よう」

「ありがとう。僕も看病を手伝うよ」

またしても動物を助ける場面に出くわした。相変わらず運命が悪戯してくる。

ただし今回の悪戯は規模が大きいことに、この時の浦島は気づいていなかった。

## 5　おちゅんの失敗

「大丈夫かい？　しっかり」

　声に反応して目を開けると、すぐ目の前に人の顔があった。同時に自分は声の主の手の中にいることにも気づく。

「……大丈夫です。前方不注意で木に頭を……」

「喋らなくて良いよ。まずは手当てをしよう」

　手から懐の中へ。視界が塞がれると同時に自然と目も閉じた。

　薄れ行く意識の中で思ったのは、この人は人間でありながらなぜか雀である自分の言葉を理解できるらしいということだった。

　次に目が覚めた時は柔らかい布の上だった。

「……ここは……？」

「あ、気がついたみたい」

　先ほども聞いた声。若い人間の男の声だ。

「おお、そうか。良かった良かった」

別の声。こちらは随分と年老いた声だ。

体が動かない。目だけ動かして見える範囲を一通り見渡すと、どうやらここは民家の中らしいことが分かる。若い男の家か、老人の家か。あるいは二人の家か。

この場にいるのは二人だけではないことも分かった。人間は二人だけだが、他に犬と狸が一匹ずつ視界に入った。

「木にぶつかった時と地面に落ちた時に、体を強く打ったみたいだね。しばらくは安静にしている必要があるよ」

若い方に言われて雀は自分が気を失った時の状況を思い出した。

別に複雑な話ではない。山の中を飛んでいる時、ついうっかり余所見していたら勢い良く頭から木にぶつかってしまったのだ。その時点で気を失ったから、地面に体を打ちつけた時のことは覚えていない。体中が痛いから、強く打ったのは確かだろう。

「助けていただいて、ありがとうございます」

声は出せるみたいなので素直にお礼を言う。相変わらず言葉が聞き取れているらしい青年が、いや、と微笑んだ。

「偶然通りかかって良かったよ」

「どうして私の言葉が分かるのですか？」

「ああ、それはこれのおかげさ」

青年が頭の鉢巻きを指差す。

「これ、動物の声が分かる鉢巻きなんだ。元々は頭巾だったんだけどね。旅に出る前、こっちの方が似合うからって、僕のお婆さんが鉢巻きにしてくれたんだ」

変わった鉢巻きもあるものだとは雀は思ったが、驚きはしなかった。摩訶(まか)不思議なものなら雀もいくつか存在を知っている。

話の中で、青年の名前は桃太郎、老人の名前は浦島太郎だと分かった。ここは浦島の家で、桃太郎は村に着いて最初に会った浦島に雀の看病を頼んだようだ。ついでに狸の名前はぽん太で桃太郎と一緒に旅をしており、犬の名前はシロで少し前から浦島と一緒に暮らしていることも分かった。

「君の名前は？」

「私には名前はありません。私たちはお互いを名前で呼ぶことがないのです」

「そうなんだ。君にも何か名前があると呼び易いんだけど……」

「では、おちゅんと呼ぶのはどうかな？」

浦島の提案に、良いね、と桃太郎が頷く。雀自身にも異論はなかった。

最初は名前で呼ばれることに違和感があったがすぐに慣れ、一夜明けた時にはおちゅんと呼ばれるのが少し嬉しく感じられるようになった。

怪我は思ったよりもたいしたことがなく、おちゅんは数日で動けるようになり、十日も経たずに飛べるくらいまで回復した。そのまま山に帰っても良かったが、世話になったみんなとの別れが惜しいこともあって、完治するまではここにいたい旨を告げ、浦島も快く了承してくれた。桃太郎とぽん太も完治するまではつき合うと言ってくれた。

一日の過ごし方は大体いつも同じである。

朝になると桃太郎が山へ野良仕事に行く。

「ここにいる間は僕が代わりに山に行くから、浦島じいちゃんはおちゅんのことを看ててやってよ」

「すまぬな、桃殿」

「良いよ。小さい頃からお爺さんの手伝いをよくやってたから、慣れてるんだ」

浦島、ぽん太、シロは留守番をしているか外を散歩している。おちゅんは飛べるようになってからは調整がてらに村の中を飛んで過ごしている。本当はもう完治したと言っても良いくらいの状態だったが、やはりみんなとの別れが惜しいからか、調子を訊かれる度にあと少しと無意識に答えてしまう。

桃太郎が代わりに野良仕事に行ってくれることを喜んでいたのは浦島だけではなかった。シロもまた、普段なら日が暮れるまで独りで留守番なり散歩なりしているところを、今は主人の浦島がずっと家にいるので喜んでいる。

更に数日が経ったある日、桃太郎がいつものように山に出かけた後、散歩に出ていたシロが猛烈な勢いで家に向かって走っているのが空から見えた。何かあったのだろうかとおちゅんもシロの後を追って家まで向かう。

家に着くなりシロは浦島に向かってしきりに吠えた。

「浦島さん浦島さん！」

「おお、どうしたのかな？　シロ」

「すぐに来て！　お宝を見つけたんだ！」

桃太郎が野良仕事に行っている間は浦島が例の鉢巻きを借りている。だから今は浦島もシロの言葉が理解できる。

「お宝とな？」

「こっちだよ」

シロが浦島の服の袖を噛んで引っ張る。

「これこれ。あまり引っ張るでない」

よほど凄い宝なのだろうか。シロのはしゃぎようが尋常ではない。

急かすシロをなだめながら、ゆっくりと浦島が後からついて行く。

「オイラたちも行ってみよう。お宝って奴が気になるよ」

ぽん太に言われ、おちゅんもシロの後をついて行った。

着いたのは家から少し離れたところにある持ち主のいない畑。誰も手入れをしていないので少々荒れている。

シロがまたも吠える。

「ここ！　ここを掘って！」

気持ちが逸（はや）っているのか、浦島に掘れと言いつつも、間を置かずにシロは自分で掘り始めた。前足を使って凄まじい勢いで土を掘り返している。ぽん太も及ばずながら掘るのを手伝った。おちゅんも穴掘りに参加してみたが、嘴（くちばし）で突（つつ）くくらいしかできないのでほとんど戦力にならなかった。

「ここに何か埋まっていると言うのか。よしよし、ちょっと待っておれ」

浦島は一旦家に引き返し、鍬（くわ）を持って戻って来た。

「ほれ、みんなどいておれ。わしが掘ろう」

シロたちが掘った穴に浦島が鍬を突き刺す。

畑を耕すように穴を掘り進めることしばし。鍬が鈍い悲鳴を上げた。何か硬いものに当たったらしい。

「これは何じゃろう」

硬いものの正体は土に塗（まみ）れた箱だった。外面的には宝箱に見えない。お宝かどうかは中身次第だろう。

土を払って早速開けてみる。

「……おお」

中に入っていたのは大判小判だった。長い間土の中にあったとはとても思えないほど綺麗な金色の光を放っている。

「これは凄い。一体誰がこんなところに埋めたんじゃろう」

浦島の嬉しそうな姿を見ているとこっちまで嬉しくなってしまう。

「どうしてここに埋まってるって分かったんだい？」

ぽん太がシロに訊（たず）ねる。

「匂い……みたいなものかな。上手く説明できないんだけど、こういう、普通とは違う何かがあると、何となく分かるんだ」

「そりゃ凄いや」

浦島は箱を持ち帰り、桃太郎が帰って来るのを待って今日あった出来事を話した。話を聞いた桃太郎は、ぽん太と同じように凄いやと驚いていた。

「これだけあれば、お米とかもたくさん買えるんじゃない？　街の方まで行って、僕がいろいろ買って来ようか？」

「しかし、勝手に使って良いものかのう」

「悪いことに使わなければ、埋めた人だってきっと許してくれるよ」

「ううむ……そうじゃな。せっかくシロが見つけてくれたものじゃ。元の持ち主に感謝しつつ、ありがたく使わせていただくとしようか」

「じゃあ、明日早速行って来るね。たぶん二日もあれば戻って来られると思う」

「気をつけて行きなされよ」

次の日、朝早くに桃太郎は街へ向けて出発した。ぽん太も街を見てみたいと言ってついて行った。

桃太郎がいなくなってしまったので、浦島は野良仕事へ。

「留守番を頼むぞシロ。おちゅんも無理はしないようにな」

おちゅんとシロが各々（おのおの）の鳴き声で応（こた）える。満足そうな笑みを浮かべて浦島は山へと出かけて行った。

おちゅんの方はやることは変わらない。今日も空を飛び回り、気ままに風を浴びるだけだ。シロはおとなしく家で寝ることに決めたらしい。

果たしてあと何日、みんなで過ごすことができるだろう。さすがにいつまでもこのままというわけにはいかない。いずれは山に帰らないといけないし、桃太郎とぽん太だってこの村は通過点に過ぎないのだ。おちゅんが山に帰ると言い出さない限り、彼らの都合を邪魔し続けることになる。

今日辺りにでも打ち明けようか。自分はもうすっかり良くなっているのだと。

おそらく彼らも気づいてはいるのだろう。何せこんな元気に滑空(かっくう)しているのだ。今のおちゅんを見て不調だなと思う人はいない。でも誰も何も言わないのは、みんながおちゅんに気を遣ってくれているからに違いない。

「……よし」

みんなに話すのは桃太郎たちが帰って来てからで良いとして、とりあえずは家にいるシロに話してみようと、おちゅんは家路に着くことにした。

家に着く直前、シロが誰かに家から連れ出されそうになっているのが見えた。かなり強引に引っ張られている。

「ほら、さっさと歩くんだよ！」

見知らぬ人ではない。連れ出そうとしているのは、浦島の隣に住んでいる老夫婦のお婆さんの方だ。隣人でありながらも浦島と仲良くしている様子はないし、どことなく近寄りにくい雰囲気があったので、おちゅんも接点を持ったことはなかった。

シロは抵抗するわけでもなく、かと言って素直に従うでもなく、お婆さんに引っ張られるまま引きずられて行く。

どこに行くのかと空から様子を窺っていると、お婆さんはシロを昨日大判小判を発見した畑に連れて行った。シロに何か探させようと言うのだろうか。

「さあ、さっさとおやり！　何か見つけるまで帰さないからね！」

予想通りだった。昨日のやり取りをこっそり見ていたのかもしれない。シロの嗅覚に目をつけて、自分たちもあやかろうという魂胆のようだ。

シロが地面に鼻を擦りつけながら畑を歩き回っている。尻尾が垂れ下がっていて元気がない。嫌々探しているせいだろう。

しばらくしてシロは立ち止まり、お婆さんを呼ぶように小さく声を上げた。

「おう見つけたか。よーし良い子だ」

これほど良い子という言葉が白々しく聞こえるのも珍しい。

「ほらどきな！」

お婆さんはシロを蹴飛ばした。それから存在ごと忘れてしまったかのようにシロには目もくれず、一心不乱に土を掘り返し始めた。

おちゅんはシロのすぐそばに下り立った。

「大丈夫ですか？」

大丈夫、とあまり大丈夫に思えない調子でシロは答えた。

「それより離れてた方が良いよ」

「でも……」

「僕は大丈夫だから」

「……分かりました」

一度木の枝へ避難し、事の顛末（てんまつ）を見守ることにする。

「何かにぶつかったよ！」

お婆さんが歓喜の声を上げた。お宝を発見したようだ。土を掘る手を止め、しゃがみ込んで穴から何かを取り出した。

昨日と同じく、穴から出て来たのは箱だった。

ところが――

「……何だいこれは？」

中身は大判小判ではなく、おちゅんの目にもはっきりと分かるほど、二束三文にすらならないがらくただった。

「この駄犬め！　あたしを騙したね！」

お婆さんがシロを何度も踏みつける。シロは抵抗しない。

おちゅんは止めに入ろうと思ったが、足が枝から離れるよりも一瞬早く、お婆さんは足蹴にするのを止めて大きなため息を吐いた。

「ふん。まあ何かがあったことは確かだからね。もっと探すのを手伝ってくれるなら、これくらいで勘弁してやろうじゃないか。感謝するんだね」

散々蹴りつけといてよくそんなことが言えるものだとおちゅんは思った。

「ただし次もお宝じゃなかったらただじゃおかないよ！」

シロは再び捜索を開始した。

こんな人に力を貸すことないのに、とおちゅんは内心で思ったが、逆らったらもっと酷い目に遭わされる、素直に言うことを聞くのが一番被害が少ないと思っているから、シロは抵抗しないのかもしれない。

しばらく歩き回って、シロが発見を告げる声を上げた。お婆さんがシロを押し退けて土を掘る。またしても土で汚れた箱が出て来た。

今回も箱の中身は取るに足らない代物だった。

「こいつ！」

再びシロが折檻（せっかん）される。

見ていられなかったおちゅんは勢いをつけて枝を蹴り、お婆さん目がけて特攻した。勢いに乗ったまま嘴で思いっきりお婆さんを突く。

「あいたっ！　何だいいきなり！」

お婆さんが腕を振り回す。おちゅんは避けながら攻撃を続けたが、何度か突いたところでお婆さんの腕が当たり、吹っ飛ばされてしまった。

「雀風情が生意気な」

気を失うほどではなかったがすぐには起き上がれなかった。

その後も何度もシロはお婆さんに叩かれ蹴られ、宝を探せと脅された。しかし何度見つけても出て来るのは無価値な残骸（ざんがい）ばかり。荒れた畑が土竜（もぐら）叩き場と化したところで、ようやくお婆さんは区切りをつけたようだった。

「……どうやらこの辺りにはないようだね。別の場所か。いいかいお前。明日こそはお宝を見つけてもらうよ！」

散々こき使ったシロを残してお婆さんは引き上げてしまった。

シロがよろめきながらおちゅんに近づいて来る。

「大丈夫かい？　飛べる？」

「私の方はたいしたことありません。それより、また明日って、言ってましたね」

「……うん」

「まさか、明日も今日みたいに……」

シロは何も答えず、力なく家へと向かって行く。おちゅんも無言でついて行った。

夜になり浦島が帰って来た。弱っているシロを一目見るなりどうしたのかと訊ねて来たが、今は鉢巻きがないので何があったのかを正しく伝えることができない。おちゅんはシロが手厚く看病されるのを黙って見ていることしかできなかった。

夕飯後、浦島が寝静まったのを確認してから、おちゅんは静かにシロに話しかけた。

「体は大丈夫ですか？」

丸くなって寝ていたシロは顔だけを少し上げておちゅんを見たが、何も言わずにまた下ろした。

「このままだと、明日も同じ目に遭わされてしまいます。明日には桃太郎さんも帰って来ますし、そうすれば事情を説明して、止めてもらうこともできるでしょう。だからそれまでどこかに隠れるとかした方が……」

「……危ないよ」

顔を上げずにシロが答える。尻尾が力なく動いた。

「危ないって、隠れても見つかってしまうってことですか？　山の中とか、簡単には来られないところなら大丈夫なのでは？」

「あのお婆さん、たぶん人間じゃない」

「え？」

おちゅんにはシロの言葉の意味が分からなかった。

「何となく感じるんだ。あの人からは、浦島さんや桃太郎さんとは明らかに違う臭いがする。それもかなり危険な、恐ろしい存在だと思わせる臭いが」

シロの嗅覚が鋭いことは大判小判を探したことでも証明されている。その嗅覚がお婆さんに対して異質なものを感じ取っているのであれば、何かの間違いと一蹴するのも考えものだが――

「私には人間にしか見えません。浦島さんたちと雰囲気が違うのは同感ですが」

「何者かが人間の姿に化けてるんだと思う。誰が化けてるのかは分からないけど、下手に身を隠したら、僕を匿うためにどこかに隠したんじゃないかって疑いを掛けられて、浦島さんの身に危険が及ぶかもしれない」

「そうは言っても、明日もあんなに蹴られたり叩かれたりしたら、あなたの身が……」

僕なら大丈夫だよ、とシロがおちゅんの言葉を遮った。

「とにかく、あの人は何かを捜してる。何なのかは分からないけど、ここにはないってことが分かれば、諦めて村を出て行くかもしれない。それまでの辛抱だよ」

少しして、シロの規則的な寝息が聞こえ始めた。一方のおちゅんはもやもやした状態のまま、ほとんど眠れずに朝を迎えた。

次の日、浦島は朝ご飯を食べた後、おとなしくしてるんだぞ、とシロの頭を撫でて野良仕事に行った。家にはおちゅんとシロだけが残った。さすがに空を飛ぶ気にはなれず、おちゅんはシロのそばについていた。

このまま何事もなければ良いのにと思ったが、願いは聞き届けられなかった。

「約束通り、今日こそ探し当ててもらうよ」

隣のお婆さんだ。約束なんてしていない。されたのは一方的な脅迫だけ。

お婆さんが遠慮なく家の中に踏み込んで来る。おちゅんはシロの前に立ち、連れて行かないように無言で抗議した。

「邪魔だよ。どきな」

一も二もなくお婆さんに蹴飛ばされる。

シロが昨日と同じように引っ張られて家から連れて行かれる。おちゅんは黙って見ていることしかできなかった。

シロを連れ戻すには力が足りない。代わりに何かできることはないだろうか。

桃太郎は今どの辺りにいるのだろう。空を飛んで探し回れば見つけることができるだろうか。どっちの方角に飛んで行けば見つけられるだろう。

考えていても埒（らち）が明かない。おちゅんは窓から飛び出し、今まで一度も当てにしたことなどない白分の勘を頼りに、上空から桃太郎の捜索を行った。

しかし頼ったことのない勘ほど頼りがいのないものもなかった。体力の限界まで飛び回った挙げ句、結局桃太郎を見つけられなかった。シロの嗅覚が羨ましい。

日が暮れて浦島が帰って来るとほぼ同時に、桃太郎とぽん太も家に帰って来た。シロは帰って来なかった。

何かあったのかと、桃太郎が訊いて来る。

「実は……」

おちゅんは桃太郎に、昨日シロの身に起きたことと、隣のお婆さんが人間じゃない、何者かが人間に化けているとシロが言っていたことを話した。

「そんなことが……」

浦島も驚いていた。今までそんなことがなかっただけに、まさかシロの怪我が折檻によるものとは思っていなかったのだろう。

「一体誰が人間の姿に化けたりなんかしているんだろう？」

「変化が完璧（かんぺき）なら、見破るのは簡単じゃないよ」

桃太郎の疑問に答えたのはぽん太だった。

「化けるだけならそんなに難しくないんだ。オイラにだってできる。でも見破るとなると難しい。オイラにはシロのような嗅覚はないから、本当に人間じゃなかったとしても、変化を解いてもらわないと見破ることはできないよ。ただ、もしオイラと同じであれば、ずっとは化けていられないはず。オイラも一日一回は元に戻らなきゃいけないんだ。向こうも似たようなものなら、正体を知る機会はあると思う」

「シロは今どこにいるんじゃろうか」

浦島の心配そうな声に、そうだね、と桃太郎が頷く。

「あの二人の正体が何者かも気になるけど、今はシロを捜す方が大事だね」

「隣に行って訊いてみるかのう」

言うが早いが、みんなが一斉に腰を上げる。

隣の家の前まで移動し、戸を叩きながら桃太郎が中に向かって声を掛ける。

「シロがどこ行ったか知りませんかー？　まだ帰って来ないんだけどー」

戸が開く気配はなかった。代わりに、知らないよ、という返事が聞こえる。声の感じからして返答をしているのはお婆さんの方だ。

「シロってのはあんたんとこにいるあの犬かい？　どこかその辺をほっつき歩いてるんじゃないのかい？」

「でも今日、お婆さんがシロを連れて行ったって聞いてるよ」

「知らないよ。誰がそんな根も葉もないことを言うんだい」

「おちゅん……僕たちと一緒にいる雀が言ってたよ」

「雀が言ってたって？　はん、馬鹿言っちゃいけないよ。雀の言葉が分かるとでも言うのかい？」

「分かるよ。僕は動物の言葉が分かる道具を持ってるんだ」

「……とにかく、知らないものは知らないよ。捜すんなら他を当たりな」

取りつく島もない。その後も桃太郎と浦島が交替で質問を投げかけたが、知らぬ存ぜぬの一点張りだった。

「仕方ない。手分けして捜そう。暗いからくれぐれも気をつけなされ」

浦島、桃太郎、ぽん太が三者三様の方向に足を向ける。

おちゅんもみんなと別の方向に行こうとしたが、ふと思い立ち、老夫婦の家の裏手に回って窓から中の様子を見ようとした。

「……閉まってる」

窓は木が打ちつけられていて中が見えない。他の窓も確認してみたが悉く閉ざされていた。普段から用心しているのか。しかし用心しているということは、中を見られたらまずいものがあることを示しているとも言える。

ぽん太の言葉を思い出す。

――ずっとは化けていられない。

用心の対象がそれである可能性はありそうだ。

家の周りを飛び回り、入れそうな隙間を探してみる。窓は全て閉めきられていたが、劣化が進んでいたせいか、偶然にも屋根に近い部分の壁の一部が崩れて僅かな隙間が空いていた。体を捩じ込めば入れないこともなさそうだ。

羽を畳み強引に体を滑り込ませる。何とか侵入には成功したが、勢い余って羽を開く間もなく床に落ちてしまった。

「……何だい、今の音は？」

声のした方を見る。

瞬間、おちゅんの体は固まった。思考も停止する。

シロとぽん太の言ったことは正しかった。

目の前にいたのは人間の老人ではなく、もっと別の、今まで見たことのない、まさに化物としか言いようのない異形の者だった。

お婆さん――お爺さんかもしれない――と目が合う。

「お前……隣の家の雀だね？」

思考が運転を再開した。まずい。今すぐ逃げないと。逃げて桃太郎たちにこのことを教えないと。頭ではそう思っているのだが、体は停止状態のままだった。羽毛の一本に至るまで完全に活動することを拒んでいる。

体を掴まれる。握り潰されるのではないかと思うほど強い力だ。これではどのみち身動きが取れない。

「この姿を見られたからには、覚悟してもらわないといけないねぇ」

鳥肌が立つ暇もないほどの恐怖がおちゅんの体を駆け抜けた。

「あの小僧、動物たちの言葉が分かるとか言っていたね。おそらくは聞き耳頭巾か……厄介なものを手に入れてくれたもんだね。まあいい」

顔が近づいて来る。握り潰されるのが先か、食べられるのが先か。

「いいかい、あたしの言うことを肝に銘じな。命だけは助けてやるから、今すぐ山に帰るんだ。ここで見たことは誰にも漏らしちゃいけないよ。もし今後、小僧や爺とお前が一緒にいるところを見かけたら、お前たち全員、無事じゃ済まないと思いな」

選べる選択肢はなかった。シロと同じだ。浦島や桃太郎を危険な目に遭わせたくないのなら、要求を飲むしかない。

「念のため、喋れないようにしておこうかねぇ」

空いている方の手がそばにあった鋏を掴む。

何をされるのか考える間もなく、おちゅんは無理矢理口を開けさせられ――

鋏で舌を切られた。

「――っ！　っ！」

「ふん。これでもう、お前は何も喋れやしないよ。だがたとえ喋れなくても、小僧との接触は禁止だよ。もし破ったら……分かってるね？　分かったらさっさと出て行きな」

こんな形で帰ることになるとは夢にも思っていなかった。世話になった浦島たちにお礼を言うこともできず、新たな怪我を負った状態で帰らなければならないなんて。

涙が止まらなかった。体と心、より痛いのは果たしてどちらなのだろう。

## 6　シロの後悔

　シロの記憶は隣のお婆さんに散々蹴られたところで止まっていた。記憶が再び動き出したのは浦島の家で横になっているところからだった。気を失っている間に桃太郎が見つけて運んでくれたらしい。

「大丈夫かい、シロ？」

「……大丈夫」

　弱々しい返答になってしまったものの、体の方は思ったよりも痛みが少ない。一晩休めば普通に動けるようにはなるだろう。

「おちゅんから聞いたよ。隣の家のお婆さんがシロをこんな目に遭わせたって」

　言うつもりもなかったが、隠し通せるとも思っていなかった。

　今日もあのお婆さんに連れ去られ、宝探しをさせられた。結果は言わずもがな。もし望むものが見つかったのなら、今頃シロはこんな状態になっていない。今日の収穫もお婆さんの多大なる憤り（いきどお）りと体中の痛みだけだった。

「一体何故、あの二人はシロをこんな目に遭わせるんじゃ」

浦島がシロを見つめる。隣の老夫婦とは似ても似つかない優しい目だ。

「浦島じいちゃんみたいに、お宝が欲しいのかな?」

違うと思う、とシロは答えた。

「あの人は、明確に何かを捜している……気がする」

確信があるわけではない。お婆さんがそれらしいことを言ったわけでもない。ただ何となく、シロにはお婆さんが何の目的もなく、宝であれば何でも良いと思って探しているようには見えなかった。彼ら自身もどこにあるのか分からない、そんな失せ物を捜している雰囲気を感じる。

「何にしても、これ以上シロを酷い目に遭わせるわけにはゆかん。明日またシロを連れ去るような真似をするなら、阻止せねばならんのう」

そうだね、と桃太郎が頷く。

「明日は山に行くの止めるよ。僕たちがみんなでここにいれば、お婆さんだって簡単にはシロを連れ出せないだろうし」

昨日も今日も、お婆さんがこの家にやって来たのは桃太郎や浦島が出かけた後だった。留守を狙っているのは確かだろう。

ただ、もしもあの二人が、自分たちが人間でないとシロが疑っていることに気づいていたら。桃太郎がシロの言葉を分かると知っていたら。桃太郎や浦島が二人の正体に気づきつつあると勘繰って、もっと強硬な手段に出る可能性もあるかもしれない。邪魔する者に対して容赦ないのは、シロを庇おうとしたおちゅんが蹴飛ばされた事実から考えても――

「……おちゅんは？」

よく見たらおちゅんがいない。

「そういえば帰りが遅いのう。まだ捜し回っとるんじゃろうか」

浦島の話によれば、シロを発見したのは桃太郎だが他のみんなも散り散りに捜してくれていたらしい。おちゅんだけは暗いとは言え空を飛べるから、広範囲に捜し回っているのかもしれない。

「心配じゃが、おちゅんとて一晩中捜し回ることはせんだろう。ある程度捜して見つからなければ一度戻って来るはずじゃ」

浦島も桃太郎もぽん太も宵闇のような表情を浮かべている。あまり良い予感がしないのはシロも一緒だった。

予感は悪い意味で裏切らず、おちゅんは翌朝になっても戻って来なかった。

「捜しに行こう」

桃太郎が言った。誰も異論はなかった。

朝食を強引に喉に通らせ、出かける支度を整える。

「本当はゆっくり休んでてと言いたいところだけど……シロを家に残すと、また隣のお婆さんがやって来るかもしれないから」

「大丈夫。歩けるよ」

嘘ではない。多少の痛みは残っているものの、読み通りに一晩休んだだけでシロの体は歩く分には問題ないほど回復した。強制労働をさせられなければ大丈夫だ。

「やっぱり……怪しいのは隣かな」

桃太郎が隣の家を見つめる。中にいる可能性はあるだろうか。シロならともかく、おちゅんを監禁する理由があるとは思えないが。

シロは家に近寄り鼻先を壁に近づけてみた。おちゅんらしき匂(にお)いを微かに感じる気もするが、中にいると思えるほどではなかった。

続いて地面に鼻を近づけ、手当たり次第に匂いを嗅(か)ぐ。やはり微かにではあるがおちゅんの残(のこ)り香(が)が感じられる。近くにはいないようだが匂いを辿れば居場所を突き止めることができるかもしれない。

「たぶん、こっち」

シロが先導しみんなが続く。

「匂いを辿れるってことは、おちゅんは飛んでどこかに行ったんじゃないのかな？」

かもしれぬ、と浦島が桃太郎に答える。

「しかしそうであったのならば、やはり良い予感はせんのう」

浦島の言いたいことはシロにも分かった。おちゅんは飛ばなかったのではなく、飛べなかったのかもしれない。せっかく全快して毎日楽しそうに風になっていたのに。

我慢するべきではなかったのだろうか。おちゅんが蹴飛ばされた時に思いっきりお婆さんに噛みついて、下手に近寄れないようにすれば良かっただろうか。噛みついた程度であのお婆さんが怯（ひる）んだかどうかは怪しいが。

おちゅんの匂いは村を出て山の方へと続いていた。浦島や桃太郎が野良仕事に出かける山だ。桃太郎の話では、最初に倒れているおちゅんを発見したのもこの山だった。この山におちゅんの元々の住処（すみか）はあるのかもしれない。

更に時間を掛けて山の奥へと入って行く。

「こっちの方までは来たことがないのう」

浦島が物珍しそうに左右に視線を走らせた。

「僕たちは一度通ったことがあるよ。裏側からこの山を越えて来たから」

桃太郎が言い、ぽん太が無言で頷く。

山道を外れ、道なき道を進み、雑木林を過ぎた先で一行は歩みを止めた。

人里離れた山奥に相応しくない、随分と立派な構えの家がある。匂いは明らかに建物の中へと続いていた。

「ここが、おちゅんの住処なのかい？」

分からないが、おちゅんが中にいるのは間違いなさそうだ。

門扉の前に佇(たたず)んでいると、中から雀が何羽か出て来た。シロたちよりも数が多い。

「雀のお宿へようこそ」

「雀のお宿？」

初めて聞く言葉だ。こんな薮(やぶ)を掻き分けた先の宿に辿り着けるかどうかは別として、確かに建物の造りは人を泊めるのに申し分ない造りに見える。

「どうぞ中へ」

案内されるまま中へと進む。通された部屋は綺麗な畳部屋だった。村にあるどの家よりも立派そうだ。

「しばらくお待ち下さい」

雀たちが出て行き、各々畳の上で体を休める。ここまでは結構な距離だった。歩くには問題ないと思っていたシロもさすがに疲れを隠せなかった。

「何だろう、雀のお宿って。じいちゃん知ってた？」

「いや初耳じゃ。おちゅんも一言も言っておらんかったしのう」

「雀たちが泊まるための建物なのかな？」

「どうかのう」

桃太郎と浦島が仲良く首を傾げる。

「この畳っての良いなあ。オイラ気に入っちゃったよ」

ぽん太がごろごろと畳の上を転がった。早速くつろいでいる。

めいめいに疲れを癒していると、障子（しょうじ）が開いて二羽の雀が部屋に入って来た。一羽はおちゅんだった。

「おちゅん！」

シロが声を上げる。他のみんなもおちゅんに近寄った。

「無事だったんだね。良かった」

「心配したぞ」

おちゅんはにこやかな笑みを浮かべていたものの、何も言葉を発しなかった。

代わりに隣の雀が口を開く。

「皆さんには大変お世話になりました。おちゅんという名前までつけていただいて……何とお礼を申して良いやら。たいしたおもてなしはできませんが、せめてものお礼にと今ご馳走の方を用意させておりますので、是非召し上がって行って下さい」

二羽の雀が揃って深く頭を下げた。

「実はおちゅんなのですが……舌を切られてしまい、今は上手く言葉を話すことができないのです。少しは聞き取れるのですが」

無事を喜んだのも束の間、その言葉に一同が凍りついた。自分の舌が切られたわけではないのに、シロは舌に僅かな痛みを感じた。

誰がやったのか。訊かずとも答えは明白だった。

一番憤慨したのは意外にもぽん太だった。

「あの爺婆め……帰ったらみんなでとっちめてやろうよ。やられたまんまじゃ、おちゅんやシロが可哀想だよ」

おちゅんはふるふると首を左右に振った。

「でも……」

もう一度おちゅんが首を振る。たぶんシロと同じことを考えているのだろう。

酷いことをされたのは事実だが、我慢すれば被害の拡大を防げる。水に流すなら川が氾(はん)濫(らん)する前が良い。もっともシロが我慢した結果、おちゅんは舌を切られてしまった。それは申し開きのしようもない。

「私は準備の方に戻りますので、皆さんはゆっくりくつろいでいて下さいね。おちゅんはここに残って皆さんと一緒にいなさい」

雀が場の雰囲気を変えるように努めて明るい声でそう言い、部屋を出て行った。

「おちゅんは、何か見ちゃったのかな？」

ぽん太が神妙な顔で問う。おちゅんは何も答えなかった。

「口外(こうがい)されないように舌を切られてしまった……か。あるかもね。ぽん太と同じように、もしあの二人も一日一回は変化を解かないといけない人たちだったとしたら、シロを捜している時に、おちゅんはそれを見たのかも」

答え合わせを求めるように桃太郎がおちゅんを見る。おちゅんはやはり何も言わなかったが、否定しないところを見ると図星なのだろう。

桃太郎の推測が当たっているのなら、本当にあの二人は人間ではないことになる。正直なところ、絶対の確信があるわけではなかった。異質な臭いを感じるのは確かだが、人間でないことの証明になるわけではない。

「ちなみにおちゅんが見たのは、オイラと同じ狸だった？」

その問いにだけおちゅんは答えた。首の動きから判断するに、いいえ、と。

二人の正体は狸ではない。しかし狸以外で人間に化けられる動物となると、シロには思い当たる節がなかった。

おちゅんが目だけで何かを訴えている。この話をあまり続けたくないのだとシロは悟った。ぽん太も察したのか、それ以上はおちゅんに何も訊かなかった。

ほどなくしてご馳走が運ばれて来た。初めて見る料理ばかりで、ご馳走と呼ばれる類のものなのかはシロには分からなかった。見た目が華やかなのは疑いようがない。

「たくさんありますので、遠慮なくお召し上がり下さい」

嫌な気分が全て吹き飛ぶくらい、ご馳走はどれも美味しかった。胃袋に食べ物を詰め込む度に隣の老夫婦のことが頭から押し出されて行くようだった。疲れもみるみる体から離れて行く。良薬にも勝る料理の数々だ。

余興も面白かった。時間が経つのも忘れてシロは雀たちの歌や踊りを楽しんだ。

みんなも満足そうだった。ぽん太など、ご馳走に舌鼓を打つだけでなく、途中から雀の踊りに合わせて軽快な腹鼓も打っていた。それがまた面白くて、外が薄暗くなって来ていることに全く気づかないほど熱中してしまった。

楽しい時はきっと時間自身も踊り狂っていて、一刻の長さが自分でも分からなくなっているに違いない。だからこんなに時が経つのが早いのだろう。

「すっかりくつろいでしまったのう。昔を思い出すようじゃ」

たらふくご馳走を食べて膨れたお腹を擦りながら浦島が言った。

「浦島じいちゃん、前にもこういうところに来たことがあるの?」

「山の奥ではなく、海の底だったがの。竜宮城と言ってな。ここにも負けないくらい良いところじゃったよ。まさに楽園じゃった」

浦島が遠い目をする。少し寂しそうだった。

「さて、そろそろお暇(いとま)するとしようかの」

「今夜は泊まって行ったらどうですか? もう日も暮れますし」

ありがたい申し出じゃが、と浦島は雀のお誘いを丁重に断った。

「楽しい時間には限りがある。それを忘れてはならんのじゃ。一晩とは言え泊まってしまったら、またあの時のように忘れてしまいそうじゃ」

やはり浦島の目は寂しそうだった。

「それに、ここならまた来られるわい。おちゅんもいることだしの」

「そうですか……分かりました」

名残惜しそうだったが、それ以上は雀たちも引き止めようとはしなかった。

「では、少しお待ち下さい」

雀たちが部屋から捌(は)けて行く。戻って来た時には大小二つの葛籠(つづら)を引き連れていた。

「よろしければ、好きな方を一つお持ちになって下さい」

浦島は顎(あご)を擦り、矯(た)めつ眇(すが)めつ二つの葛籠を眺めた。

「この葛籠は開けても良いのかな？」

「ええ、もちろんです。ただし帰ってから開けて下さいね」

「ふうむ、そうか……開けて良いのか」

またしても浦島が遠い目をする。

「桃殿。どちらが良いかな？」

「じいちゃんが選んで良いよ。僕はどっちでも」

「なら小さい方にしようか。大きい方はとても持ち帰れそうにない」

「僕が運ぶから大きい方でも良いけど」

「いや、小さい方で十分じゃ。あまり欲を出し過ぎても良くない。つい先日もシロのおかげで贅沢(ぜいたく)させてもらったばかりじゃ。これくらいが分(ぶん)相応じゃろう」

「分かりました。ではこちらをお持ち下さい」

小さい葛籠を残し、雀たちは大きい葛籠を部屋の外に運び出した。

「ねえねえ、オイラはこの残ったご馳走を持ち帰りたいんだけど」

「では残っている分は包みましょう」

ぽん太の提案を快諾し、雀たちが料理を次々と箱詰めしてくれる。あまりの多さに、気がつけば料理の方が葛籠より重くなってしまった。とてもぽん太には運べない。

「じゃあご馳走は僕が持つから、じいちゃんは葛籠ね」

「あいや分かった」

荷物を背負い、一行は宿を後にした。また来ると約束はしたものの、全員が別れを惜しむように、建物が見えなくなるまで何度も何度も振り返った。おちゅんたちはずっと門の前でシロたちを見送ってくれた。

辺りがだいぶ暗くなってきたので早足で山を下りる。シロとぽん太は平気だったが、荷物が増えた浦島と桃太郎は急ぐのがさすがにしんどそうだった。それでも二人とも文句一つ言わずに息を切らしながら歩いていた。

家に着く頃にはすっかり暗くなっていた。

浦島が汗を拭い、大きく肩で息をしながら背中の葛籠を床に置いた。

「さすがに疲れたわい。こんなに体力を使ったのは数年ぶりじゃ」

「良いところだったね、雀のお宿。おちゅんも無事だった……とは言いきれないけど、ちゃんと住処に帰ったのを確認できて、安心したよ」

桃太郎もご馳走の詰まった箱を下ろす。ぽん太が早速箱からご馳走を取り出して齧りつき、葛籠の前に移動した。

「早速開けてみようよ。どんなお宝が入ってるのかなぁ」

慌てん坊だなとシロは思ったが、葛籠の中身が気になるのは一緒だった。何が入っているのだろう。案外こっちも中身がご馳走だったりして。

「よし。では開けてみるぞ」

浦島が両手を葛籠の蓋に添えて重々しく持ち上げた。

二人と二匹で顔を寄せ合いながら中を覗き込む。

「いくつか入っているようじゃ」

浦島の言葉通り、葛籠の中身は一つではなかった。小さいながらもぎっしりと土産物が詰まっている。

先日土の中から見つけたのと同じような小判も入っていた。高そうな茶碗や湯のみも入っていた。刀や鏡なども入っていた。どれも値打ちのあるものなのだろう。使うかお金に換えるかは受け手次第ということか。

あまり価値がなさそうに見えるものも入っていた。どこにでもありそうな竹筒や誰でも持っていそうな巾着袋など。もっとも雀たちは宝箱とは一言も言っていない。高級品ばかりとは限らないか。

「うーん、あんまり面白そうなものは入ってないなぁ」

ぽん太の期待には添えなかったようだ。一方の浦島は満足そうに好々爺然とした笑みを浮かべていた。

「この茶碗など、なかなか使い勝手が良さそうじゃ。ありがたく使わせていただこう」

使う方を選ぶつもりらしい。シロに異論はない。

「この竹筒の中身は……」

浦島が竹筒の栓を開け、鼻を近づけて匂いを嗅ぐ。

「酒ではないようじゃ。何の匂いもせん。ただの水じゃな」

シロも匂いを感じなかった。浦島の言う通りだろう。

「すまぬが、この水をもらっても良いかな？　実は喉がからからなんじゃ」

ろくに休憩も取らずに山を下りて来たのだ。無理もない。

誰も異を唱えなかったので、すまぬともう一度断って浦島は二口ほど水を飲んだ。

「ふう……生き返るようじゃ。何だか若返った気分じゃわい」

自分も喉が渇いていたら同じことを言うだろうとシロは思ったが――

「……じいちゃん？」

桃太郎の怪訝な声を聞いた直後、そんな思いは風に煽られて一瞬で消え去った。逆に体の方は、強風にびくともしない大木のごとく、ぴたりと止まってしまった。桃太郎もぽん太も同じように大木と化していた。

「どうなさった、桃殿？」

どうやら浦島本人だけは気づいていないようだ。

何だか若返った気分だ――その言葉が決して喉が潤ったことを意味する表現ではなかったことを。まさに言葉通りの意味だということを。今の浦島を好々爺と称しても褒め言葉にはならないだろう。

「何じゃ？」

「じいちゃん……何か急に若くなったように見えるんだけど。ちょっとだけ」

「そうかのう？　確かに喉の渇きと同時に、疲れも取れたような気がするが」

「いや、何て言うか……そういう感覚的なことじゃなくて……」

桃太郎が葛籠の中を漁り、鏡を取り出した。

「ほら、鏡見て鏡。自分の顔見てよ」

押しつけられるように浦島が桃太郎から鏡を受け取り、自らの顔を映す。

「……昨日までの自分とはちぃとばかり違うように見えるが、自分の顔なぞ、とんと拝んでおらんかったからのう」

この家には鏡がない。浦島が最後に自分の顔を見たのはいつだろう。

「だが確かに、手の皺(しわ)も少なくなったようには感じるの。それに上手く言えんが、力が湧いたようにも感じる。喉が潤ったおかげかと思っておったが、違うようじゃ」

文字通りに若返った事実を目の当(ま)たりにしても浦島は全く動じなかった。

「今より十歳くらい若かったら、きっとこれくらいの感じじゃろうな。もっともわしは、十歳前のわしを知らんが」

確かに見た目は十歳くらい若返ったような印象だ。

「どうやらこの水には若返る効果があるようじゃな。不思議な水もあったもんじゃ」

相変わらず浦島は平常通りだった。桃太郎が動物と話せると知っても特に驚かなかったし、若返らせたり動物と話せたりする効果はあっても、この手の不思議なものには浦島を驚かせる効果はないらしい。

「じゃあもっと飲めば、もっと若返るってこと？」

桃太郎の問いに、おそらくな、と浦島は答えた。

「まだ水は半分以上残っておる。もしわしがこれを全部飲めば、桃殿と同じくらいまで若返ることも可能じゃろう」

おお、と桃太郎が素直に感嘆の声を上げる。

「じゃあ残りも飲んじゃえば？　そうすれば街に行くのも山に行くのも、もっと楽になるんじゃない？」

その意見には賛成だ。浦島は言葉に出さないが、野良仕事が堪えていることはシロも分かっていた。代わってあげられれば良いのだがシロには野良仕事はできない。せいぜいお宝を掘り当てて家計を助けるくらいだ。

浦島はしばらく竹筒を見つめた後、いや、と小さく呟いた。

「わしには神様の考えることなぞまるで分からんが、おそらく人は、そう簡単に時間に逆らうことを許されてはおらんのじゃ。だがわしは一度その罪を犯しておる。これ以上神様の怒りを買うのは勘弁願いたいわい」

よく分からなかった。桃太郎も同じだったようで、困惑気味に首を傾げていた。でも分かる必要はないと思う。浦島個人の問題だろうから。

「この水は真に必要とする人がいつか現れた時のために、取っておくとしよう」

「……そう」

桃太郎は理解はできなかったが納得はしたようだった。

浦島とのつき合いは長くない。だから彼がどんな人生を送って来てどんなことを思って来たのかを知らない。だがここに来てシロは初めて、浦島の心の奥を少し垣間見た気がした。飄々とあまり難しいことは考えずに毎日を生きている浅瀬のような人間に見える浦島だが、実はかなり深間な人間なのかもしれない。

「それより、そろそろ夕飯にしよう。せっかくご馳走を持って帰って来たんじゃ。ぽん太に全部食べられてしまう前に、わしらもいただくとしよう」

ぽん太は既に食事を再開している。残りを全部食べられるとは思わないが、ぽん太の食欲が満たされて行くのを黙って見ているだけのつもりもない。

竹筒や鏡を葛籠に戻し、ご馳走を座卓の上に並べる。こうして箱から出すと、湯気が立っていなくても良い匂いが部屋中に広がるのを感じる。

「……うん？」

「どうしたんだい、シロ？」

「いえ……何でも」

とっさにそう答えたが、ご馳走の匂いに異質な臭いが混じっているのをシロは感じた。家の中ではない。臭いの元は外から漂って来る。

正体が何なのかはすぐに分かったが、確認する前に気配は去って行った。

どうやら聞き耳を立てられていたようだ。葛籠やご馳走を持ち帰るところを見られていたのかもしれない。

さっきの葛籠の中に目当ての宝でもあったのだろうか。もしそうなら明日か、下手したらみんなが寝静まった夜中にでも、忍び込んで来るかもしれない。

ご馳走を食べて体力もだいぶ回復したし、今なら番犬くらいは務められる。シロはみんなが寝床に就いた後も、何かしらの気配を感じたらすぐに起きるつもりで警戒を怠らなかった。だが朝になるまで何者の気配も感じることはなかった。

次の朝、ご飯を食べている時に桃太郎が唐突に別れを切り出した。

「元々おちゅんが回復して山に帰るまでのつもりだったからね。ちゃんと自分の住処に帰ったことも確認できたし、今日、僕とぽん太は村を出るよ」

「そうか……寂しくなるのう」

「まあ、都から帰る時にまたここを通ることになるだろうし、その時にまた何日か泊めてもらうよ。雀のお宿にも行きたいしね」

「気をつけて行きなされよ」

「シロは、大丈夫かい？」

桃太郎が心配そうに見て来る。また隣のお婆さんに折檻される可能性があることを危惧しているのだろう。

「大丈夫だよ」

予め決まっていた別れだ。寂しくないわけはないし桃太郎の気遣いはありがたいが、彼らには彼らの目的がある。引き止めることはできない。

もちろん嘘をついたわけではない。本心から大丈夫だと思っている。浦島と二人でならきっと何とかなる。

「そうじゃ桃殿。シロを一緒に連れて行ってくれぬか？」

浦島が言った。

「ここにいれば、またお隣さんがシロに手出ししてくるかもしれん。わし一人で護れれば良いのだが、どこまでやれるか分からんからのう。ならばいっそのこと、村の外にいた方が安全じゃろう」

「そりゃ僕は良いけど、じいちゃんは？　一緒に来ないの？」

「今のわしには、いくつも山を越えて都に行くほどの元気はないわい」

「でも、それじゃあ……」

桃太郎が浦島とシロを交互に見る。

「シロはどうしたい？」

　返答に困る質問だ。もちろん浦島とは離れたくない。でも桃太郎やぽん太のことも好きだから一緒に行くことも反対ではない。浦島が一緒に来てくれれば問題は解決だが体力的にきついのも分かる。あの水を飲んで若返って一緒に行こうと提案することもできるが、昨夜の様子から察するに浦島は飲まないだろう。

　浦島はいつもの優しい笑みを浮かべた。

「なあに、そんな悲しむことはない。ほとぼりが冷めるまでの話じゃ。シロがいなくなったと分かれば彼らも諦めるじゃろう。村を出て行くかもしれん。その後でまた村に戻ってくれば良い」

　そこらに身を隠す程度ならともかく、都に行ったとなれば、さすがの老夫婦も諦める可能性はあるかもしれない。

「……僕、桃太郎さんと一緒に行くよ」

「良いのかい？」

「うん」

　何も永遠の別れではないのだ。浦島の言うように、ほとぼりが冷めるまでの間、一時的に村を離れるだけのこと。

よし、と浦島が自分の膝を叩く。

「そうと決まれば腹ごしらえじゃ。長旅の前に精をつけておかねばのう」

雀のお宿から持って来たご馳走の残りと桃太郎が街へ出て買って来てくれた食べ物を腹に収める。

食べ終わってすぐに桃太郎は旅支度を整えた。

空は濁った灰色。旅立ちに相応しい空模様ではない。どちらかと言えば不安を彩るのに似つかわしい色合いだ。

「桃殿。これは餞別じゃ」

浦島が差し出したのは例の葛籠に入っていた小判と刀だった。

「わしはどうせ刀なんぞ持っていても使わん。護身用に持っておくも良し、お金に困ったら売るも良し。多少の足しにはなるじゃろう」

「良いの？　じいちゃんがもらったものなのに」

「なあに。おちゅんだって桃殿には感謝しておる。これはおちゅんからの感謝の気持ちじゃ。もらう権利は桃殿にもあろうて」

「分かった。ありがとう」

桃太郎は腰に刀を差し、準備万端といった様子で胸を張った。

「じゃあ元気でね、じいちゃん」

「道中くれぐれも気をつけなされよ。シロも元気でな」

浦島が優しく頭を撫でてくれた。

次に撫でてもらえるのはいつになるだろうか。でもいつになろうとも、その時までこの手の感触をちゃんと覚えておこうとシロは思った。

桃太郎が浦島に背を向けて歩き出し、ぽん太が続く。更にシロも続いたが、やはり別れが惜しい気持ちが先行してしまい、一歩歩く度に後ろを振り返った。

空と対照的に浦島の表情は晴れやかだった。たとえ別れが辛くとも旅立ちは笑顔でいるのが作法なのかもしれない。

そろそろ後ろを振り返るのを止めようかと思った時、がらがらと戸を開ける音が聞こえてシロたちは足を止めた。

音の出所(でどころ)は隣の家だった。中からお爺さんが出て来る。

桃太郎が挨拶(あいさつ)を投げた。積極的に挨拶や世間話をしたい相手でないと分かった今でも普通に接する辺りは桃太郎らしい。

「今から野良仕事？」

憮然(ぶぜん)としながらもお爺さんは、ああ、と桃太郎の質問に答えた。

「お婆さんは？」

「朝早く出てった」

「どこに？」

「さあな」

「さあなって……お爺さんにも行き先を告げずに出かけたの？」

「どこでも良いじゃろ。婆さんに用があるなら、夕方にでも出直して来い」

隠しているのではなく、単純にやり取りが面倒なのだろう。積極的に世間話をしたくないのは向こうも一緒なのだ。

強引に会話を切り上げてお爺さんは去って行った。

シロの頭の中で警鐘が鳴り響く。

昨夜の気配。老夫婦の目的。お婆さんの出かけた先――。

「桃太郎さん！」

「どうしたシロ？」

「あのお婆さん、きっと雀のお宿に行ったんだ。昨夜、お婆さんが家の外にいたんだよ。僕たちの話を聞いてたんだ。だからきっと、あそこに行けば目当てのお宝が手に入るかもしれないと思って、それで……」

長々と説明している暇はない。とにかくおちゅんの身が心配だ。

「分かった。行ってみよう。ぽん太は浦島じいちゃんとここで待ってて」

桃太郎が山に向かって駆け出す。一瞬遅れてシロも後に続いた。空の灰色が濃くなったように見えたのは果たして気のせいだろうか。

脇目も振らず雀のお宿を目指した。おちゅんや仲間の雀たちの身に何か起こる前に辿り着く。それだけを思って風を切り続けた。

だが宿に着いた瞬間に全ては手遅れだと分かった。桃太郎にも分かっただろう。

酷い有様だった。台風が通り過ぎたように物が散乱し、竜巻が通り過ぎたように床や天井が壊され——

落石事故にでも巻き込まれたように、雀たちが無惨な姿で横たわっていた。

しかしこの惨状は天災ではない。人災だ。シロたちの目の前にいる、人ならざる者の手によって引き起こされた災厄。

これがお婆さんの正体。桃太郎よりも遥かに大きな体躯の異形の者。

シロは聞いたことがあった。人々から鬼と呼ばれて恐れられている怪物のことを。

「何でこんなことをしたんだ！」

桃太郎が激昂する。こんなに怒りを露にする桃太郎は初めて見た。

我を忘れるくらい怒りたいのはシロも同じだった。

横たわる雀たちの中には、おちゅんの姿もある。息をしていないのは明らかだ。息を吹き返すことがないのも明らか。

「おちゅん……ごめん……！」

昨夜怪しげな気配を感じた時点で桃太郎に言うべきだったのだ。気配が消えた時に問題ないと勝手に判断した自分が酷く恨めしい。

目の前の化け物は悪びれる様子もなく、ふん、と鼻を鳴らした。

「こいつらが悪いのさ。あたしをたばかるような真似をするから。あたしゃ、相応しい制裁をくれてやっただけだよ」

「ふざけるな！」

「ふざけたのはこいつらさ。お前たちも葛籠をもらっただろう？　もし大きい方を選んでいたら、今のあたしと同じことを思っていただろうさ」

お婆さんに化けていた鬼は吐き捨てるように経緯を語った。

お婆さんもお爺さんも、雀のお宿に宝の入った葛籠があるという噂は聞いていた。しかしどこにあるか分からないし実在すらも怪しかったので、雀のお宿とは建物を表すのではなく、宝の在り処を示す暗号のようなものだと思っていた。

ところが昨夜シロたちの会話を盗み聞きして、雀のお宿の実在が証明された。宝の入った葛籠の存在も。

だからこうして葛籠をもらいにやって来た。自分たちの捜しているものがあるかもしれないと思って。

半(なか)ば脅すように葛籠を要求したところ、雀たちはシロたちの時と同じように、お婆さんの前に大小二つの葛籠を用意した。二つとも寄越せとお婆さんは言い張ったが、どうしてもどちらか一つしか渡せないと雀たちも譲らない。仕方なくお婆さんは大きい方の葛籠を選んだ。欲を張ったのもあるが単純に確率の問題でもある。品数が多い方が捜し物が見つかる確率も上がるという至極真っ当な計算。

家に帰ってから開けて下さいと雀たちは念を押した。だがお婆さんは言いつけを守らずにその場で葛籠を開けた。

「――ふん。宝なんて一つも入っちゃいなかった。中から出て来たのは妖怪変化さ。さすがに驚いたよ。危うく腰を抜かすところだった。本物の妖怪ではなくただの絡繰(からく)りだとすぐに気づいたおかげで、そうはならなかったけどね」

騙されたと分かったお婆さんは雀たちに詰め寄った。宝の入った葛籠を寄越せと。

雀たちは拒否した。二度目はない。

その結果が、この惨状。

「あたしゃ分からせてやったんだよ。あたしらを騙すとこういう目に遭うんだってことをね。お前たちもよく覚えておくんだね」

騙されたことに対して腹を立てるのは仕方ない。しかしこれはあまりにも理不尽だ。自らの手で傷つけた相手に無理矢理宝を要求しておいて、自分の非は認めない。どこまでも一方的だ。

桃太郎の強く握られた拳（こぶし）がわなわなと震えているのが目に入った。シロは、もし自分が人間だったら同じ状態になっているだろうなと思った。

シロはお婆さんを睨んだ。だがシロの怒気（どき）を孕（はら）んだ視線をものともせず、相変わらずの調子で鬼は、ああそれから、とつけ加えた。

「あたしらのこの姿を見られたからには、お前たちもただじゃ済まさないよ」

鬼の目つきが鋭くなる。一睨みされただけで、お婆さんの姿の時に散々足蹴にされた以上の攻撃を喰らった気がした。

「そっちの犬にはまだ働いてもらわなきゃならないから、命だけは助けてやろう。だが小僧の方はそうもいかないね。そもそも初めからお前のことは気に入らなかったんだ。特にその目がね。見ているだけで吐き気がするんだよ」

「ただじゃ済まないのはそっちの方だっ……！」

桃太郎は怯まない。浦島からもらった刀を抜いて切っ先を鬼に向ける。その勇姿を見ていたらシロの体からも少しだけ恐怖が消え去った。

「おちゅんやみんなをこんな酷い目に遭わせるなんて……許せない」

「許してもらおうなんて思っちゃいないさ。謝る気なんか毛頭ないからね」

「だったら……僕がおちゅんの代わりにお前を成敗する！」

桃太郎が鬼に飛びかかった。力任せに剣を振り下ろす。鬼に避けられる。続けて桃太郎が二撃、三撃と攻撃を繰り出すが当たらない。巨漢からは想像もできないほど鬼の動きは俊敏だった。

鬼が反撃に出た。拳を桃太郎に突き出す。桃太郎は刀の横腹で受け止めたが、あまりの衝撃に後ろに吹っ飛ばされた。

「桃太郎さん！」

「大丈夫」

自らの言葉を証明するように、再び桃太郎が鬼に突っ込んで行く。しかしなかなか攻撃が当たらない。シロには攻撃が少々大振りに見えた。刀なんて振り回したことがないからなのか、大振りじゃないと効果がないと判断したのか。

鬼の攻撃も大振りだったため、桃太郎も刀で受けたり避けたりと致命傷をもらうことはなく、一進一退の攻防が続いた。

加勢して隙を作ろうとシロは思った。鬼の体は頑丈そうだが、刀が効かないわけではないはず。強力な一撃を入れられればきっと倒せる。ただし隙を作れる自信はない。刀の刃はともかく、自分の歯はあの筋骨隆々とした体に効くのか。今の鬼の一撃はお婆さんの時とは比べ物にならないだろう。一発でもまともに喰らったら——。

迷っている暇はない。桃太郎と鬼、二人の攻防は一見互角のようだが、体力の差は歴然としている。時間が経つにつれ、桃太郎の方だけ息が荒くなって来た。同時に少しずつ鬼の攻撃が桃太郎に当たり出した。かろうじて急所は外しているものの、いつまでも避けきれはしないだろう。

鬼も無限に体力があるわけではない。桃太郎が攻撃を避けきれなくなって来たように、鬼の方も桃太郎の攻撃を何度かは受けている。だが鋼のような肉体は、鋭利な刃物で斬りつけられても僅かな傷しかできない。もっと決定的な一撃が必要だ。

二人から距離を取る。鬼の死角に入り込むため、回り込んで背後を取る。

鬼が掌底を繰り出した。桃太郎が受け止める。かなり重い一撃だったのか、桃太郎が体勢を崩してよろめいた。

「これで終いだよっ!!」

好機と見たのか、鬼が大きく腕を振り上げる。

――今だっ！

シロは助走をつけて思いっきり鬼に突進し、振り上げた腕に噛みついた。

「くっ……この駄犬が！」

鬼がシロを振り払おうとする。物凄い力だった。何もかもがお婆さんの時とは段違い。

何とか食い下がるも、たった三回腕を振るわれただけで遠心力に逆らうことができずにシロの体は鬼から離れ、壁に叩きつけられた。

だが十分に効果はあった。

桃太郎が雄叫びと共に刀を振り上げた。

勢いそのままに、渾身の一撃を繰り出す。

シロを振り払った直後で動きが止まっていたため、刀は見事に鬼の左肩を捉えた。

桃太郎が刀を押し込み、鬼の体を袈裟懸けに切り裂く。

怒りではない苦痛のこもった叫びが鬼から発せられた。憎き敵とは言えそんな声を発して体から血飛沫を上げられると、さすがに哀れみの感情が湧き起こる。

二つに分かれた鬼の体は静かに床に倒れた。

「こんな小僧と犬っころ風情に……」

鬼は呪詛(じゅそ)でも唱えるように何事か呟いていたが、やがて目を閉じて動かなくなった。

「シロ！　大丈夫か⁉」

刀をしまい、桃太郎が駆け寄って来る。痛みはあるものの、一応無事であることを示すためにシロはしっかりと四本の足で立とうとし、失敗した。

「無理しなくて良いよ」

桃太郎の手を借りて床に寝そべる。

「ごめんなさい。でも少し休めば何とか……」

致命傷ではない。上手く力が入らなくて立てないだけだ。

桃太郎も腰が抜けたようにぺたんと座り込んだ。疲労、緊張、恐怖。それらを全て追い出すように、ゆっくりと大きく息を吐き出す。

「……初めて誰かを斬(き)ったよ。しかも命まで……」

桃太郎が自分の手をじっと見つめる。

決して気分の良いものではないだろう。相手が誰であろうと、事情が何であろうと。ましてや今回のように怒りに任せてとなればなおさらだ。誰かを護るために刀を振るったのではなく、ただ命を奪うために刀を振るった。後味が良いわけがない。

たとえそれが、弔い合戦であったとしても。

「このお婆さんの正体は何者……？」

桃太郎は知らないようだ。

「鬼って生き物だよ。僕も本物を見たのは初めてだけど、間違いないと思う。大きくて頑丈な体と頭の角が特徴なんだ。ずっと前に聞いたことがある」

「鬼……」

桃太郎が横たわる鬼に一瞬だけ視線を向け、すぐに逸らす。

「そうか……これが鬼なのか。恐ろしい化け物だとは聞いてたけど……」

鬼を見たことがある人は例外なくこの世の終わりのような表情を浮かべて、今の桃太郎と同じ言葉を口にする。その様子を何度となく見たシロは、とても人が太刀打ちできる存在ではないと思っていた。だが桃太郎は鬼を倒した。彼の強さを称えるべきなのか、鬼以上の存在として恐れるべきなのか。

いや、恐れる必要はない。桃太郎がどんな人物かシロは知っている。自分を騙したからという理由で相手の命を奪ったりなんか、絶対にしない。

「……村に帰ろうよ、桃太郎さん」

「……そうだね」

二人は力なく立ち上がった。

「おちゅんたちはどうしよう。お墓を作ってあげた方が良いかな」

シロの提案に桃太郎が頷く。

「村まで連れて帰って、浦島じいちゃんにお墓を作ってもらおう。おちゅんたちもじいちゃんのそばにいる方が良いだろうし」

シロと桃太郎は手分けしておちゅんや他の雀の遺体を回収した。

「やっぱりお婆さんも、村に連れて帰った方が良いかな」

宿を出る直前、桃太郎がそんなことを言った。

「一緒にお墓を作るってこと？　そこまでしなくても良いと思うけど」

「おちゅんたちにしたことは許せないけど、お婆さんが死んだとお爺さんが知ったら、今の僕たちと同じようなことを思うかもしれない。とりあえず連れ帰って、お墓を作るかどうかはお爺さんに任せよう」

やっぱり桃太郎は桃太郎だ。鬼とは違う。

空になった大きい葛籠にお婆さんの亡骸（なきがら）を入れ、二人は宿を後にした。

来た時と違い、二人の足取りは重い。怪我や疲労のせいばかりではない。背負っている物の重さが二人の足に相応の負担を掛けている。

山を下りる間、二人は無言だった。何かを喋る気力もなかったし、何かを喋る気もなかった。今の二人は沈黙を埋められるものを何も持ち合わせていない。

村に戻り、シロと桃太郎は浦島とぽん太に、起きたことを全て話した。二人はおちゅんたちのことを残念に思う一方でシロたちが無事だったことを喜んでもいる、喜怒哀楽が綯い交ぜになった複雑な表情を浮かべた。

「じいちゃん。おちゅんたちのお墓を作ってあげようよ」

「ああ、良いとも。桃殿とシロは休んでいなされ。墓はわしが作ろう」

「大丈夫だよ。僕も手伝う」

浦島と桃太郎が家の外に出る。シロも墓作りに参加するために二人の後に続いた。

墓は家から少し離れた、以前シロが大判小判を掘り当てた荒れ地のそばに作った。ただ土を掘って埋めただけの、墓標も何もない簡素な墓。

墓を作り黙祷を捧げる頃には、深い闇が世界に蓋をしていた。

家に戻ると留守番をしていたはずのぽん太がいなくなっていた。

再び警鐘が鳴り響いたのは気のせいではないだろう。

## 7　ぽん太の誤算

隣の老夫婦に仕返しする妙案はないものかと、ぽん太はずっと頭を捻っていた。正義感ではない。シロやおちゅんが受けた仕打ちに腹を立ててはいるものの、懲らしめるよりはむしろ、効果的な悪戯を仕掛けてやりたい気持ちの方が強かった。

元々ぽん太は仲間の狸と一緒に、寺にやって来る人間に悪戯を仕掛けて驚かすのを楽しんでいた。今でこそ他の楽しみを見つけたために鳴りを潜めているが、悪戯好きな性格が失われたわけではない。ましてやあの二人は痛い目を見て然（しか）るべき人間。ちょっとくらい度が過ぎたところで罰（ばち）は当たるまい。

問題は方法である。山にいた頃にやった悪戯と言えば、妖怪に化けることと夜通し腹鼓を打ち続けたことくらい。いずれも親分が考えた悪戯だ。

だが腹鼓は仲間が大勢必要だし、変化も相手がただの人間ならともかく、今回は向こうも同類だ。果たして効果があるのかどうか。どうせやるなら思いっきり驚かせてやりたいが、親分がいないと良い案が浮かんでこない。

思案に暮れているところに桃太郎とシロが帰って来た。おちゅんが殺されたと分かった時は悲しい気持ちになったが、それ以上に、桃太郎の持ち帰って来た葛籠に死んだお婆さんが入っていると分かった途端、ぽん太の中に閃きが起こった。

ぽん太は墓作りには参加せず、桃太郎たちが家を出た直後に行動を起こした。

重たい葛籠を引きずって運び、隣の老夫婦の家へ。戸を開けて誰もいないことを確認した後、ぽん太はお婆さんに変化して中に忍び込んだ。お爺さんは野良仕事に行くと言っていたからおそらく日暮れまでは帰って来ない。仕掛けるなら今のうち。

葛籠を開けて中を確認する。お婆さんは見たことのない生き物の姿をしていた。これがお婆さんの本来の姿なのか。見た目は怖い感じだが、急に動き出す心配はないから恐れることはない。

ぽん太は鍋を用意してお婆さんを鍋の中に入れた。お爺さんが帰って来る頃には仕掛けは完了していた。

「帰っていたか。どうだ？　収穫はあったか？」

家に入るなりお爺さんに訊ねられる。ぽん太は懸命に頭を働かせて質問の意味を汲み取った。お婆さんはお宝を捜していた。そして雀のお宿に葛籠をもらいに行った。だからお爺さんの言う収穫とは葛籠のことに違いない。

「ふん。見ての通りさ」

ぽん太は空になった葛籠を見せた。

「お宝なんか入っちゃいなかった。入っていたのは食べ物だけさ。だから全部この鍋の中に入れちまったよ」

お婆さんの口調を思い出しながら答える。

「そうか。やはりこの村の周辺を捜すしかないようだな」

やはりお爺さんも人間ではないようだ。ぽん太の言葉が通じている。桃太郎のように何か道具を身に着けていれば別だが、それらしい装備は見当たらない。

「まあ、それはまた明日だ。今日はもう休もう」

「飯の支度はもうできてるよ」

鍋の中身が食べ頃とばかりにぐつぐつ煮えている。ぽん太は鍋の中身をお椀によそってお爺さんに差し出した。お爺さんがお椀の中身を口に運ぶ。疑問に思う様子はない。まさか自分の仲間を食べているなど夢にも思っていないのだろう。

「どうした？　お前は食わんのか？」

「ああ、あたしゃ良いよ」

中身を知っているぽん太はさすがに食べる気がしなかった。

「食欲がないのか？」

「いや……別に。わざわざあんな山奥まで足を運んだってのに、何の収穫もなかったもんだから、がっかりしてるのさ」

とっさにごまかす。

「仕方あるまい。そもそもこの村にあるかどうかも分からんのだ。別の場所を捜している同胞が、朗報を寄越すかもしれん」

「早く見つかって欲しいもんだね」

「全くだ」

何を捜しているかは分からないが話を合わせることには成功した。

夕飯を食べ終わり、お爺さんが満足そうにお腹を擦(さす)りながら床に寝転がる。その姿を見ながらぽん太は変化を解いて狸の姿に戻った。そして訝(いぶか)しげな目を向けて来るお爺さんに向かって揶揄(やゆ)を込めて言った。

「あーあ。何も知らずにお婆さんを食べちゃったね」

お爺さんが眉をひそめる。ぽん太は更に続けた。

「鍋の中身は死んだお婆さんだよ。そうとは知らずに、お爺さんは美味しそうにお婆さんを食べちゃったんだ。全く気づかないなんて間抜けだね」

さぞかし落ち込むだろうとぽん太は予想していた。桃太郎たちをあれだけ苦しめた輩であろうと、仲間を食べたと知れば意気消沈するに違いないと思っていた。

考えが甘かった。

「――っ!?」

変化を解いたお爺さんの姿は葛籠の中にいたお婆さんの姿に似ていた。そこまでは予想していたが、こんなに恐怖を感じるとは予想していなかった。

これは生き物ではない。化け物だ。

「ふざけた真似をしてくれたものだなっ……！」

お腹を殴られるようなくぐもった声。蛙を睨む蛇のような視線。

一瞬で悟った。自分はとんでもない相手に悪戯を仕掛けてしまったのだと。手を出してはいけない相手に手を出してしまったのだと。

「何のつもりでこんなことをしたのかは知らん。だが、ただで済むと思うな」

「ひっ……！」

体の震えが止まらない。

「貴様も同じように狸鍋にしてやる。そこでおとなしくしていろ」

迷っている暇はない。すぐに逃げないと殺されてしまう。

しかしどこへ逃げれば良いか。浦島の家に避難するか。桃太郎は同じ化け物であったお婆さんを倒している。桃太郎ならお爺さんも倒せるかもしれない。

駄目だ。万全の状態ならともかく、今の桃太郎は怪我も疲労も酷い。お婆さんと戦った結果あれだけ傷ついたのだ。今の状態で同等の力があると思われるお爺さんを相手にするのは無理だ。桃太郎まで殺されてしまう。

化け物が一歩近づく。ぽん太は震える体を総動員して一目散に駆け出した。

山にいた頃にも出したことがないほどの全速力でぽん太は村を出た。本能が闇に紛れるのが良いと判断したのか、足は自然と山に向かい、森の中へと入って行った。より見つかりにくい方へ走り続け、今いる場所がどこなのかすっかり分からなくなったところで、ぽん太は体を落ち着けた。

これからどうすれば良いだろうか。村に戻る方法を考えるか。いっそのこと合流は諦めて、別れの挨拶も交わさずにおとなしく元いた山へと帰るか。

安全なのは後者だろう。だが一人で山をいくつも越えるのは心許(こころもと)ないし、何も言わず桃太郎と別れるのも気が引ける。短いつき合いとは言え一緒に旅をした仲間だ。一緒に山で食料を取ったり、川で水浴びをしたり、街で買い物したり、いろんな経験を共にした。こんな中途半端な形で別れたくはない。

ぽん太は考えた。悪戯を考える時の何倍も考えた。

朝になるのを待てば村に帰れるかもしれない。あの化け物も昼間から堂々と本来の姿で外に出ることはないだろうし、人目があるところでぽん太を殺そうともしないだろう。夜になればまた元の姿で襲って来るかもしれないが、明日になれば桃太郎もある程度は回復している。お爺さんにも勝てるかもしれない。体調さえ万全なら桃太郎のそばが一番安全だ。一番安全だし、一番安心できる。

考えがまとまったらだいぶ気が楽になった。ぽん太は念のため隠れられる適当な茂みを探し、木の葉を布団（ふとん）代わりにして寝そべった。

朝になってぽん太は山を下り始めた。しかし逃げる際に縦横無尽（じゅうおうむじん）に走り回ったせいで、どこに向かえば村に帰れるのかがよく分からなかった。とりあえず歩き易い山道を見つけてより低い方へ進むことにした。

山は井戸のように単純ではない。半生を山で過ごしたぽん太でさえ、知らない場所に来てしまうと簡単には迷路から抜け出せない。土地勘のある者に道案内を頼めると良いのだが、誰かいないだろうか。

あてどもなく歩いていると一羽の兎と遭遇した。

「ねえ君、この辺の道に詳しい？」

「それなりには」

「実はオイラ、この山を下りたところにある村に帰りたいんだけど、道がよく分からないんだ。連れてってもらえないかな？」

良いよー、と兎は快諾してくれた。

「その代わり、僕の手伝いをしてくれたらね。無償でってわけにはいかないよー」

「手伝い？　何すれば良いの？」

「柴を集めるのを手伝って欲しいんだ」

「柴？」

「そう、柴。一人で集めるのって結構大変でさぁ。集めるのもそうだけど、持ち運ぶのもね。手伝ってくれたらお礼に村まで連れてってあげるよ」

「分かった。それくらいならお安い御用さ」

善は急げ。早速ぽん太は兎と一緒に柴を拾い集め始めた。どれくらい集めれば良いのかは不明だが、おそらくそんなに時間は掛からないだろう。いずれにしても空が明るいうちに村に着くようにはしたい。

今日も太陽は姿を見せていない。だから正確な時刻は分からないが、十分に時間を残して柴集めは終わった。

「じゃあ僕の塒まで一緒に運んで。大丈夫。そんなに遠くないから」

集めた柴を背負い、ぽん太が先頭で塒へと向かう。道が分からないから兎に先導してもらった方が良いのだが、危なくないように見ていると言って兎は後ろを譲らない。

しばらくすると背後から奇妙な音が聞こえ始めた。かちかちという、何かを打ち合わせるような、どこかで聞いたことがあるような音。

「ねえ、さっきから何か聞こえない？」

「ああ、かちかち鳥の鳴き声だよ」

「かちかち鳥？　聞いたことないなぁ」

「そうかい？　君が住んでいたところにはいないのかな？」

もしかしたらいたのかもしれない。どこかで聞き覚えのある気がするのもそれが理由なのかもしれない。でも同じ動物なのにどうして鳴き声しか聞き取れないのか。

やがて鳴き声は聞こえなくなった。代わりに今度は別の音が聞こえる。

「何かさっきとは違う音が聞こえるんだけど、これも誰かの鳴き声かい？」

「これはぼうぼう鳥だね。鳴き声がぼうぼうと聞こえるだろう？」

こちらも初めて聞く名前だが、悪戯に対しては頭を使う反面、他人の言うことに深く突っ込まないぽん太はたいして疑問に思わなかった。

その甘さが災いした。

「……何か暑くない？」

「この辺り特有の気候なんだ。でもすぐに涼しくなるよ。そうしたら僕の住処にもすぐに着くから」

兎の言葉をもっと疑うべきだった。

暑さの正体に気づいた時には既に背中に異常が発生していた。

「あ……あっつ――‼　熱いっ！　痛いっ！」

暑いのではない。熱いのだ。背負った柴に火が点いて背中にまで燃え移っている。たまらずぽん太は柴を振り落とし、周辺を走り回ったり背中を地面に擦りつけたりしながら必死に火を消した。

何とか火は消えたが、火傷（やけど）と擦過傷（すりきず）の二重の痛みがぽん太を激しく襲った。

兎が近づいて来る。

「だ、大丈夫かい？」

「大丈夫なもんか……何でこんなこと……」

火がいきなり自然に点くわけがない。兎が何かしたのだ。深く考えなくともそれくらいはぽん太にだって察しがつく。

「ちょ、ちょっと待ってくれよ。僕が君に火を点けたって言うのかい？」

「そうでもしなきゃ……火なんて点かないよ。さっきのかちかちという音……あれは鳥の鳴き声なんかじゃなくて、石で火を点ける音だったんだろ……？」

聞き覚えがあったのは、桃太郎や浦島が石を打ち合わせて火を点ける時の音と同じだったからだ。

「待ってってば。確かにさっきのは鳥の鳴き声じゃない。それについては謝るよ。ああでも言わないと君が不安がるんじゃないかと思って、とっさに嘘をついてしまったんだよ。でも僕は火なんか点けてない。ほら、石だって持ってないだろ？」

石なんていつでも捨てられる。今持っていないことにたいした説得力はない。

「信じておくれよ。この辺は火打石（ひうちいし）がよく取れるんだ。だからなのか、時々石同士が擦れてさっきのような音を出すんだよ。実際に火が点いてしまうこともある。だからさっき言ったんだ。危なくないように後ろで見てるって」

「……本当に？」

「本当さ。まあでも、火が点くのを防げなかったのは申し訳なかったよ。ちゃんと見ていたつもりだったのに、うっかりしてた。ぼうぼうと音がしていたのも、別のところから聞こえていると思っていたんだ。まさかこの柴に火が点いていたなんて……」

疑わしいことには変わりがないが、兎は本当のことを言っているかもしれないという思いが少しずつぽん太の中で膨らんで来た。

「ああそうだ。君が火傷を負ってしまったのは僕の不注意のせいもあるし、せめてものお詫びに僕がその怪我を治すよ。火傷によく効く薬を持っているんだ」

「薬……？」

「ああ。今回のように、この辺りでは時々火事が起こる。火傷の可能性もある。だからこの辺りに棲む者はみんな、火傷の治療薬を持っているのさ。僕の塒はすぐそこだから、何とか頑張ってそこまで行こう」

歩くのも辛かったが、兎の力を借りて何とか塒まで辿り着くことができた。

「そこに横になって。背中は上に」

草でできた絨毯の上に横になる。すぐさま兎が薬を持って来てくれた。赤味噌のような色をした塗り薬。それを兎はぽん太の背中にべっとりと塗りつけた。

「――――――っ!!」

先ほどの火傷が霞んで見えるくらいの激痛。もはや声にならない。

兎はのたうち回るぽん太の動きを封じて更に薬を塗り込んで来る。

「我慢するんだ。痛いってことは効いてる証拠だよ」

良薬は苦みを伴うらしいが苦しみを伴うとは聞いていない。傷口が悪化しているとしか思えないほど絶え間なく痛みが背中を駆け回っている。

「よし、これで大丈夫。明日になればある程度痛みが引いているはずだよ」

大丈夫な予感は全くないが、ともあれ薬を塗るのは終わったらしい。

「この状態じゃ村には戻れないだろうから、今日は泊まっていきなよ。明日、痛みが引いたら僕が村まで連れて行くからさ」

言われなくても今は村に戻る気力がない。兎が食べ物を用意してくれたが食べる気力もなかったぽん太は食事を摂らず、日が落ちる前に眠りに就いた。

朝起きると痛みは若干引いていた。走り回るほどの元気はないが歩くくらいならできそうだ。それでもまだ、焼けるような刺すような刺激は残っている。

「どうだい、調子は？」

「うん……昨日よりは良くなった」

「あとはよく冷やせばもっと良くなるよ。そうだ。これから川に行かないか？　村に戻る前に一度冷やしておいた方が良い。ついでに魚でも捕って食べよう」

「魚？」

「ああ。舟があるんだ。僕も時々それで魚を捕ってる」

悪くない提案だ。ほぼ丸一日何も食べていないせいでお腹が欲求不満を訴えている。ぽん太は兎の後について近くにある川へと向かった。

川にはすぐに着いた。兎が時々使っているらしい木でできた舟の姿もあった。

兎が舟を押して川に浮かべ、早速乗り込んだ。続いてぽん太も乗ろうとしたが、おっと待った、と兎に止められた。

「君はあっちの舟を使うと良い」

兎が示した先にはもう一艘の小舟があった。木ではなく泥で造られている。

「君は僕より重いだろうから、木よりも泥でできた舟の方が良いと思うよ」

特に疑いもせず、ぽん太は泥舟を川に運んで乗り込んだ。確かに木でできた舟よりも重そうだが、その分しっかりとしていそうだ。

「じゃあ行こう」

水を掻いて下流へと進む。だが幾許（いくばく）もしないうちにぽん太の泥舟に異変が生じた。泥が水を吸ってどんどん重くなっているようだ。更には底の方から水が染み出して徐々に沈み始めた。

ぽん太は後ろを向いた。

「ねえ、この舟、水が入って来てるんだけど、一度そっちに移って良いかな？」

良いよーと軽い感じの返事が来るかと思った。しかし兎は何も言わなかった。

「ね、ねえ……このままだと沈んじゃうよ」

多少回復したとは言え、今の体調ではそんなに泳げない。こんなところで溺れたら体を冷やすどころか肝まで冷やしてしまう。体温も体力も根こそぎ奪われてしまう。

返事を待っている暇はない。ぽん太は泥舟の端に足を掛けて飛ぼうとした。

「こっちに来ちゃ駄目だよ。そのまま溺れてくれなきゃ」

兎が拒否するように木の棒でぽん太をぐいぐいと押して来た。

「ど、どういうつもり……」

「報復だよ」

「報復？」

「貴様が我々に行った仕打ちに対する、報復だ」

兎の口調が変わった。この口調には覚えがある。

「ま、まさか……」

「元の姿のまま追っても逃げられてしまうからな。狸は擬死（ぎし）が得意と聞く。こうでもしないと易々と騙されてはくれんだろう？　それに、簡単に死なれても面白くない。できるだけ多くの苦しみを味わってもらわねばな」

泥舟が崩れるように沈んで行く。足場がなくなり、ぽん太は静かに川に放り出された。

体が思うように動かない。いつもならもう少し泳げるはずなのに、背中の傷が加速度的に体力を奪って行く。

「そのままゆっくりと、苦しんで死んでゆけ。そしてよく噛み締めるのだな。悪知恵を働かせて我らをたばかったらどうなるかを」

どうすることもできない。手足をばたつかせてもがいてみても、虚しく飛沫が舞い散るだけで一向に岸に近づけない。

ついには体全体が川の中へと沈んだ。

「次はあの小僧たちだ。我が同胞を亡き者にした罪は重い。貴様同様に、できるだけ苦しんで死んでもらわねばな」

段々と意識が薄れて行く。兎の言葉も後半はほとんど聞き取れなかった。

完全に意識が失われる前に誰かに名前を呼ばれたような気がしたが、幻聴かどうかもぽん太には判断できなかった。

## 8　鬼退治の幕開

葛籠がなくなっていたことから考えても、ぽん太が隣の家に行ったのは間違いない。シロの嗅覚もそれを後押ししていた。

しかし隣の家には誰もいなかった。あったのは空になった葛籠だけ。

「ぽん太を捜しに行かなきゃ」

桃太郎がそう言いシロも賛同したが、浦島は反対した。

「桃殿もシロもそんな体で捜索に行かせるわけにはゆかん。こんな暗い中では特にな。せめて明るくなってからにしなされ」

「でもそれじゃあ……」

「狸は本来夜行性じゃ。もし何か危険が迫っているとしても、夜なら桃殿よりもぽん太の方が逃げ隠れできる。こんな暗闇じゃ桃殿の方が危険じゃわい」

お爺さんも正体は鬼だろう。捕まってしまえばぽん太の命は保証できない。しかしそれは今の桃太郎も同じだ。闇に紛れて鬼が襲って来たらたちどころに殺されてしまう。

「とにかく、今は体を休めることが先決じゃ。夜中のうちにぽん太が帰って来るかもしれん。明日になっても戻って来なかったら、その時は捜しに行こう」

渋々ながらも桃太郎は浦島の言葉に頷いた。

ぽん太が夜中のうちに帰って来る。現実になれば言うことはない。

しかし残念ながら、現実はシロたちに優しくなかった。

朝になり、シロは桃太郎と共に支度を整えてぽん太の捜索に向かった。

浦島も一緒に行くと言っていたのだが――

「入れ違いに帰って来るかもしれないから、じいちゃんは待ってて」

桃太郎にそう言われ留守を預かることを承諾した。

慎重な足取りで匂いを見失わないようにしつつも、できる限りの急ぎ足でシロたちはぽん太を捜した。ぽん太の匂いは山の方へと続いている。今までほとんど足を踏み入れたことがなかったのに、この数日で何度山に入ったことか。

捜索は難航した。匂いは追跡できるのだが、どうやらぽん太は山道を外れて進んでいたらしく、薮を掻き分けたり小枝を払い除けたりしながら進まないといけない。逃げ隠れするためにあえてそちらを選んだのだろうか。更にはかなり遠くまで行ったようで、雀のお宿なんかよりもずっと奥地まで匂いは続いていた。

日が暮れるまで進んでもぽん太の姿は見つからなかった。

「桃太郎さん、どうしよう？　一度村に戻る？」

「ぽん太が村に戻っているならそれでも良いんだけど」

保証はない。可能性としては低いだろう。こんな奥まで来ているのなら簡単には帰れないはずだ。

「このまま匂いを追ってれば、ぽん太のところに辿り着けるかい？」

「うん、大丈夫だと思う」

「じゃあもう少し捜そう。と言っても暗い中を歩き回るのは危ないから、今夜のところは休めそうな場所を探して野宿した方が良いかもね。じいちゃんも、夜なら僕たちよりぽん太の方が安全って言ってたし」

浦島に拾われてからはすっかり屋内で寝泊まりするのが当たり前になっていたから、野宿は久しぶりだ。

夜が明け、二人は再び捜索を開始した。時間が経てば匂いは薄れて行くが、まだぽん太の匂いは追跡できる。しかし獣道を抜けて川に辿り着いたところで不意にぽん太の匂いが途絶えた。

「もしかしたら川に入ったのかも」

「川沿いに下って行けば見つかるかな」

「分からないけど、行ってみる価値はあると思う」

「よし、行ってみよう」

川に沿って下流の方へと歩を進める。

しばらく進んだところで、川の真ん中に木の舟が浮かんでいるのが見えた。上には誰も乗っていない。代わりに一羽の兎が川岸に佇んでいる。

舟の少し先に何者かの姿が見えた。

「あれは……ぽん太か⁉」

桃太郎が駆け出す。

水に沈んでいてはっきりとは分からない。でもぽん太が川に入った可能性が高い以上、溺れているのがぽん太である可能性もまた高い。

すぐ近くまで来たところで間違いないことが分かった。既に意識がないのか、足掻く様子もなく石のように黙って沈んでいる。

桃太郎が兎に向かって叫んだ。

「君！　その狸を助けてあげてくれ！」

兎は無反応だった。桃太郎に視線を寄越しただけで助ける気配はまるでない。

桃太郎がぱん太を助けるために川に飛び込もうとした。

「近づくな」

兎が木の棒で桃太郎を制した。

およそ兎が発するとは思えない低い声。またしても警鐘が鳴り響く。

「何を言ってるんだ。早く助けないと」

「どうせ奴は助からん。助かってもらっても困るがな。奴には然るべき報いを受けてもらわねばならんのだ」

「然るべき報い……？」

兎から怪しげな気配を感じる。知っている気配だ。

「桃太郎さん！　その兎はお爺さんだ！　今度は兎に化けているんだよ！」

姿が変わっても気配までは隠せない。兎からはお爺さんと同じ臭いがする。

「相変わらず鼻が利く犬だ」

正体を隠すつもりがないのか、シロが指摘した途端に兎はあっさりと変化を解き、お婆さんと同じ鬼の姿になった。

桃太郎が距離を取って反射的に刀を構える。

「お前がぽん太をこんな目に遭わせたのか？」

「然るべき報いだと言っただろう？　我が同胞を亡き者にしたのだから、これくらいの仕打ちは当然のこと。もっと苦しめてやっても良かったくらいだ」

「お婆さんの命を奪ったのはぽん太じゃない。僕だ」

「分かっているとも。貴様にも当然報いは受けてもらう。だが奴は、同胞の亡骸をあろうことか鍋に入れ、我に食べさせた。貴様だって仲間が殺され、騙されて食わされたら、苦しめて殺してやりたいと思うだろう？」

やはり葛籠を持ち出したのはぽん太だったようだ。おそらくはお爺さんとお婆さんをとっちめようと思ったのだろう。少々やり方がえげつない気もするが。

桃太郎も黙ってしまった。

「同じように仲間の命を奪っておいて自分たちだけ許してもらおうなどと言うのは、虫が良過ぎる話ではないか？」

「それは……でも！　お前たちがシロやおちゅんを酷い目に遭わせなければ、こんなことにはならなかったはずだ！」

「そっちの犬が、我々の探し物を見つけてくれれば良かったのだ。それをいつまでもがらくたばかり掘り当てるからこういうことになる」

「だからって、シロやぽん太を傷つけて良い理由にはならない！」

鬱陶しそうに鬼は手を払って話を遮った。

「罪のなすりつけ合いをするつもりはない。いずれにしろ、貴様を殺すことに変わりはないのだからな」

鬼が構えた。対する桃太郎も僅かに腰を落とす。

「シロはぽん太を助けて」

「分かった」

鬼と桃太郎が一合目を打ち合うのとほぼ同時にシロは川に飛び込んだ。川は多少深さがあったが潜れないほどではなかった。ぽん太を咥えて川岸へ戻る。

ぽん太は動かない。かろうじて息はあるようだ。

視線を桃太郎と鬼の戦闘に向ける。

怪我も疲労もまだ全快はしていないはずだが、桃太郎は前回ほど苦戦していないように見えた。たった一度の戦いで感触を掴めたのだろうか。あるいは元々素養があったのかもしれない。

動きが前回とまるで違う。大振りな動作が減り、巧みに相手の隙を狙い、より確実な一撃を繰り出している。相手の攻撃に対しても最小限の動きで回避したり受け止めたりしている。シロが助けに入らなくても勝てそうな勢いだった。

だが鬼も一方的にやられるばかりではなかった。動きの俊敏さも力の強さもお婆さんと同じだ。その力でもって桃太郎の体力を奪いに来ている。やはり桃太郎と鬼の間では、体力差が顕著に現れてしまう。戦いが長引くにつれ、どうしても桃太郎の方が劣勢に追いやられ易くなり、攻撃が当たり始める。

桃太郎の体勢が一瞬崩れたところに鬼の強烈な一撃が決まった。重い一撃を受けて桃太郎が膝をつく。

「桃太郎さん！」

シロは桃太郎に駆け寄った。呻（うめ）き声と一緒に大丈夫という声が返って来るが、顔は苦悶（くもん）に歪（ゆが）んでいる。

やはり一人では厳しい。前回と同じく協力して隙を作った方が良い。

だが前のように簡単には行かなかった。シロが噛みつき、鬼が引きはがす。直後に桃太郎が飛びかかるも、鬼は隙を作らず桃太郎の攻撃に対応して来る。その攻防が何度か繰り返された。

桃太郎がシロを見た。視線だけで何を言いたいのかシロは理解した。

シロ、桃太郎の順に時間差で攻撃するのではなく、同時に飛びかかる。そういう作戦に切り替えようと桃太郎は判断した。

桃太郎が一度鬼から離れた。シロも距離を取り、桃太郎と呼吸を合わせる。

桃太郎は鬼の正面、シロは鬼の背後に回り込もうとするが、鬼も警戒してシロたちの動きに合わせて体の向きを変えて来る。互いの距離が詰まらず、鬼を中心に円を描く膠着(こうちゃく)状態が続いた。

桃太郎がまたシロに目配(めくば)せをした。前後からの挟み撃ちは無理と判断し、左右からでも思いきって攻勢に出るという合図のようだ。

シロは足に力を入れた。いつでも飛びかかれる体勢を取る。

桃太郎の動きに合わせてシロも飛びかかった。鬼の動きを封じるため足に噛みつく。鬼が足を蹴り上げ、シロの体が大きく宙を舞う。更に鬼の打撃が加わり、シロは遠くに吹き飛んだ。直後に桃太郎の刀が鬼の体を横一線に薙(な)ぎ払う。鬼は避けられず、その一撃が決定打となった。

シロの体が地面に叩きつけられるのと同時に鬼の体も崩れ落ちた。

「シロ、大丈夫か?」

「何とか……」

とは言ったものの、前回よりも傷は酷い。体の節々に痛みがある。

「ぽん太は?」

「息はあるみたい」

「そうか。一応は間に合ったんだね」

桃太郎は心底安堵したようだった。生きていたことがよほど嬉しいのだろう。生まれ育った山を出て来る時からずっと行動を共にしている仲間なのだから無理もない。

「このまま目を覚ますまで待ってても仕方ないし、ぽん太を連れて村に戻ろう」

「そうだね」

「でもその前に」

桃太郎は河原を離れて茂みの中へと入って行った。何をする気なのか確かめようとシロも後について行く。桃太郎は草の少ない場所で立ち止まり、しゃがんでおもむろに土を掘り始めた。

「あの鬼を埋めてあげよう」

お婆さんの時と同じだ。憎き相手とは言え、斬ってしまったことに対して桃太郎は苦しんでいる。解放されるために何かをしたいのだろう。

シロも穴掘りを手伝った。ぎりぎり鬼が入るくらいの大きさまで掘ったところで、桃太郎が屍と化した鬼を運んで来て穴に入れた。上から土を被せ、更に落ち葉や草を適当に集めてかけた。

「さあ帰ろう」

疲れた体に鞭を打ってシロと桃太郎は村に戻った。

ほんの数日前まで続いていた楽しい時間が遠い昔のように思えてしまう。責任の一端が自分にもあると思うと足取りがずんと重くなる。

村に着き、ぽん太の看病を浦島に任せて、シロと桃太郎は休息を取った。

丸一日眠り続けた。浦島の作る料理の匂いを感知できなかったらもっと眠っていたかもしれない。一日ぐっすり寝たおかげで疲労の方はだいぶ回復したが、体中の痛みはほとんど取れていなかった。桃太郎も同じようで、起きた後、顔を歪めながら怪我した部分を擦っていた。

ぽん太も意識が戻っていた。シロや桃太郎よりも体調は良いようだった。

「水を飲み過ぎたみたいだけど、吐き出したらすぐに意識が戻ったよ」

体力の低下はあるものの、背中の火傷以外は大きな怪我もなく、火傷も数日あれば治りそうな具合だった。

「桃殿とシロはしばらく安静にせんと治らんだろう。骨が折れているところもあるようじゃから、動けるようになるだけでも数日は掛かるだろう。一月くらいはおとなしくしとることじゃ」

食事の準備をしながら浦島が言った。シロも同意見だった。

だが桃太郎は違った。

「動けるようになったら、僕は村を出るよ」

「駄目じゃ。そんな体で旅を続けたら、治るものも治らん」

「分かってる。でも行くよ」

「何をそんなに急ぐのじゃ？」

「僕は今まで、鬼っていうのは話でしか聞いたことがなかったから、どれくらい恐ろしいのかってことが、実感できてなかったんだ。でも戦ってみてよく分かったよ。本当に恐ろしい存在なんだって。でもそれ以上に、僕は自分のことが恐ろしいよ」

囲炉裏（いろり）の火を見つめながら桃太郎が続ける。

「僕は今回、二人の鬼を斬った。誰かを護るために仕方なくとかじゃなくて、ほとんど私怨（しえん）みたいなもので。ああいう状況になれば、僕は迷わず刀を抜けちゃうんだ。でもぽん太やおちゅんには悪いけど、こんなことしたって、全然気分が良くないよ。今だって鬼を斬った時の感覚がずっと手から離れないんだ」

お婆さんの時は怒りに任せて飛びかかった面もあったが、お爺さんの時はぽん太を助けるために桃太郎は鬼と戦った。少なくともシロはそう思っている。

それに桃太郎が鬼を倒してくれたおかげで、もう折檻される心配はなくなった。桃太郎のおかげでシロも助かったのだ。

「今回のことでよく分かったよ。戦わないで済むのが一番良いけど、もし戦うのだとしても、私怨じゃなくて誰かを護るために戦うべきだって」

桃太郎の視線が浦島へ向けられる。

「鬼って、まだ各地にいるんでしょ？」

「わしも直接見たことはないが……過去に都が襲われたという話もあるからのう」

「もしかしたらおちゅんやシロのように、目的のために利用されて酷い目に遭っている人たちも、いるかもしれないよね？」

「かもしれん」

「だったら僕は、その人たちを護りたい。そのために戦いたいんだ。だから僕は――」

鬼退治をしようと思う、と桃太郎が拳を握った。

寝ている間に気持ちの整理がついたのかもしれない。桃太郎の瞳に苦しみの色はなく、もっと別の意思が宿っているのが見て取れた。

怒りに任せて刀を振るうのではなく、誰かを助けるために刀を振るう。桃太郎らしい考え方だとシロは思った。

「前に知り合いの和尚さんが言ってたんだ。鬼はとてもじゃないけど戦って勝てる相手じゃないって。その和尚さんは昔都に住んでて、実際に鬼を見たことがある人だから、それは正しいんだと思う。ってことは、多くの人は鬼に酷い目に遭わされても、対抗することができないと思うんだ。でも僕は戦える」

「……承知した」

浦島が神妙な面持ちで頷いた。

「そこまで考えているのなら止めることはできん。わしにできるのは傷の手当てや食事の用意、それに桃殿の旅の無事を祈ることくらいじゃ」

浦島がご飯をよそって桃太郎に渡す。

「たんと食べなされ。今は少しでも体力を回復させんとな」

「ありがとう、じいちゃん」

「残念ながら鬼に関して、わしが知ってることはほとんどない。ただ鬼ヶ島(おにがしま)という島の存在を聞いたことがある」

「鬼ヶ島？」

「鬼が住んでいると言われる島じゃ。どこにあるかは分からんが、おそらく鬼はそこからやって来ているはずじゃ」

「つまり、鬼ヶ島を目指せば良いってこと？」

「一人で行くのは危険だと思うが……鬼の総本山とも言うべき場所だからのう」

「分かった。鬼ヶ島ってところに行ってみるよ」

「……じゃあ、オイラとはここでお別れだね」

寂しそうな声でぽん太が呟いた。

「桃太郎さんには悪いけど、オイラは一緒には行けない。もう二度と、あんな化け物とは会いたくないよ。もう二度と……」

ぽん太の体が小さく震えている。今回のことを考えれば無理もない。桃太郎も十分に理解しているから、ぽん太同様に声に寂しさが混じっていたものの、そうか、と素直に頷くだけだった。

「今まで一緒に旅ができて楽しかったよ」

「オイラも楽しかったよ。助けてくれて本当にありがとう」

それから四人でお腹いっぱいにご飯を食べ、たっぷりと睡眠を取った。

数日が経ち、ぽん太の傷がほぼ全快する頃には、シロも桃太郎も歩けるくらいには回復した。まだ痛みは残っている。桃太郎も痛みが取れていないことを訴えていたが、出発を延期する気はないようだ。

「桃殿。これを持って行きなされ」

浦島が桃太郎に数種類の傷薬が入った袋を渡した。

「必ず役に立つじゃろう。それからこれも渡しておこう」

「……これは？」

浦島が手にしているのは巾着袋。雀のお宿でもらった小さな葛籠の中に入っていたものだ。そういえば中身をまだ確認していなかった。匂いから察するに食べ物の類なのは確かだと思う。

「見たところ、中身はきびだんごじゃ。あの葛籠に入っていたものだから、若返る水と同じように何か不思議な効果があるかもしれん。持って行って損はないだろう」

「ありがとう」

「桃太郎さん。気をつけてね」

「ああ、シロもゆっくり休んで良くなってね。シロのおかげで本当に助かったよ」

「桃太郎さん。鬼退治が終わったら、またこの村に寄ってよ」

「それまでぽん太はここにいるつもりかい？」

「うん。もうしばらくはこの家で世話になるよ。シロにも助けてもらった恩があるし、少しは返さないとね。本当は桃太郎さんにも返さなきゃだけど」

「じゃあ僕の分は、浦島じいちゃんに孝行してあげて」

「うん」

「それじゃあまたね」

桃太郎が去って行く。背中が見えなくなるまでみんな動かずに見送っていた。

次に会えるのはいつだろう。鬼退治は簡単ではない。一ヶ月や二ヶ月で成し遂げられるものではないだろう。一年後か二年後か、下手したらもっと――。

ところが再会は僅か一日後だった。

浦島が野良仕事の準備を整え、シロとぽん太で見送ろうとしていた矢先だった。桃太郎が凄い勢いで村に戻って来た。怪我が完治していないはずなのに、それを全く感じさせない疾風のごとき走りだった。

「これ凄いよ！」

桃太郎がお宝を発見した時のシロのように声を弾ませている。よほど凄い発見でもあったのだろう。手にきびだんごの入った巾着袋が握られているから、凄い発見とやらはきびだんごのことに違いない。やはり何か不思議な効力があったのか。

「シロ。これ食べてみて」

きびだんごが一つ差し出される。特に疑いもせずシロは口に入れた。

食べてすぐに桃太郎が凄いと言った意味が理解できた。

「体の痛みが、消えた……？」

痛みだけじゃない。今までにないくらいすこぶる体調が良い。

これは傷薬と同じかそれ以上に役立つ代物である。さすがはあの葛籠の中身と言うべきか。まるでおちゅんが鬼退治に向かう桃太郎の背中を押しているようだ。

「昨夜、試しにと思って一つ食べたんだ。そしたら体中に力が漲(みなぎ)って来てさ。シロも食べれば回復するって思って戻って来たんだ」

「これは……本当に凄いね」

今ならシロも風になれそうだ。

「ぽん太も食べるかい？　たぶんどんな怪我にも効果があるよ、これ」

桃太郎がぽん太にもきびだんごを差し出した。

「オイラは大丈夫だよ。もうほとんど治ったから」

これから鬼退治をする上での強力な味方と言えよう。仮に桃太郎が鬼を一人倒す度に立つのがやっとなほどの状態になったとしても、回復してまた戦える。大勢の鬼を相手にするなら必需品とさえ言える。

――そうだ。これなら……。

「ねえ桃太郎さん。僕も一緒に連れてってよ」

シロはふと思いついたことを口にした。

桃太郎が目を丸くする。

「一緒にって、鬼退治にかい？　危険もいっぱいあると思うし……今回みたいに酷い怪我をするかもしれないよ？」

「でもきびだんごがあれば、怪我してもすぐに治るでしょ？」

桃太郎が鬼退治を決意したように、シロも今回の一件で感じたことがある。

それは行動しないと駄目だということ。誰かを護るために我慢することは決して間違っていないが、何か行動を起こさないと取り返しがつかなくなる場合もある。嵐と違い、黙ってじっと耐えているだけでは去ってくれない難もあるのだ。

時にはおちゅんを助けられなかったように、行動を起こしても間に合わない時もあるだろう。でも行動を起こしたおかげで、ぽん太は助けられた。だから何か思うことがあるのなら、思いを行動に変えた方が良い。後悔することもあるだろう。でも行動しないで後悔するよりは絶対に良い。

とは言え、桃太郎について行っても足手まといになるだけだと思った。だから言い出せなかった。

戦いの中でシロが傷ついたら桃太郎は絶対に放っておかない。一人や二人ならともかく相手はおそらく軍勢だ。無傷でいられるはずはないし、傷を癒す十分な時間が常にある保証もない。傷ついたままの状態で桃太郎のそばにいたらただのお荷物になってしまう。役に立てないなら一緒に行かない方が良い。

でもきびだんごがあれば話は別だ。回復できるのは桃太郎に限った話ではない。シロだって条件は同じ。桃太郎の力になれるかもしれない。

「分かった。一緒に行こう」

もう少しごねられるかと思ったが、意外にもあっさりと桃太郎は納得してくれた。

次いで浦島を見る。さすがに反対するかもしれないと思ったが、浦島は何も言わず優しくシロの頭を撫でただけだった。賛同してくれたと判断して良いだろう。

「ぽん太。浦島さんのこと頼むね」

シロの言葉に、はいよ、とぽん太が元気よく返す。

「じゃあ行ってきます！」

浦島とぽん太に見送られながらシロは桃太郎と一緒に村を出た。姿が見えなくなるまでずっと手を振っていた二人の姿がいつまでも脳裏に焼きついていた。

## 9　サスケの謀略

サスケは拾った柿の種を何かに使えないだろうかと考えながら歩いていた。せっかく拾ったのだ。馬鹿と鋏も使いようと言うし、利用できるに越したことはない。

そんな折、道で一匹のカニと遭遇した。

知らない間柄ではないが、特別仲良くしているわけでもない。用事がなければ挨拶だけ交わしてすれ違う程度の関係。だが今回は用事があった。正確にはできたと言うべきか。

カニの手に持っているものが目に入った時、サスケの狡賢い頭は一瞬で次に言うべき言葉を導き出した。

「実はさっき、柿の種を拾ったんだ。そのおにぎりと交換しないか?」

カニの手には美味そうなおにぎりがある。柿の種より断然欲しい。

「せっかくだけど、柿の種は要らないよ」

「まあそう言うなって。この柿の種を持ち帰って植えれば、おにぎりよりも美味しい柿がいくつも食べられるぞ」

「ならサスケさんが植えたら？」

「俺はもう別の種を植えて育ててんだ。だからこれはお裾分けさ」

サスケは半ば強引に柿の種とおにぎりを交換した。

「じゃ、頑張って育ててくれよ。お互い実がなったら交換しようぜ」

そうは言ったものの、植えて育てれば柿が食べられるようになるなどとサスケは思っていない。おにぎりを手に入れるための出任せだ。別の種を植えたというのも真っ赤な嘘。よしんば本当に種が育ったとしても、実がなるまでには何年も掛かる。カニはそのことを知らないだろう。わざわざ教えてやる義理はない。

おにぎりを手に入れたサスケはカニと別れて悠々と帰路についた。家に帰りおにぎりを食べて寝る頃には柿の種のことはすっかり記憶の片隅に追いやられていた。

しばらく経って、サスケはカニに柿の種をあげたことを思い出した。サスケの言葉を信じて今頃せっせと種を育てているのだろう。

ちょっとからかってやろうと思い、サスケはカニの様子を見に行った。

適当な木陰からこっそり様子を窺う。カニは歌を歌いながら土に水を撒いていた。きっと柿の種に水をあげているのだろう。出て行って簡単に芽は出ないことを教えてやろうかとも思ったが、もう少し経ってから教える方が面白い。

サスケはカニに気づかれないように静かにその場を後にした。

またしばらくして、サスケはカニの様子を見に行った。相変わらず芽が出ると信じて水を撒いているのかと思ったが、思惑とは少々様子が違っていた。

何と柿の種が芽を出している。芽が出たこと自体も驚きだが、こんな短期間で芽が出たことが何よりの驚きだった。よほど嬉しいのか、カニは前にも増して弾んだ歌声に合わせて水を撒いている。

無駄な努力をからかってやろうという気が失せた。この調子ならいずれ本当に実がなるかもしれない。ならばその時に来て柿をいただく方が有意義だ。

更に月日が経ち、サスケはカニのところに出向いた。

「……こりゃあ驚いた」

柿がたわわに実っていた。全部ではないが、青い色の柿に混じって甘い色をした柿が枝からいくつもぶら下がっている。

「おいおい凄いじゃんか。よくここまで育ったなぁ。立派なもんだ」

カニの隣に並び、一緒に柿の木を見上げる。

「ああ、サスケさん。早く大きくなれってお祈りしながら水を撒いたおかげかな。でも問題があって……」

「問題？」

「実がなったのは良いんだけど、僕、木に登れないんだ。だから……」

自分の力では頑張って育てた実を収穫できないと言いたいらしい。

サスケの頭が素早く計算を始め、一つの解答を導き出す。

「だったら俺に任せな。木登りは猿の領分だ。取って来てやるよ」

「本当に？」

「代わりと言っちゃなんだが、俺にも柿を分けてくれよ。少しで良いからさ」

「もちろんだよ。元々サスケさんにもらった種だもん。一緒に食べよう」

カニの屈託のない良心が眩しいなどとサスケは思わない。今サスケが思っているのは、馬鹿と鋏よりも馬鹿な鋏の方がよほど使える、である。

「よしよし。ならば早速取って来ようじゃないか」

内心でほくそ笑みながらサスケは木を登った。取り易い位置にあった柿を一つもぎ取り、早速齧ってみる。

瑞々しくて柔らかい甘さが口全体に広がった。

「うん。これは甘くて良い柿だ」

あっさりと一つを平らげ、近くにあった別の柿を手に取り、再び口の中へ。

「美味い美味い」

文字通りに甘い汁を吸いながらサスケは食欲を満たして行った。

「おーいサスケさんや。自分ばかり食べてないでこっちにも柿を落としてくれー」

サスケは無視して柿を頬張った。なおも下から柿を要求するカニの声が聞こえる。サスケは気にせず柿を食べ続けた。

「おーい。こっちにも柿をくれってばー」

「分かった分かった。今やるから待ってろ」

さすがに煩わしくなって来たサスケはカニの声に応えるため、渋い色の柿を手に取ってカニに向かって思いっきり投げつけた。

「ほら、まだまだたくさんあるぞ。それっ」

青い渋柿ばかりを選んで投げつける。いくつかはカニに命中したようで、時折痛みを訴える声が聞こえた。

やがてカニの声が止み、動かなくなった。サスケは甘柿を抱えて木から降りた。

「いやあ、堪能した。また取りに来るぜ。その時はお前さんの分も取ってやるよ。青々とした渋柿をな！」

反応のないカニに高笑いを浴びせてサスケは家に帰った。

良い場所が確保できた。いずれまた柿の木は実をつけるし、青い柿もいずれは食べ頃へと変わる。食べたくなったらまた行けば良い。いつでも美味しい柿が手に入る。

「苦労せずに手に入る柿は格別だ」

持ち帰った柿を食べながらサスケは満足感に浸った。

数日後、柿がなくなってしまったのでサスケは再び柿の木を訪れた。カニの姿はなかった。渋柿をぶつけられたせいで怪我でもしたのか。動けないなら好都合だ。邪魔されずに柿をいただける。

たんまりと抱えて家に帰る。柿を適当な場所に置いてサスケは囲炉裏に当たった。

「ああ寒い。冬も近そうだな」

本格的に冬が来てしまえば、柿の木ともしばらくお別れになる。他の食料も採れなくなる。今のうちに蓄えておかなければ。

食料の確保について考えながら体を暖めていると、不意に何かが弾けるような音がして囲炉裏の灰が舞った。

「な、何だ？」

突然のことに混乱して思わず飛び上がる。舞い散った灰が視界を遮った。

「痛っ⁉」

熱さと痛さが同時に尻を襲った。

はっきりとは見えなかったが、灰に混じって栗のようなものが見えた。あれが囲炉裏の火で弾け飛び尻を直撃したのだろうか。そもそもどうして囲炉裏の中に栗が——などと冷静に分析している場合ではない。尻を冷やす方が先だ。

サスケは水甕に駆け寄り、中の水を使って尻を冷やそうとした。

「うわっ！」

またしても痛みが体を襲う。刺さるような痛みだった。未だ灰で視界が回復しきっていないが、今度は蜂のような生き物の姿が見えた。どうやらこの痛みは蜂に尻を刺された痛みのようだ。

二度三度と痛みが襲う。蜂が連続で尻を刺しているようだ。ここにいたら他の場所も刺されるかもしれない。一旦外に出て室内の視界が回復するまで避難した方が良い。サスケは外に向かって駆け出した。

しかし家を一歩出た直後、今までとは比較にならないほどの衝撃がサスケの全身を襲った。何か重たいものに圧し潰され、サスケはうつ伏せに倒れた。顔だけ横を向けて背中に乗っている何者かの正体を窺う。一体どこから降って来たのか、重たいものの正体は大きな臼だった。

状況がよく分からない。分からないが、今この家が危険地帯と化していることだけは確かだ。遠くに逃げないともっと酷い目に遭わされるかもしれない。

サスケは体を捻って臼から逃れ、無我夢中で山の中へと逃げた。ここまで逃げてくれば安心だろう。蜂はともかく栗や臼が追って来られるとは思えない。

一体何だったのだろうか。そもそもあの臼やら栗は誰かが運んで来たものなのか。あれは偶然の事故ではない。一度ならともかく連続で何度も攻撃を食らうなど、誰かが故意に仕組んだとしか思えない。

真っ先に頭に浮かんだのはカニだった。柿を独り占めされた腹癒せに嫌がらせをして来たのだとしたら辻褄(つじつま)は合う。

サスケは昔から嫌われ易い性格だった。狡賢くて自分勝手。相手に嫌がらせすることもしばしば。そのせいで今回のように仕返しをされたこともある。だがサスケに性格を直す気はなかった。やられたらやり返す。サスケはそれが当たり前の感情だと思っている。悪いことだとは思っていない。だから相手が同じ考えを持つことも理解できる。やり返さない奴は軟弱者だとすら思う。

ただしやり返されたら終わりというわけではない。やり返されたら更にやり返すのがサスケのやり方だ。

もしこれがあのカニの仕業だとしたら、更なる仕返しが必要だ。どんな仕返しをしてやろうか。また渋柿をぶつけるだけじゃ面白くない。

しかしそれは後回しだ。今は他に考えることがある。

走り疲れと体の痛みで、家に戻るだけの元気がない。帰ったところで奴らを追い払う良い手も考えていない。今帰るのは得策とは言えない。

寒さに震えながらも、サスケは落ち葉を集めて夜風を凌ぎ、朝になるのを待った。

家に帰ると、栗や蜂、臼はいなくなっていた。追い払うまでもなく昨日のうちに引き上げたようだ。

代わりに見慣れない生き物が二人、正確には一人の人間と一匹の犬が家の中に鎮座していた。サスケがいつも使っている囲炉裏で勝手に暖を取っている。

「……お前ら誰だ」

「僕は桃太郎。こっちはシロ」

どうせ言葉は通じないだろうと思ってサスケは犬に向かって話しかけたが、答えたのは人間の方だった。

どうやらこの人間は猿の言葉が分かるらしい。どういう仕掛けかは知らないが特に興味はなかった。

「何勝手に上がり込んでんだよ。ここは俺の家だぞ」

「知ってるよ」

再び桃太郎が答える。

「あ？　知ってるだと？」

「君の名前がサスケってことも、昨日散々な目に遭わされたってこともね」

「ちょっと待てよ。昨日のあれはお前らの仕業か？」

てっきりカニの仕返しかと思った。しかし桃太郎もシロも初対面だ。あんなことをされるいわれはない。

「僕たちの仕業じゃないよ。でも何があったのかは知ってる。柿を独り占めして、カニに渋柿をぶつけたんだろ？」

「じゃあやっぱり」

昨日の件はカニの仕返しによるものか。自分が動けないからって人間に頼るとは、随分と手の込んだことを考えるものだ。あの馬鹿正直なカニがこんな回りくどい仕返しを考えるのは少々意外だが、効果は十分だった。一晩経っても体が痛い。蜂に刺されたところも未だに腫れている。

「お前らが入れ知恵したのか？　蜂で刺したり、臼を落としたり」

違うよ、と答えたのはシロの方だった。

「あれはカニを不憫に思ったみんなが自分たちで考えてやったんだよ」

「となると……」

カニに入れ知恵したのは蜂たちか。おそらくはカニのためだけでなく、自分たちのためでもあったのだろう。この辺りに棲んでいる者は大概一度はサスケの悪知恵の被害に遭っている。どうせこの機会に溜まった鬱憤を晴らしてやるとでも思ったのだろう。

ともあれ、仕返しをする相手がカニだけではないことも分かった。

「で？　お前らはここに何しに来たんだ？　昨日の続きをやろうってのか？」

二人がいる理由は不明だ。だがみんなが更なる仕返しを考えてこの二人を使おうとしている可能性は否めない。

「僕たちは様子を見に来ただけさ。本当はこうなる前に止めたかったんだ。説得もしてみたんだけど、聞いてはくれなかった。だから直接止めようと思って、シロにみんなの匂いを追ってもらって、ここまで来たんだ。でも間に合わなかった」

「間に合わなかったけど心意気は認めてくれってか？」

「そんなんじゃない。僕はただ、仕返しなんてしたところで気分は晴れないってことを知ってるだけだよ」

「何だよそれ。そんなこと言ったって、何かあれば腰の刀(それ)で斬るんだろ?」

「これは護るためのものだよ」

「知ってるぜ、そういうの。ものは言いようって言うんだろ? 護るために使おうが仕返しに使おうが、斬ることには変わりないじゃんか」

「そうかもしれない。でも僕は決めたんだ。これは護るために使うって」

「……まあ何でも良いさ。俺には関係ねえ」

サスケは桃太郎から目を逸らした。真っすぐな目をした奴の真っすぐな意見を聞いていてもろくなことはない。眩しい光は直視すると目が痛くなる。

「それで? お前はカニを護るために俺を斬るのか?」

サスケは更なる仕返しを考えている。それを止めるために刀を抜くのは、桃太郎からすれば信条に反していない行動になるだろう。

「様子を見に来ただけって言ったろ? 斬ったりなんかしないさ。でもそう考えるってことは、君は彼らに更なる仕返しをしようと考えてるんだね?」

「ふん。頭の方は軟弱じゃないんだな」

知恵くらべでもしたら面白そうだが今は気分が乗らない。

「さっきも言ったけど、仕返しなんてしたって良いことはないよ」

「それはお前の考えだろ？　俺はそうは思わない。やられっ放しのままの方が気分が晴れないね。今だって体中が痛いんだ。この痛みをすぐに忘れられると思うか？」

桃太郎とシロが顔を見合わせる。

「何だよ？」

「痛みを忘れさせてあげようか？　今すぐに」

「はあ？」

桃太郎が腰に下げていた巾着袋を手に取り、中から団子を一つ取り出した。

「これ、きびだんごなんだけど、一つ食べるかい？」

「何だよ急に。まさかそれ食べれば痛みがなくなるとでも言うつもりか？」

「そのまさかだよ。痛みもなくなるし、怪我もほぼ完璧に治るよ」

「馬鹿じゃねえの？」

「食べてみれば分かるよ。効果がなかったとしても、食べて損はしないだろ？　毒が入ってるわけでもないんだし」

「……まあ、そりゃそうだけど」

ここまでの話は全て嘘で、本当はこの人間もカニの仕返しに協力しているのであれば、毒の一つくらい入っていてもおかしくはない。

半信半疑ながらもサスケは桃太郎の手からきびだんごを一つ取ろうとした。しかし直前で桃太郎が手を引っ込める。

「おい」

「あげても良いけど条件がある。守れるかい?」

「何だよ?　まあ、どうせあいつらに仕返しすんの止めろとか言うんだろうけど」

「本当に守ってくれるならそれでも良いけど、できるのかい?」

「ああ良いぜ。お安い御用だ」

答えるのは簡単だった。どうせ桃太郎たちがいなくなったら、サスケが約束を守っているかどうかなんて確認できないのだから。

「桃太郎さん。今のは嘘だよ」

「……ちっ」

考えが読まれてしまった。桃太郎ではなく、横の白い犬に。

「シロの前で下手な嘘はつかない方が良いよ。シロの鼻は敏感だからね。軽はずみな態度で心にもないことを言っても見破られちゃうよ」

面倒な嗅覚の持ち主だ。

「やっぱり条件は別な方が良いね。僕たちが確認できないようなのは駄目だ」

「じゃあ何だよ。やっぱり斬られるのか？」

「そんなことしないってば。もっと別の条件だよ。そうだね……じゃあ、僕たちと一緒に鬼退治に来るっていうのはどうだい？」

「……はあ？」

桃太郎の言葉を咀嚼するのに少し時間が必要だった。

「鬼退治？　何だそりゃ？」

「鬼って知ってるかい？」

「そりゃ鬼は知ってるけど……でも見たことはないな。この辺にはいないし」

「僕とシロは、鬼を退治するために旅をしてるんだ。いろんなところで悪さを働いているらしいから、被害に遭っている人を助けようと思ってるんだ」

「何でそんな面倒臭いことを俺がしなきゃならないんだよ」

たかが団子一つと釣り合う条件とはとてもじゃないが言えない。

「本当は今すぐ彼らに謝って、これからは仲良くしてくれるのが一番良いさ。でもそれをやるつもりがないなら、何らかの形で君が心を入れ替えたってところを、みんなに見せてあげられれば良いんじゃないかなって思って」

それを見せればみんなも許してくれるだろうと言いたいのか。

実にくだらない考え方だ。でも桃太郎という男にとっては正義なのだろう。善い行いをすれば周囲は必ず評価を改める。甘ちゃんの考え方だ。

「そういや、カニの奴にはそれ食わせてないのか？　一緒に来てないってことは、どうせまだ動けないんだろ？」

「断られちゃったよ。しばらくおとなしくしてれば治るから気にしないでって」

「本当に効果があるのか怪しんだんじゃないのか？」

「そうかもね。でもいくら効果があるからって、無理矢理食べさせるのもね……」

怪しむというのは、あの他人を信じ易いカニにしてはらしくない反応だ。今回の件で上手い話に簡単に乗るべきではないと悟ったのかもしれない。もしそうなら世の中は正直者が馬鹿を見ることを身をもって教えてやったのだから、仕返しどころか授業料を払って欲しいくらいだ。

提示された条件の方はどうしようか。

サスケは考え、冷静に言葉を選んだ。

「とりあえずお前の言い分は分かったよ。そのきびだんごってやつを食べて、もし本当に痛みがなくなったら、一緒に行ってやるよ」

「本当かい？」

今度はシロに不審がられなかったようだ。さっきと違って少なくとも嘘は言っていないから、怪しい臭いがしなかったのだろう。

「でも、本当に痛みが消えたらだぞ？　効果がなかったらこの話はなしだからな」

良いよ、と改めて桃太郎がきびだんごを差し出して来た。受け取って口の中に放り投げる。味も食感も悪くない。効果がなくとも団子として十分な代物だ。ゆっくりと味わい飲み込む。

サスケは自分の身に起こったことを確かめるように自分の両手を見つめ、体の節々を触った。確かに痛みが消えている。蜂に刺されたところも、何事もなかったように腫れが引いている。

「どうだい？　痛みが消えただろう？」

納得せざるを得ないようだ。不思議な団子もあったものだ。

「それじゃ、僕たちと一緒に来てくれるね？」

「仕方ないな。約束だし」

今は従っておく。すぐに逃げ出しても良いのだが、どうせなら残りの団子もいただいてしまいたい。もっとも、寄越せと言ったところで素直に渡してはくれないだろう。鬼退治をする上で欠かせない回復薬だと桃太郎は思っているはず。

とりあえずは行動を共にし、隙を見て奪って逃げる。何も馬鹿正直に約束を守る必要はないのだ。怪我は治ったし、あとはもうこっちのもの。

「そうと決まれば早速出発だな。鬼ってのはどこにいるんだ？」

「鬼ヶ島ってところに住んでいるらしいんだけど、どこにあるかは分からないんだ」

「鬼ヶ島か……聞いたことないな。島ってんだから、適当に海に出りゃそのうち見つかるんじゃないのか？」

「さすがにそれは無謀だよ。だから今は都を目指してるんだ。都に行けば誰か知ってる人がいるかもしれないしね。それに僕の友達が一人、都にいるんだ。何か話が聞けるかもしれない。もちろん良い情報が手に入れば進路を変更しても良いし、情報次第では海に出ても良いと思うけど」

「真っ先に海を目指して、漁師とかに聞いた方が早いような気もするけどねえ……まあでも、どこへなりと行ってくれ。俺は黙ってついてくよ」

どこを目指そうが計画に支障はない。ようは隙が突ければ良いのだ。

「何にしても、これからよろしく頼むぜ」

よろしくに含まれる本当の意味をシロは見抜いているだろうか。

## 10　竜宮城の憂鬱(ゆううつ)

乙姫様の具合が一向に回復しない。悪くなる一方だ。

手に入る良薬は全て試した。食事も療養に効果のあるものを厳選し、お付きの者がつきっきりで看病に当たっている。それでも乙姫様の顔は苦痛に歪み続けている。絶世の美しさを誇っていたあの乙姫様が、今は逆の意味で絵に描けない。

もっとも薬も看病も効果がないことは竜宮城に住む誰もが初めから分かっていた。乙姫様を苦しめているのは体の病ではなく、心の病なのだから。

分かっていても何もせずにはいられなかった。これ以上乙姫様の苦しむ姿を見ていたくない。一日も早く、一秒でも早く、元の美しく元気な姿に戻って欲しい。誰もが心からそう願っている。

原因は分かっている。乙姫様自身にも分かっているだろう。

浦島太郎。あの男が地上に帰ってから乙姫様の体調は急降下した。みるみる生気を失い、二日も経たないうちに床に臥(ふ)せた状態から動けなくなってしまった。

乙姫様の心を傷つけているのは慕情と罪悪感。最愛の人がいなくなってしまったことと玉手箱を渡してしまったことが彼女の精神を蝕(むしば)んでいる。本当は玉手箱なんて渡したくなかった。地上になんて帰って欲しくなかった。口には出していないけれど、心中を察するまでもなく、乙姫様が何を思っているかは誰の目にも明らかだった。

病気を治す方法だって本当は分かりきっている。誰もが気づいている。でも採用が難しいことも誰もが分かっていた。

浦島太郎は玉手箱を開けてしまっただろう。一度開けたら二度と元には戻れない。今頃は枯れた老人になっているか、既に生きてすらいないかもしれない。玉手箱の煙にはそういう効果がある。人の意志なんて脆(もろ)いものだから、絶対に開けるなと言われていても、他に縋(すが)るものがなくなったら約束は守れないだろう。

玉手箱の中には死神が入っている。希望を失った人を解放するために、冥府(めいふ)への招待状を片手に息を潜めて待ち構えている。箱を開けると死神は救いの煙幕を撒き散らす。煙に包まれたら最後、人はたちまち年を取る。そのまま死神に手を引かれて黄泉(よみ)の国へと連れて行かれてしまう。

すぐに死んでしまうわけではない。長ければ煙を浴びた後も数年は生きられる。だが早ければ数日と待たずに寿命が尽きる。

竜宮城と地上では時間の流れが違う。浦島が帰り乙姫様が病に倒れてから既に十日以上が経過しているから、地上では三年ほど経っている計算になる。地上に戻ってすぐに玉手箱を開けたのであれば、彼が今でも生きている可能性は――。

一番有効な方法が使えない以上、病気を治すには他の方法を見つけるしかない。どんな手段を使ってでも、どんな代償を払ってでも。

つい先ほど竜宮城内の全員に招集が掛かった。会議を開くという話だ。クラゲもみんなと同じように会議に参加するために広間を目指していた。会議の内容は言われずとも分かっている。だが議題に対する正解はクラゲには分からない。この後の会議でも聞き役に徹するだけになるだろう。

全員参加で会議が開かれるのは初めてではない。乙姫様が倒れてから日に何度も開かれている。だがクラゲは一度として有益な意見を出せなかった。クラゲ以上の知恵者がこぞって意見を出し合っても全く打開できない状況なのだ。クラゲごときの頭でいくら考えても休むに似たりである。もっと知識も知恵もある者に頼りたいところだが、竜宮城で知識も知恵も一番ある乙姫様がまともに口を利けない状態なのだ。残りのみんながある知恵もない知恵もとことんまで絞るしかない。

クラゲが広間に入ると城内のほぼ全員が既に揃っていた。会議も始まっていた。

予想通り会議の内容は乙姫様の病状を回復させる方法だった。クラゲも末席に着いてみんなの話に耳を傾けた。

「何か良い薬はできたか？」

「手に入る材料で作れる薬は全部試した。これ以上はどうしようもない」

「見落としはないか？　文献を隅々まで漁ったか？」

「穴が開くほど見たわい」

「まだ解読できていない文献が残ってたんじゃないか？」

「今も別の者が当たっておる。乙姫様なら読めるのだが、あの状態ではな……」

「薬以外で有効な方法はないのか？」

意見が跳弾（ちょうだん）のように飛び交う。しかしいつまでも跳ね返り続けるだけで有効打にならない。それでも、ここで会議を止めたら乙姫様の心臓も一緒に止まってしまうのではないかと思わせるほど、みんな引っきりなしに意見を出し続けた。

しばらく言葉の応酬は続いたが、さすがに建設的な意見が一つも出ないと精神的な疲労も大きい。段々とみんなの口数が減り、やがて無言が広間を支配した。

集まった全員が玉手箱の煙のような深いため息を吐いたその時だった。

「あったぞ！」

タコが広間に飛び込んで来た。

「ようやく文献の解読に成功したんだ。まだ試していないものがあったぞ」

「一体何だ⁉」

全員の視線がタコに集中する。

「猿の生き肝だ」

「猿の生き肝だと？」

「文献によれば、猿の生き肝を食べればどんな病気でも治るらしい」

「そんなものがあったのか。しかし猿を連れて来るには地上に行かねばな」

「よし。誰か代表で地上に遣いに行ってもらおう。猿を一匹連れて来るんだ」

新たな可能性にみんなの表情が一気に明るくなる。

会議のまとめ役を担っているタイが唐突にクラゲの名前を呼んだ。

「今の話は聞いていたな？　お前、地上に行って猿を連れて来い」

「ええ？　私ですか？」

まさか自分が指名されるとは思っていなかった。イキギモとやらがどんなものかもよく分かっていないのだ。地上に行って猿を見つければ分かるだろうか。

「お前が地上に行っている間、我々は更に文献を紐解いて他に方法がないか探す」

クラゲにはたいした知識も知恵もない。文献を読む力もない。今まで乙姫様の治療に関して役に立てたことは一度もなかった。だからこその任命なのかもしれない。これは竜宮城が総出で当たるべき問題だから、こなせる仕事があれば成すべきことを成せと言いたいのだろう。

「分かりました。必ずや猿のイキギモを持ち帰ります」

「頼んだぞ。猿を見つけたら適当に理由をつけて竜宮城まで案内するのだ」

すぐさまクラゲは竜宮城を飛び出し地上に向かって懸命に泳いだ。

地上に出るのは初めてだ。猿がどういう生き物かは知っているが、話に聞いたことしかない。上手いことイキギモを見つけられると良いが。

潮の流れに身を任せてクラゲは水面に顔を出した。波に揺られて浜辺に辿り着く。

さてどうやって猿を探すべきかと考えていると、考えがまとまるよりも早く目標が視界に飛び込んで来た。

「お？　水母（くらげ）か。波に打ち上げられたのか？」

真っ赤な顔と真っ赤な尻。全身を覆う茶色い毛。以前に竜宮城の仲間から聞いた猿の特徴と一致する。間違いなく猿だ。

「こんにちは。私は竜宮城からやって来ました」

「竜宮城？　何だそりゃ？」

「海の底にあるお城です。この世で最も美しいと言われているお城ですよ」

「へえ。海の底に城があんのか。そりゃ凄いな」

「良かったら行ってみますか？　ご馳走もたくさんありますよ」

「ご馳走？　ご馳走食べさせてくれるのか？」

「ええ、もちろん」

適当な口約束をして大丈夫かとも思ったが、基本的に地上からやって来た客は丁重にもてなすのが竜宮城の決まりだ。それにもしこの猿がイキギモを提供してくれるなら、客人どころか恩人である。きっとみんなも歓迎してくれるだろう。ご馳走程度ではお礼し足りないくらいだ。

「ご馳走か……そりゃ良いな。よし、行こう。竜宮城とやらに案内してくれ」

「分かりました」

あっさり了承してもらえて助かった。無事に務めを果たせる。

「では私の背中に乗って下さい」

「おうよ」

猿がクラゲの背中に乗る。

「では行きますよ」

波や潮の流れに逆らうのはあまり得意ではないのだが、乙姫様のために頑張ると気合いを入れてクラゲは竜宮城を目指した。

「ところで、その袋の中には何が入っているのですか？」

クラゲは猿の手に握られている袋が気になった。もしかしたらこの袋にイキギモが入っているかもしれない。

「ああこれか。これは団子だ。きびだんご」

「きびだんご？」

「一緒に旅してた奴からくすねたんだ。寝てる隙にちょいとな」

「くすねたって……良いんですか？」

「別に構わないさ。元々これが欲しくて一緒にいたんだから」

「はあ……」

事情は分からないが、構わないと言うのなら気にしても仕方ないだろう。

「でも団子ですか……イキギモではないのですね」

「はあ？　生き肝？　何でそんなものが入ってると思ったんだよ？」

「いえ、実はですね……」

クラゲは猿に竜宮城の現状を話した。

主である乙姫様が床に伏せっている。どんな薬でも治せない。頼みの綱が猿のイキギモである。クラゲはそれを手に入れるために地上にやって来た。ただしイキギモがどんなものかはよく分からない。猿が持っていることは分かっている。そこでこうして竜宮城まで同行してもらっている。

「——というわけで、あなたが持っているイキギモが必要なのです。私はてっきりその袋の中に入っているかと思ったのですが……」

「ああ……いや、この中にはないな」

心なしか猿の表情に陰りが差したように見えた。乙姫様の容態に同情してくれているのだろうとクラゲは判断した。

「竜宮城に着いたらイキギモを渡して下さい。ご馳走はいくらでも用意しますから」

「それはありがたいんだけど……でも参ったなぁ」

「？　どうかしましたか？」

「生き肝が必要だって最初から分かってれば良かったんだけど、そんな事情があったとは知らなかったからさ。実は、生き肝は今干してあるんだよ。ここにはないんだ」

「え？　そうなのですか？」

「あげるのは構わないけど、必要だってんなら一度地上に戻らなきゃならない。だから悪いんだけど、一回俺を浜辺まで連れてってくれないか？」

断る理由などない。必要なのはイキギモだから、それを取りに戻るためならどんな労力も厭わない。

クラゲは来た道を戻り再び浜辺に乗り上げた。

猿が背中から降りる。干してあるイキギモを取って戻って来ることをクラゲは疑わなかったが、数歩歩いたところで猿が立ち止まり振り返った。

「ばーか。肝なんて干せるわけないだろ。生き肝っていうのは肝臓のことだよ。誰がそんなもの渡すかってんだ」

「……え？　あの……」

意味が分からず混乱しているクラゲを尻目に、猿は近くにあった木に登った。イキギモを取るそぶりは全くない。枝に寝そべって昼寝まで始める始末。

しばらく待ってみたが起きる気配はなかった。猿の言葉を何度か頭で反芻し、ようやくクラゲは騙されたと理解した。

イキギモとは肝のことだった。確かに体から取り出して干すなんてできない。つまり逃げるための口実だったわけだ。肝を取られたくないからついた嘘。

「しまった……生き肝が必要だってことは言ってはいけなかったのか」

今頃気づいても遅い。もう一度お願いしたところで同意はしてくれないだろう。待ち続けたところでどうにもならない。クラゲは木に登ることができないから強引に捕まえるのも無理だ。途方に暮れながらクラゲは憂鬱な気持ちで竜宮城に戻り、事の次第を報告した。

当然のようにみんなに怒られた。

「まったく……何を考えてるんだ。だから適当に理由をつけて連れて来いと言ったんだ。正直に生き肝が欲しいと言ったところで納得してくれるわけがないだろう！　この役立たずめ！」

散々怒鳴られ、何度も叩かれた。

「良いか。もう一度だけ機会を与える。地上に行って何としてでも猿を連れて来るんだ。分かってると思うが、生き肝のことは決して言うんじゃないぞ。もしまた失敗したらどうなるか……分かってるな？」

頷くしかなかった。もはや海に漂う気力すら奪われていたが、乙姫様のためにはもう一度地上に赴くしかない。

失敗は許されない。失敗したら乙姫様の命も、自分の命もない。

クラゲは再び海に出た。散々叩かれた痛みも手伝って上手く泳げなかったが、何とか頑張って猿に逃げられた浜辺まで辿り着いた。

あの猿はもう連れて帰れない。別の猿を探さなければ。

辺りを見回すとあの時の猿がまだ浜にいた。今は木から降りている。猿だけではなく、対峙するように一人の人間と一匹の犬もいた。

犬は怒っているようだった。

「次にきびだんごを奪って逃げたら、噛みつくからな！」

「くそ……こんなとこまで追って来られるのかよ、お前」

「どこまで逃げようが、僕は匂いを辿ることができるよ。だから逃げられるなんて思わないことだね」

「ちっ……悪かったよ」

猿が言っていた一緒に旅をしていた人たちだろうか。例のきびだんごとやらを盗んだ件で怒られているらしい。悪いことをしたのだから怒られるのは仕方ないとは言え、自分もついさっき怒られたばかりだったので、少しだけ猿に同情した。

「まあまあ。無事に戻って来たんだから良いじゃないか」

「桃太郎さん。こういうのは最初にちゃんと分からせておかないと」

「それなら十分に分かったと思うよ。そうだろ、サスケ？」

「……ああ。シロの鼻からは逃げられないってことがな」

「ほら。だから今回はもう良いよ。でももうやるなよ。きびだんごはとても大事なものなんだから」

「分かったよ。俺だって好き好んで噛まれたくはないしな」

ばつが悪そうに、猿が二人——桃太郎とシロという名らしい——から目を逸らす。

その視線がクラゲを捉えた。

「……あ！　あいつ、この前の水母だ！」

全員が近寄って来る。

「何だお前、まだ懲りずに俺を竜宮城に連れてこうってのか？　どんなに頼まれたって行かないぞ、俺は」

「竜宮城？」

桃太郎が首を傾げる。

「聞いたことある言葉だな。浦島のじいちゃんが言ってた、海の底にある楽園の名前って確か……」

言いながら桃太郎がシロを見る。うん、とシロが頷いた。

「竜宮城って名前だった」

「竜宮城を知っているのですか？　いえ、それよりも……あなた方は浦島様を知っているのですか⁉」

竜宮城を知っていることよりもそっちの方がクラゲには衝撃だった。外の世界は広いと聞いていたが、意外とそんなこともないのかもしれない。

「浦島じいちゃんには、ちょっと前に世話になってたんだ。じいちゃんから竜宮城に行ったことがあるって聞いたけど、君もじいちゃんを知ってるんだね」

「浦島様は、今も生きているのでしょうか？」

「うん。ここから少し離れたところにある村で、元気にしてるよ」

「そうだったのですか……生きている……」

浦島が生きている可能性はほとんどないと思っていただけに、これは朗報だ。だがじいちゃんと言うからには、浦島はやはり玉手箱を開けてしまっている。

「ところで、君はサスケを竜宮城に連れて行こうとしたのかい？」

サスケ。猿の名前らしい。

そうだとクラゲが答えようとしたが、それよりも早くサスケが憤慨した。

「ただ連れてこうとしただけじゃない。俺の肝を取ろうとしやがったんだ」

「肝？」

「竜宮城の乙姫って人が病気なんだってよ。で、それを治すために猿の生き肝が必要なんだと。病気か何だか知らないけど、素直にどうぞって肝を渡せるわけがないだろ？　だから逃げたんだよ」

「逃げてばっかりだな……お前」

シロの呟きに、うるせえ、とサスケが返す。

桃太郎が同情の色を顔に浮かべた。

「どんな病気なの？」

「病名は、分かりません」

「分からない？　原因不明の病気ってこと？」

「いえ、原因は分かっています」

好きな人に会えない、好きな人に赦（ゆる）しを乞いたい。症状は分かるが、それを何と言うのかは知らない。

「このきびだんごを食べたら、良くならないかな？」

桃太郎がシロに問う。

「病気にも効果あるのかな？」

「どうなんだろう」

「気持ちはありがたいですが、そのきびだんごというのを食べたところで、乙姫様の具合は良くはならないでしょう」

実のところ、猿の生き肝だって効果があるかどうかは怪しいのだ。効かない可能性の方が高いだろう。でも今は余裕がない。藁に縋って祈れば効果があると言われたら迷わず実行してしまうくらいに。

「乙姫様は心の病気なのです。だから本当は、どんな薬を飲んだって効果などないのでしょう。みんなも本当はそれを分かっているのです」

「お前、それを分かってて俺の肝を取ろうとしたってのかよ？　ふざけんな！」

「も、申し訳ありません。でも私たちには他に方法がないのです。せめて浦島様が老人になっていなければ……」

「どういうことだい？」

「乙姫様の具合が悪いのは、浦島様に会えないからなのです。乙姫様は浦島様に、ずっと竜宮城にいて欲しいと思っていたのです」

「ちょっと待って。じゃあ浦島のじいちゃんがまた竜宮城に行けば、乙姫様って人の具合は良くなるの？」

「いえ……浦島様が若いままだったらそうだったかもしれません。でも老人の姿になってしまった今では、もう……」

老人になった浦島の姿を目の当たりにしたら、乙姫様は今以上に自分を責めるだろう。具合が良くなるどころか逆効果でしかない。

「よく分かんないけど……じいちゃんが若返って乙姫様に会えれば良いんだね？」

「え？　ええ、まあそうですが……でもそれは無理です」

「無理じゃないよ。方法ならある」

桃太郎が意味深にクラゲを見つめた後、視線をシロに移した。

「……あ、そうか。あの若返る水」

シロが何かを思い出したように呟いた。

「そうそう。あれを全部飲めば何とかなるんじゃないかな」

「本当ですか⁉」

若返る水の存在など聞いたことがないが、あり得ない話ではない。年齢を加速させるものが現にあるのだ。逆があっても不思議ではないだろう。

「僕たちが今から村に戻って、じいちゃんを連れて来るよ。何日か掛かっちゃうから、君は一度竜宮城に戻って事情を話しておいて」

「ああ……何とお礼を言ったら良いか……本当にありがとうございます！」

ついに乙姫様の病気が治る。みんなにとってこの十日間は本当に長い十日間だった。重苦しい時間だった。でもようやく解放される。

「それでは私は一度竜宮城に戻り、仲間を連れて再び戻って来ます。その際は、是非皆さんも竜宮城に来て下さい。歓迎します」

「良いのかい？」

「もちろんです。仲間たちも同じことを思うはずです。是非お礼がしたいと」

「ありがたい話だけど、僕たちは別にお礼を言われるようなことは……」

「せっかくだから行ってみようよ、桃太郎さん。浦島さんが楽園だって言ったくらいだから、きっと凄く良いところだよ」

「ご馳走がたくさんあるらしいしな。肝を取られないんなら、俺も行ってみたいぜ」

「……そうだね。じゃあじいちゃんを連れて、みんなで一緒に竜宮城に行こう」

「よろしくお願いします！」

クラゲは桃太郎たちと別れ、全身の痛みなどすっかり忘れて一路竜宮城へ急いだ。

# 11　乙姫の復帰

　再びシロや桃太郎の顔を拝むには季節を何度も越えなければならないと思っていただけに、この再会は浦島にとって全くの予想外だった。

　およそ二ヶ月ぶりの再会に驚いていたのは向こうも同じだった。ただし桃太郎たちが驚いている理由は浦島とは異なる。

「何でこんな季節に桜が？　しかも満開で……」

　驚くのも無理はない。晩秋という、木々が衣を脱ぎ捨てる季節にもかかわらず、村中の桜という桜が桃色の衣で着飾っているのだから。

「こりゃ凄いぜ。俺のいた山でもこんなに咲かないぞ」

　桃太郎たちと一緒にやって来た猿が近くの木に飛びついて登って行った。

「あの猿は？」

「一緒に鬼退治に行くことになった仲間だよ。サスケって言うんだ。それにしても物凄く賑（にぎ）わってるね。お花見してる人がいっぱいだ」

「賑わってる理由は桜だけではないがの」

「と言うと？」

「あれじゃ」

浦島が指差す方向に桃太郎とシロも視線を向ける。

「あれは……茶釜……？　が、踊ってる？」

「ぽん太が茶釜に化けとるんじゃ。踊る茶釜という芸が受けて、今や満開の桜と並んで村の二大名物になっとる。おかげで村の活気もこの通りじゃ」

「へえ……ちゃんと孝行してるんだね」

「お釣りが必要なほどじゃよ」

実際ぽん太の芸は大きな稼ぎを生み、浦島だけでなく村全体の景気を上げることに大きく貢献している。

「桜の方はどうしたの？　例の葛籠の中に、桜を咲かせるものでも入ってた？」

「そうではないんじゃ。まあおちゅんのおかげという意味では、当たらずとも遠からずと言ったところか。雀のお宿にいたみんなのおかげかの」

「どういうこと？」

桃太郎とシロが旅立った翌日、浦島とぽん太は朝一番におちゅんの墓参りをした。

すると墓の上に一本の木が生えていた。おちゅんや他の雀たちの生まれ変わりだと思った浦島は、毎朝野良仕事の前にぽん太とその木に会いに行くようになった。木はとんでもない速度で伸び続け、数日後には浦島の背を追い越して立派な木に成長した。

一方でぽん太の変化は村のちょっとした名物になっていた。いろんなものに姿を変えるぽん太を村のみんなは大層面白がった。

ある日、浦島は焚き木を集めるために、山ではなくおちゅんたちの木から枝を何本かいただくことにした。こちらの方が火がより温かく感じられそうに思えたからだ。おちゅんたちの霊前に手を合わせて枝を取り、浦島はその枝を使って火を熾した。

暖を取っていると村の人間が茶釜を持って浦島のところにやって来た。村人は、この茶釜はぽん太が化けている、ちょうど良いからその火に掛けて茶でも沸かしてみようと提案して来た。茶を沸かせる狸だなんて見世物としては一級品じゃないかと。

大丈夫かと不安に思いつつも、浦島は茶釜を火に掛け、黙って様子を見ていた。

不安は的中した。茶が沸くよりも早く、ぽん太は元の姿に戻りながら熱さを訴えて暴れ回った。さすがに姿形を茶釜に変えても火が平気なわけではなかったようだ。何も言わなかったことから察するに、ぽん太自身も経験がなかったのだろう。茶釜に化ければ大丈夫だと思ったのかもしれない。

幸い急いで処置をしたおかげでたいした怪我にはならなかった。浦島はつい先日ぽん太が背中に大火傷を負ったことを思い出し、安易に火に掛けてしまったことを申し訳なく思い、村人と一緒に何度もぽん太に謝った。何と言ったかは分からなかったが、ぽん太が許してくれたのは伝わった。

次の日、ぽん太の件とは別に我が目を疑う出来事が起こった。村に生えている桜の木のうち、何本かが満開に近い状態になっていたのだ。

何が起こったのかは村の誰にも分からなかった。浦島が原因に気づけたのは偶然と閃きの掛け合わせと言うしかない。

桜が咲いたのは茶釜に化けたぽん太を火に掛けた場所の近くだけだった。だから前日の出来事が何か関係しているのではないかと浦島は思った。結果的に浦島が辿り着いた結論は、ぽん太が暴れ回った時に飛び散った灰が風に運ばれて桜の木に何らかの作用を及ぼしたのではないか、だった。あの灰はおちゅんたちの木を燃やした時にできた灰だ。木からして普通とは違うのだから、灰に不思議な力があってもおかしくはない。

浦島は試しにもう一度おちゅんたちの木から枝をいただいて灰を作り、村中の桜に撒いてみた。

推測は当たっていた。灰を撒いた次の日には村中が桜色に染まっていた。

以来、村は常時お花見日和（びより）である。飛ばされたのは灰だけではなかったようで、今では風の便りを聞きつけた村の外の人々が連日のように季節外れのお花見にやって来る。ぽん太の芸も噂に乗った。さすがにもう火には掛けないが、茶釜という本来なら独りでに動くはずのないものが踊ったり綱渡りする様子が受けているので、今も茶釜に化けて村を訪れる人々を楽しませている。

「――というわけじゃ。ついこの前なぞ、都の方からも偉いお方が見物に来なさった。大層綺麗な桜だとお褒めの言葉をいただいたわい。ぽん太の芸も楽しんでおられた。都に連れて行きたいと言ったくらいじゃ」

「はああ……なるほど。それでおちゅんたちのおかげってわけだね」

「その木は今、村の御神体とされておる」

今は浦島以外の者も枝をいただくことがある。いただく前には手を合わせて拝み、お供え物をするのが暗黙の了解になっていた。

「ところで桃殿たちはどうしたんじゃ？　桜を見に来たわけではなさそうだが……」

「ああ、うん。実はじいちゃんに頼みがあって来たんだよ」

桃太郎の顔が一変した。よほど重大な頼み事なのだろう。

「じいちゃん。あの若返る水を飲んで、僕たちと一緒に竜宮城に来てよ」

「！　今何と？」

「僕たち、この前海でクラゲに会ったんだ。竜宮城から来たって言ってた。乙姫様って人が病気だから、治すために地上にやって来たんだって」

「乙姫殿が……病気？」

「本当に、そう言っておったのか？」

桃太郎たちとの再会以上に浦島は驚きを隠せなかった。

「クラゲの話では、乙姫様の病気はじいちゃんに会えないのが原因なんだって。じいちゃんに会えば治るって。でも今のじいちゃんの姿じゃなくて、若い姿じゃないと駄目なんだってさ」

「わしが会えば治るという理屈がよく分からんが……」

いや、本当は分かっている。浦島だって本当は心の奥底に似たような思いを抱えていたのだ。乙姫が今どんな思いでいるかは察するに難(かた)くない。会いたい人に会えないもどかしさは想像以上に心を苦しめる。心は梁(はり)のようなものだから、蝕まれると人は自分の体を支えられなくなる。

浦島は大丈夫だった。事なかれ主義のおかげで乙姫に対する思いをしまったまま生きることができた。でも乙姫は――。

「……しかし、あの水をこれ以上飲むのは……」

「じいちゃんだって乙姫様の病気、治って欲しいでしょ？　じいちゃんにとって乙姫様って人は大事な人なんじゃないの？」

「それはそうだが……わしは、自分が老人になったのは業（ごう）のようなものだと思っているんじゃ。家族も友人も顧みなかった深い業。とても竹筒一杯の水で流せるようなものではない。だから今あの水を飲むのは、お天道様に顔向けできないことをしている気がして、どうにも後ろめたいんじゃ。たいした苦労も苦痛もなしに赦しをもらうなど、更なる罪を重ねるだけではなかろうかと」

「面倒なじいさんだな」

　いつの間にか近くに来ていたサスケが、怒っているような、呆（あき）れているような雰囲気で何か言った。桃太郎に通訳をお願いする。

「事情はよく分からんけど、やりたいことがあるならやれば良いじゃん。苦労せずにできるなんて願ったりじゃんか。お天道様だか神様だか知らないけど、いるかも分からない奴のご機嫌（きげん）窺ったって何も起こりゃしねえよ。じいさんは今までに一度でも、神様に何かしてもらえたことあんのか？」

　僕も同感だよ、と桃太郎が言葉をつなげる。

「サスケの言い方はちょっと乱暴だけど、でも後ろめたいなんて理由で大事な人を見捨てるのは、間違ってると思う。じいちゃんは乙姫様と神様、どっちが大事なの？」

「それは……」

どちらが大事かなんて決まっている。あえて言うまでもない。

「……そうじゃな。最初からためらう必要などなかった」

赦しが欲しければ人事を尽くせば良いのだ。できることがあるのに神様の存在を盾にして何もしないのはただの逃げでしかない。そっちの方が重罪である。

それにしても、真に必要とする人が自分自身になるとは思っていなかった。自分の言葉が自分に返って来る。これこそ業と言うべきだろうか。

「今、水を取って来る。待っていなされ」

浦島は家に戻り、例の水が入った竹筒を手に取って桃太郎たちのところに戻った。

一仕事終えたぽん太が桃太郎たちと合流していた。

浦島はぽん太の頭に手を乗せた。

「わしはこれから竜宮城というところに行く。いつ戻って来られるか分からん。ぽん太はどうするかな？　ここで桃殿たちの鬼退治が終わるのを待つか？　それともわしと一緒に竜宮城に行くか？」

もはや浦島にとってぽん太は家族同然の存在だ。だが村のみんなにとっても家族のような存在となっている。だから一緒に来ることも歓迎したいが、本人がこのまま村に留まるつもりであれば、無下（むげ）にはできない。

どちらを選んでもぽん太の意見を尊重するつもりだったが、ぽん太の選択はどちらでもなかった。

「オイラ、一度山に帰ろうと思う」

第三の選択に桃太郎も少なからず驚いていた。

「この桜をオイラの仲間たちにも見せてあげたいんだ。あの山にはこんな景色ないから、外の世界はやっぱり凄いんだってことを教えてやりたい。だから一度帰って、みんなを連れて戻って来ようかなって。村のみんながオイラを見て笑ってくれるからなかなか言い出し辛かったんだけど、良いきっかけかもしれないね。じいちゃんがいなくなるなら、オイラも村を出るよ」

きっと村のみんなは寂しがるだろう。浦島だって同じだ。でもぽん太がそう決めたのなら止めることはできない。また戻って来ると言っているのだから、二度と会えなくなるわけではない。

「では……みんなでおちゅんたちに挨拶をして、出発するかの」

村のみんなに別れを告げて五人でおちゅんたちの墓へ移動する。各々が黙祷を捧げ、二、三言葉を投げてからその場を後にした。

村を出て、人目がなくなったところで浦島は水を全部飲んだ。

若々しさが体中に充満するのがはっきりと分かった。青年期、ちょうど玉手箱を開ける直前の頃の状態に体が戻ったのを浦島は感じた。手や腕からも老いの証拠たる皺が綺麗に消えた。

「これなら乙姫殿も一目でわしだと分かるじゃろう」

「せっかく若返ったんだから、喋り方も元に戻せば良いのに」

「わしは元々こんな喋り方じゃ」

「……そうなんだ」

不安や迷いは随分とあったが、いざ実際に若返ってみると安堵や嬉々(きき)とした気持ちが自然と湧いて来てしまう。業がどうとか咎がどうとか言ってはいても、やはりどこかでは元に戻りたい気持ちがあったのだ。乙姫に対する気持ちと一緒。胸にしまったまま天寿(てんじゅ)を全うすることはできただろうが、本懐(ほんかい)ではなかったのだ。まったくもって、自分に嘘をつくのは楽ではない。

山の麓まで進んだところでぽん太と別れることになった。

「ぽん太。一つ頼みがあるんだけど、聞いてくれるかい？」

「桃太郎さんの頼みならどんなことでも」

「山に戻って仲間を連れて来る時、僕のお爺さんとお婆さんも連れて来て欲しいんだ。僕もお爺さんとお婆さんに、桜を見せてあげたい」

「桃太郎さんの？」

「山の近くに村があっただろ？　あの村の外れにお爺さんとお婆さんが住んでるんだ。僕のお爺さんはこの鉢巻きと同じように例の頭巾から作った手拭いをいつも身につけているから、ぽん太の言葉が分かるよ」

「うん分かった。どうせだから和尚さんも連れて来るよ」

「和尚さんお酒好きだから、花見酒ができるって聞いたら喜んでついて来そうだね。あ、そうだ。お願いついでにもう一つ。もし山で僕のことを知ってる動物に出会ったら、一緒に来ないかって声掛けてみて。よく一緒に遊んだ友達なんだ」

「分かったよ」

ぽん太と別れ、数日掛けて一行は海に辿り着いた。懐かしい場所だ。数年前――地上の時間では三百年以上前、浦島はよくここから沖に出て魚を捕っていた。そして一匹の亀を助けて竜宮城へ行ったのだ。

海岸線には海の生き物が多く集まっていた。みんな竜宮城の住人だろう。桃太郎が話していたクラゲと思しき姿もある。

すぐそばまで寄った時、それが間違いでないと浦島は確信した。

「浦島さん！」

「お変わりないようで何よりです」

みんなが口々に浦島との再会を嬉しがっている。浦島も同じ気持ちだった。三年も一つ屋根の下で共に過ごしたのだ。会えて嬉しくないわけがない。

「さあ、早速竜宮城に行きましょう。乙姫様がお待ちです」

魚たちに連れられて浦島は数年前と同じように海の底へと潜って行った。

海中の様子など詳細に記憶しておけはしない。しかし深くなるにつれて浦島は、何となく見覚えがあるような、どことなく懐かしいような、えも言われぬ感覚に包まれていた。下に行けば行くほど高揚感が込み上げて来る。

竜宮城の姿を捉えた時、高揚感は最高潮に達した。

変わっていない。竜宮城だけは記憶の中の映像と完全に一致している。もう戻って来ることはないだろうと思っていた、美の結晶で塗り固められた深蒼（しんそう）の麗城。言葉では言い表せない上品な美しさは何一つ損なわれていない。

「うわぁ……中も凄い綺麗だね」

「浦島さんが楽園って言ったのがよく分かるね」

「こりゃあご馳走も期待できそうだぜ」

桃太郎たちが城内に忙しく視線を走らせている。彼らが今どんな気持ちなのか浦島にはよく分かった。初めてここを訪れた時の浦島も全く同じだったから。

「ではこちらへどうぞ。乙姫様がお会いになります。今はまだ具合が優れないゆえ、横になったままでの謁見となってしまいますが、どうかお許し下さい」

案内係に先導されて乙姫の寝室へ向かう。

どこもかしこも変わっていない。ここは地上よりも時間の流れが遅いが、何一つ変わっていない様子を見せられると、時間が止まっているような錯覚に襲われる。本当に何もかもが以前に訪れた時と一緒だ。

違うのは、乙姫の元気な姿がないことだけ。

でももうすぐ元に戻る。そのために浦島はここに来た。

寝室の前に到着。

「乙姫様。浦島様を連れて参りました」

寝室に一歩入るなり浦島は乙姫がどれだけ苦しんでいたのかを一瞬で理解した。

話を聞く必要などない。遠目でも分かるやつれきった表情を見れば一目瞭然（いちもくりょうぜん）だ。絹糸のように美しかった髪にも艶（つや）がない。本当に生きているのかと疑いたくなるほど乙姫の様子は酷かった。

胸が痛んだ。彼女がこうなってしまったのは浦島が地上に帰ったからだ。何度も引き止めてくれたのに、それを振りきって地上に戻った。乙姫の想いも本当は分かっていたはずなのに――。

浦島は乙姫に近づいた。枕元に立ち、耳元に顔を近づけ、そっと呼びかける。

「乙姫殿……」

声に反応して乙姫がうっすらと目を開けた。瞳にも生気がない。

「浦島様。本当に……来て下さったのですね」

「こんな思いをさせてしまったのはわしのせいじゃ。許してくれとは言わん。だがわしにできることがあれば、どんな償いでもしよう」

「良いのです……こうして来てくれただけで、わたくしには十分です。それに悪いのはわたくしの方。償わなければならないのは、わたくしの方なのです」

乙姫の手が弱々しく震えながら空中をさまよった。浦島の両手がその手をしっかりと包み込む。

「もう少しだけ、そばにいて下さいますか……？」

「いつまでもおるとも」

「……ありがとう、ございます……」

乙姫がそっと目を閉じた。すぐに規則正しい寝息が聞こえて来る。

浦島は乙姫の手を握ったまま首だけ後ろに振り返り、案内してくれた魚たちに視線を向けた。心中を察してくれた魚たちが浦島と乙姫に背を向け、桃太郎たちに部屋の外に出るよう促した。

「じいちゃん、大丈夫？」

「ああ、わしは心配ない。乙姫殿が目を覚ましたらみんなのことを紹介したいから、少しの間待っててもらえるかな？」

「分かった。城の中を探検でもしてるよ」

浦島と乙姫を残して全員が寝室から出て行く。

乙姫の寝顔をじっと見つめる。安らかな寝顔だった。この顔が先刻まで苦痛に歪んでいたと思うと、お天道様に顔向けできないなどと思っていた自分が恥ずかしい。

二度と乙姫にこんな思いをさせてはならない。そのためにできることなら何でもする。

浦島は強く誓った。

乙姫は三時間ほど眠っただけで目を覚ました。全快には程遠いがだいぶ顔に生気が戻ったように見える。

乙姫が体を起こして布団から出た。しかし何日も寝たきりだったせいか、立ち上がってすぐに体がよろめいた。

慌てて彼女の体を支える。

「すみません……こんな姿を見せることになってしまって」

「いや……謝るのはわしの方じゃ」

「改めて、来て下さってありがとうございます。またお会いできて嬉しいです。もう二度とお会いできないと思っていましたから。ましてや、以前と変わらぬお姿でお会いできるなど……」

「話せば長くなるが、とある水を飲んで若返ったんじゃ。ここに来られたのは仲間たちのおかげ。一緒に竜宮城に来ているから、是非彼らにも会っていただきたい」

「ええ、もちろんです。わたくしからもお礼を言わせて下さい」

足下がおぼつかない乙姫の体を支えたまま浦島は寝室を出た。

部屋の外には警備の魚が二匹待機していた。桃太郎たちは城内を歩き回った後、今は広間にいるらしい。警備の者と一緒に浦島たちも広間へと向かった。

広間に入ると、以前に浦島がもてなされた時と同じように食べきれないほどのご馳走が並んでいた。桃太郎たちが一心不乱に食べている。自分もこうだったと思うとつい顔が綻んでしまう。

「あ、じいちゃん！」

浦島たちに気づいた桃太郎が食べる手を止めた。シロも食べるのを止めて浦島を見た。サスケは気にせず肉に齧りついていた。彼らをもてなしていた魚たちは浦島の横に立っている乙姫を見るなり雄叫びに近い歓声を上げた。立っている姿を見ること自体が久しぶりなのだろう。よほど嬉しいに違いない。

乙姫を連れ立って桃太郎たちのすぐそばへと向かう。

「桃殿。こちらが乙姫殿じゃ」

「初めまして。乙姫と申します。あなた方が浦島様をここまで連れて来て下さったと聞いています。本当に感謝しています」

「僕は何もしてないよ。クラゲから聞いた話をじいちゃんに話しただけで、ここに来ることを決めたのはじいちゃんだから。まあでも、じいちゃんに会えてちょっと元気になったみたいで良かったね。竜宮城のみんなが凄い喜んでるのを見てたら、何だか僕まで嬉しくなったよ」

「そうですね……皆にも多大な心配と迷惑を掛けてしまいました。お詫びのしようがありません」

魚たちが次々に声を上げる。乙姫様が気に病むことはないとか言っているのだろう。通訳してもらわなくても雰囲気で分かる。

「たいしたお礼はできませんが、ご馳走ならいくらでもありますので、心行くまで食べて行って下さいね」

「うん、ありがとう。こんなに美味しい料理を食べたの、生まれて初めてだよ」

乙姫が可憐に笑う。彼女が笑顔を見せるのもしばらくぶりに違いない。

「本当に凄いご馳走だよな。ここに住みたいくらいだ」

肉を齧りながらサスケが言った。再び乙姫が笑い声を漏らす。

「何日でもいてもらって構いませんよ」

「そりゃありがたいぜ。毎日こんなご馳走が食えるなんて夢みたいだ」

気持ちは分かる。かつての浦島も同じことを思った。だが危険でもある。

「数日なら良いかもしれんが、あまりどっぷりとはまらない方が良いぞ。先人としての忠告じゃ。ここで一日過ごすと、地上では百日ほど経ってしまう。わしのように何年も過ごしてしまうと、地上では何百年も経ってしまうぞ」

「え⁉　そうなの⁉」

桃太郎が勢い良く立ち上がる。

「じゃあ僕たちがここに来てから、既に地上では数日が経ってるってこと？」

「おそらく、半月近くは経っているじゃろう」

「そりゃまずいよ。すぐに帰らなきゃ」

「ええ？　別に良いじゃんかよ。もうしばらくゆっくりしてこうぜ」

駄目だよ、と桃太郎がサスケを諭す。

「僕たちは一刻も早く鬼退治しなきゃいけないんだ。地上でも一日しか経たないならともかく、こうしてる間にだって鬼に苦しめられている人がいるかもしれないんだから」

「真面目だなぁ……そんな慌てなくても大丈夫だって」

「駄目だ！」

桃太郎が乱暴に机を叩く。さすがのサスケも身を竦めていた。

「な、何だよ……そんな声を荒らげて」

「手遅れになってからじゃ遅いんだよ。どんなに悔やんだって死んだ人は戻って来ないんだから」

おちゅんや仲間の雀のことを言っているのだろう。

「今の僕たちは鬼ヶ島の手懸かりすらない状態なんだ。だから都に行って、少しでも情報を集めなきゃ」

「鬼ヶ島に……行かれるのですか?」

桃太郎たちの会話に割って入ったのは乙姫だった。

「……乙姫様。鬼ヶ島のこと知ってるの?」

「竜宮城には様々な伝承や文献が残されているのですが、その中に鬼ヶ島に関する事柄もあります。なので、実際に行ったことはありませんが、多少の知識なら」

「だったらちょうど良いじゃんか」

我が意を得たりとばかりにサスケが肉を手に取って桃太郎に見せつける。

「この人に鬼ヶ島のこと聞けば、都に行くまでもないじゃんか。話を聞いてる間ご馳走も食べられるし、一石二鳥だろ?」

乙姫が静かに頷く。

「少しでもあなた方の力になれるのでしたら、わたくしの知っていることをお話ししましょう。鬼ヶ島のことや、そこに棲む鬼たちのことを」

情報が得られるとなれば桃太郎も従うしかない。再び腰を下ろし、話を聞く体勢になった。サスケはあまり聞く気がないのか既に食事を再開している。

乙姫は桃太郎の対面に座った。隣に浦島も座る。

「……鬼とは、非常に強い力を持った一族だと言われています。大きな体躯と、頭に生えている角が特徴です。ただしこれは純粋な鬼の場合の特徴で、もし鬼が別の種族と交わった場合、生まれて来る子にそういった特徴は出ないようです。また、神通力と呼ばれる不思議な力も持っているそうです」

「神通力？　僕が戦った時には、そんな力使ってなかったけど」

桃太郎がシロを見る。シロも頷いた。

「わたくしの知る限りでは、離れたところにいる仲間と意思の疎通を図ったり、自らの姿を別のものに変えたり、ものの重さを変化させたりと、自らの行動を補佐する力のようですね。戦いに使う力ではないのでしょう」

「そうなんだ。それでも十分に強かったけど」

「桃様はご両親から、自分のご先祖様について聞いたことはありませんか？」

「僕、小さい頃に拾われたから、親のことは知らないんだ。でもどうして？」

「そうでしたか……失礼なことを訊いてしまってすみません。ただ、もしかしたら桃様のご先祖様に鬼がいたのではないかと思いまして」

「それって、僕が鬼を倒すくらいの力を持っているから……？」

「いえ。桃様は動物と会話ができるようなので、神通力をお持ちなのかと……」

「ああ、なるほど……いや、これは違うんだよ。頭に巻いているこの鉢巻きをつけていると、動物の言葉が分かるんだ。元々は頭巾だったんだけどね。昔、僕を拾ってくれたお爺さんが手に入れたものなんだ」

「それは……聞き耳頭巾ですか？」

「名前までは分からないけど」

「おそらくは間違いないでしょう。そうですか、聞き耳頭巾が……もしかしたら桃様が鬼ヶ島に行くことになったのは、偶然ではないのかもしれませんね」

「これ、何か曰(いわ)くがあるものなの？」

「聞き耳頭巾は、元々は鬼ヶ島にあったはずです」

「え？　これが？」

桃太郎が両手で鉢巻きを押さえるように触る。

「鬼ヶ島には不思議な宝物が数多く眠っているそうです。聞き耳頭巾もその一つ」

乙姫が申し訳なさそうな、悲しげな表情を浮かべて浦島を見た。

「浦島様に渡した玉手箱も、鬼ヶ島から伝わったと言われています」

「何と……ではわしが飲んだあの若返る水も……」

「鬼ヶ島にあったものなのかもしれません」

不思議な物がたくさん眠る島。一体どんなところなのだろうか。

「桃様は、蓬萊山という名前を聞いたことがありますか？」

桃太郎が首を横に振る。浦島も初めて聞く名前だった。

「蓬萊山とは遥か東にある、かつて仙人が住んでいたと言われる仙境です」

「仙人？　仙人って？」

「仙人とは、鬼の神通力のように不思議な力を持ち、またその力を使って不思議な効果を持つ道具を作り出すことができる人のことです。そうですね……人間よりは、神様に近い存在と言えるかもしれません」

「不思議な力を使って、不思議な道具を作る？　それってもしかして……」

「聞き耳頭巾や玉手箱、それに若返る水などは、蓬萊山に住んでいた仙人が作ったものと考えて良いでしょう」

「しかもそれが鬼ヶ島に眠っているとなれば……」

「鬼ヶ島とは、蓬萊山を指している……と考えることもできますね。更に言えば、鬼たちは仙人と何らかの関わりがあったのかもしれません。それなら神通力が使えても不思議ではありませんから」

「もしかして鬼の正体がその仙人だったりするのかな」

「ないとは言いきれませんが、わたくしの読んだ文献には、仙人に角が生えていたという記述はありませんでした。鬼よりは人間に近い姿のようです」

桃太郎が口に手を当てて下を向く。

「いずれにせよ、もし鬼ヶ島が蓬萊山を指しているのであれば、鬼ヶ島の場所は遥か東ということになります。東の海に行けば見つかるかもしれません」

「こっちは西じゃから、反対側ということになるのう」

浦島は東の海には行ったことがない。風景を想像したことすらない。

「知っていることはこれくらいです。たいしたお力になれなくてすみません」

「そんなことないよ。今の話が聞けただけでも大きな収穫だよ」

桃太郎が立ち上がる。

「東の海か……そうと分かれば、早速行ってみよう」

「都には行かないの？」

シロの問いかけに、うん、と桃太郎が答えた。

「友達にも会いたいけど、まずは鬼ヶ島に行ってみよう。鬼の大将はその島にいるはずだから、大将を倒せば他の鬼もおとなしくなると思う」

桃太郎が再び乙姫に向き直る。

「話を聞かせてくれてありがとう。僕たちはもう行くよ」

「そうですか……本当はもう少しちゃんとお礼をしたいところですが、事情が事情ですから、お引き止めするわけにはいきませんね。くれぐれもお気をつけて」

「じいちゃんはどうするの？」

「わしは……」

ためらうことなどない。答えは既に決まっている。

「わしはここに残ろうと思う」

乙姫が驚きの混じった顔で見つめて来る。

「浦島様……良いのですか？　わたくしは、その……嬉しいですが」

「良いんじゃ。今のわしにとっては、ここが一番大切な場所じゃから」

「……ありがとうございます」

「じいちゃん……元気でね」

桃太郎とシロが寂しそうな視線を向けてきた。

「桃殿とシロも元気でな。なあに、そんな今生(こんじょう)の別れみたいな顔をすることはない。鬼退治が終わったらまたここに遊びに来なされ」

確かにここは地上とは別の世界だ。時間の流れも違う。でもつながっている。つながった世界ならいつだって行き来することができる。会うことができる。

「ほら出発するぞ、サスケ」

いつまでも食べるのを止めようとしないサスケの首根っこを桃太郎が掴んだ。

「ええ？　もうちょっとだけ待ってくれよ。せめてこれを食べ終えるまで」

「駄目だ。乙姫様から必要な話は聞いたんだから」

「それは分かってるけどよぉ……」

サスケはまだ食い足りないようだ。シロがサスケに向かって大きく吠えた。

「あまり聞き分けが悪いと、噛むぞ？」

「わ、分かったよ……ったく」

どうやらサスケはシロに弱いらしい。渋々ながらも食べかけの肉を置いて、おとなしく立ち上がった。

「よろしければ、いくらか持ち帰れるようにしましょうか？　鬼ヶ島に行くまでは長い旅になるでしょうから、食料は十分にあった方が良いでしょう」

「それだ！　それ頼むよ。いっぱい入れてくれ」

「ふふ、畏（かしこ）まりました」

乙姫の指示で魚たちがご馳走を箱に詰め始めた。以前に浦島がもらった玉手箱と同じ箱なのが気になる。

「大丈夫ですよ。これはただの箱です」

浦島の胸中を察した乙姫がそう言った。

準備が整い、全員で広間を出る。桃太郎たちを見送るために竜宮城にいる全員が入口へと向かったため、一行は乙姫を先頭に仰々しいほどの行列となった。

桃太郎たちと彼らを地上に送り届ける部隊が玄関の前に立ち、浦島たちと対峙する。

「乙姫様。いろいろありがとう。もう病気にならないようにね」

「こちらこそ、本当にありがとうございました。このご恩は決して忘れません」

「わしからも礼を言わせてくれ。桃殿たちのおかげで大切なものを失わずに済んだ。感謝してもし足りないくらいじゃ。この先困ったことがあったらいつでも力になろう」

桃太郎がいなければ元の姿で竜宮城に戻って来ることはなかった。乙姫が病気だと知っても会いに来ようとは思わなかったかもしれない。それにシロと出会わなければ、今頃は生きてすらいなかったかもしれない。老人になったことを受け入れはしたが、生きる希望に満ち溢れていたわけではなかった。シロがいなかったらどこぞで野垂(のた)れ死ぬことになっても構わなかっただろう。

先ほどの言葉に嘘はない。桃太郎たちの身に何かあれば、たとえどんなに離れていても駆けつけたいと思う。それだけのことを彼らはしてくれた。奇跡を恵んでくれた二人。彼らこそが浦島にとってはお天道様なのかもしれない。

桃太郎と握手を交わし、シロの頭を撫でる。サスケの頭も撫でようと思ったが拒否されてしまった。恥ずかしがってるだけだよ、と桃太郎が言った。

「それじゃあみんな元気で。鬼退治が終わったらまた来るよ」

魚たちが沸く。数刻程度のほんの僅かなつき合いだが、乙姫を病の淵（ふち）から救うために力を貸してくれた恩人だけに、桃太郎たちはだいぶ気に入られているようだ。

入口の扉が開き、魚たちが桃太郎たちを乗せて出て行く。あっと言う間に姿が見えなくなり再び扉が閉まった。魚たちは自分たちの仕事のためか、はたまた気を利かせてくれたのか、扉が閉まった途端に浦島と乙姫を残して颯爽（さっそう）といなくなった。

静寂に包まれる。

浦島はそっと乙姫の手を握り締めた。枯れた老人の手ではなく若い力のある手で、放してしまわないように、しっかりと。

握り返して来た乙姫の手にも、病人のそれではない、確かな力が宿っていた。

## 12　お千代の邂逅

お千代には幼少の頃の記憶がほとんどない。特に母親が死ぬ前のことは、夢か現かも分からないような断片的な記憶が雀の涙ほどに残っているだけだった。

母親は物心がつく前に死んでしまった。お千代が住んでいた村は毎年秋になると台風の被害に見舞われる。近くの川が氾濫することもしばしばだった。ある年の氾濫は例年以上に勢いが凄く、お千代の母親は氾濫に巻き込まれて命を落としてしまった。

以来お千代は父親の弥平と二人で暮らしていた。父親と言っても実の父ではない。弥平の話では、お千代の母親はある日突然、お千代を連れて村に現れたらしい。そこで弥平と出会い彼の家に居候することになった。

弥平は母にもお千代にも優しかった。実の父がどこの誰なのかは知らないが、お千代にとっては弥平こそが紛れもなく父親だった。三人で家族として暮らして行く。お千代の中にも、おそらくは弥平と母親の中にもそんな気持ちがあったと思う。しかし数年と経たないうちに母は逝ってしまった。

母がお千代を連れてこの村にやって来たことも何らかの不幸の結果なのだろう。そう考えると、お千代は常に灰を被らされて生きて来たことになる。

不幸の連鎖は母親が死んだ後も続いた。

母の死が心身に負荷を与えたのか、ほどなくしてお千代は病気になってしまった。弥平は貧乏だったから医者に診(み)てもらう金が用意できなかった。一向に良くなる気配もなく、布団から出ることすら満足にできない日々が続いた。唯一の楽しみである鞠突(まりつ)きもできなかった。

病床の中で、お千代はふとあずきまんまが食べたくなった。雀の涙しか残っていない記憶の中の、貴重な思い出の一つであるあずきまんま。かつて一度だけ母が作ってくれたあずきまんま。粟(あわ)の粥(かゆ)以外のご飯をほとんど食べたことのないお千代にとってはとても贅沢なご馳走だった。

「おっ父(とう)。あたし、あずきまんまが食べてえ」

ある日お千代は弥平に願い出た。あの時の弥平の悲しそうな顔は今でもはっきりと覚えている。弥平が何を言わんとしているのかは幼いお千代にも分かったが、どうしても願わずにいられなかった。

ところが、叶わないと思った願いは意外にも現実になった。

その日の夜、寝ているお千代の鼻腔（びこう）をくすぐった匂いは明らかに粟の粥とは違った。弥平があずきまんまを作ってくれたのだ。今までの人生で一番嬉しい夕餉（ゆうげ）だった。

次の日からお千代の具合は次第に良くなって行った。あずきまんまが母親の温（ぬく）もりを思い出させてくれたからかもしれない。数日のうちに寝たきりの状態からも解放され、また鞠突きができるようになった。

これで不幸と縁が切れれば言うことはなかったのだが、残念ながら連鎖はまだ終わらなかった。

母に続いて、弥平もまた、帰らぬ人になってしまったのだ。

お千代が元気になってからしばらくして、また台風の時期がやって来た。その年の台風は母が流されてしまった時以上に酷いもので、村の存続すら危ぶまれるほどだった。川の氾濫も想像を絶するものだった。

後から知ったことだが、氾濫を鎮（しず）めるために村人たちは誰か人柱を立てて神様にお願いしようと話し合ったようだった。選ばれたのは弥平だった。

人柱は罪人が選ばれることが多い。しかし何もない小さな村で犯罪が起こることはほとんどない。だから誰を人柱にすれば良いかみんな頭を捻っていたところ、お千代があずきまんまを食べたとある村人が告げたことがきっかけで、弥平の罪が露見（ろけん）した。

話し合いが行われた夜、村人たちはお千代と弥平の家にやって来た。

「弥平。お前はこの前、地主様の家から米と小豆を盗んだな」

お千代は初め、村人が何を言っているのか分からなかった。でも村人たちの話で、あの日食べたあずきまんまは弥平が地主の家から盗んだものだったと分かった。事実を知らなかったお千代は鞠を突く際、美味しかったあずきまんまのことを手鞠歌として歌ってしまった。それが村人の耳に入ってしまっていた。

弥平は村人たちに連れて行かれた。まさか人柱にされるなんて夢にも思っていなかったお千代は、すぐに帰って来るから心配するなと言った弥平の言葉を素直に信じてじっと待っていた。

次の日になっても帰って来ない弥平が心配になったお千代は、村人に事情を訊ねた。そこでお千代は弥平が川の氾濫を鎮めるために人柱になったと聞かされた。

お千代は声が嗄れるまで泣き続けた。声が嗄れても泣き続けた。涙も涸れて、心が枯れても泣き続けた。夜が明けても、日が暮れても泣き続けた。

その日を境にお千代は一切口を開かなくなった。村人たちは悲しみのあまり口が利けなくなってしまったと思ったらしく、お千代の身を案じて何かと話しかけて来たが、いくら話しかけられても何の言葉も発しなかった。

何年もの月日が流れ、自分がどんな声だったかもすっかり忘れてしまった頃、お千代は山に出かけた。そこで一羽の雉の鳴き声と一発の銃声を聞いた。村の猟師が鉄砲で雉を撃ったのだとすぐに分かったお千代は、雉が撃たれたと思われる場所に向かった。案の定、雉は鉄砲で撃たれて草の上に伏していた。近くには鉄砲を撃った猟師もいた。雉は死んではいなかった。当たりどころが良かったのか、怪我はしているものの、手当てをすれば大丈夫そうだった。

お千代は昔を思い出した。自分が手鞠歌であずきまんまのことを歌ったばかりに人柱にされてしまった弥平のことを。

「お前も、鳴かなければ撃たれずに済んだものを」

お千代は雉を抱え上げながら呟いた。

「お千代……お前さん、口が利けたのか」

猟師が驚くのも無理はない。お千代だって自分の声を聞くのは久しぶりなのだ。もう二度と声を発することはないと思っていた。でも撃たれた雉が昔の自分と重なって見えて、つい言葉が出てしまった。

「お、おい、お千代。どこ行くんだ」

猟師の声には反応せず、お千代は雉を抱えたまま山を下り、村も出た。

新しい地でお千代は、雉におトヨと名前をつけ、看病をしながら一緒に暮らし始めた。しかし弥平同様お千代も医者に診せたり薬を買うお金がなかったために、なかなかおトヨの怪我は治らなかった。そんな姿も昔のお千代と重なって見えた。

それでも時間を掛けて少しずつおトヨの怪我は良くなっていった。飛ぶことは無理でも家の中を歩けるくらいには回復した。歩くことすらできなかった頃を思うと良い傾向ではあった。

しかしここでもお千代に不幸の灰は覆い被さってきた。

おトヨの回復と反比例するように今度はお千代の具合が悪くなった。段々と衰弱し、昔のように布団から出ることすら満足にできなくなった。

当然ながら自分のために薬を買うお金もない。医者にも診てもらえない。昔のようにあずきまんまを食べれば回復するのかもしれないが、やはり小豆を買うお金がないし、自分で作る気力もなかった。

原因は分からない。以前のように精神的に参っているせいとも思えなかった。おトヨが回復して行く様子を嬉しく思っているのだから、むしろ精神的には良い状態のはず。ただの風邪でもなさそうだ。

何日経っても体調は上向きにならなかった。

おトヨがそわそわした様子でお千代の周りを歩き回っている。ほとんど布団から出なくなったことで心配になったのだろう。気遣いはありがたいが、残念ながら今のおトヨにはどうすることもできない。回復に向かっているとは言え、まだ外に助けを呼びに行けるほどではない状態だ。それでもおトヨがそばにいるおかげでいくらかは救われた。独りだったらもっと悪くなっていたかもしれない。

このまま死んでしまうのだろうか。そんなことを思う回数が増えて来た。

死に対する恐怖はなかった。弥平が人柱にされた直後からそういう感覚は既に失われていた。ただおトヨを残して死ぬのは嫌だった。弥平を亡くした時のお千代と同じ気持ちをおトヨに味わわせたくない。せめておトヨが元気になって一人で山に帰れるようになるまではそばにいてあげたい。

しかし自らの力で灰を取り除くことはできない。今のお千代はおトヨに輪をかけてどうすることもできない状態。そんな現実に病気とは別のところで胸に痛みを覚えていたが、何の前触れもなく、ある日いきなり変化は訪れた。

人の往来がほとんどなく、お千代以外の人間が住んでいない閑散（かんさん）としたこの場所で、珍しく人の声が聞こえた。普通の話し声ではなく小競（こぜ）り合いをしている雰囲気だった。人の声に混じって犬の吠える声も聞こえた。

重たい体を引きずり、お千代は戸の隙間から外の様子を窺った。こんな体調と性格でなければ悲鳴を上げていただろう。

犬と猿を従えた一人の青年が刀を構えて立っている。しかし驚いたのは青年に対してではなく、青年と対峙している相手の方だ。

頭から角を生やした大男。見たことのない化け物だ。肩には大男をそのまま小さくした姿の子供が乗っている。

本能的に体が竦んだ。

「とにかく、わしは争う気などない」

大男が青年に向かって言った。

「街や村に行って悪さをするつもりもないと言うのか？」

「わしは何年も前からこの山の奥で、息子と静かに暮らしておる。だが最近、この辺りに仲間の気配らしきものを感じて、それが気になっているだけだ。街に行く気など毛頭ないわ。だからいい加減刀を収めてくれ。わしは良いが息子が怯えとる。こいつは人間を見るのが初めてなのだ。あまり悪い印象を与えてくれるな」

お千代にもはっきりと分かるほど青年は警戒心をむき出していた。それでも一応大男の言葉を信じたのか、戸惑いながらも構えていた刀を鞘(さや)に収めた。

しばらく無言で睨み合った後、大男は去って行ってしまった。残された青年たちが呆然と大男の背中を見つめている。

事情は分からないが関わり合いになる必要もない。お千代はそっと戸を閉めて布団に戻ろうと思った。しかし大男を見た恐怖が残っていたのか体が上手く反応してくれず、足がもつれて転んでしまった。体が戸にぶつかり大きな音を立てた。

音を聞きつけた青年がこっちに向かって来る。

「今何か音がしたけど、大丈夫かい？」

戸を開けながら青年が言った。視線が足下にうずくまっているお千代に向けられる。

「……もしかして、君がお千代さん？」

唐突に名前を呼ばれてお千代の体は小さく跳ね上がった。

初めて見る青年。村の人間ではない。どうして名前を知っているのか。

疑問が頭の中を駆け巡っていると、青年がお千代を抱え上げた。そのまま奥へと運ばれる。抵抗する力のないお千代はおとなしく布団に寝かされた。

「いきなりごめんね。僕は桃太郎。この二人はシロとサスケ」

訊いてもいないのに、青年――桃太郎は勝手に自己紹介をした。

「君が病気だっていう噂を聞いたんだけど……」

名前だけなら、ここに来る前に村の誰かにでも聞いて知ることはできる。でもお千代が病に倒れていることは誰も知らないから、誰からも聞くことはできない。なぜ桃太郎はお千代が病気だと知っているのだろう。

不安や警戒がないと言えば嘘になる。しかしそれらとは全く別の、今まで味わったことのない不思議な感覚にお千代は囚われ始めていた。

知っているどの感情とも異なる気がする。不安や警戒ではないし、恐怖とも違う。でも安心とか喜びでもない。喜怒哀楽のどれとも違うようでもあり、全てを混ぜ合わせたようでもある、形容しにくい感覚。

悪い感情ではなさそうに思える。どちらかと言えば温かい感情だ。分からないことに変わりはないから気味の悪さは拭えないが。

形容できない不思議な感覚から逃れるように、お千代はおトヨを見た。おトヨも桃太郎たちを警戒しているように見えた。

桃太郎が視線をおトヨに向ける。

「えっと……君は？」

おトヨは無反応だった。反応したところで言葉を理解できるわけではないだろうが、何も言おうとしないおトヨを見て桃太郎は困ったように頭を掻いた。

「君、怪我しているみたいだね。僕で良ければ治そうか?」

この青年は医者なのだろうか。

相変わらずおトヨは無言だった。お千代も何も言わなかったが、警戒心を抱きつつも、本当に治せるならお願いしたいとは思った。一緒に住んでいるのは看病するためだが、実情は自然に回復するのを待つだけ。お千代におトヨの怪我は治せない。

お千代の代わりに医者を呼ぶわけでもなく、桃太郎は腰につけていた巾着袋から団子らしきものを取り出しておトヨの前に差し出した。

「これ、食べてみて」

団子にしか見えないが、まさか怪我に効く薬だとでも言うのか。

おトヨは食べようとしない。

「大丈夫。怪しいものじゃないよ」

安心させるように桃太郎が言ったが、おトヨは食べなかった。

「ほら、僕も一つ食べるから」

巾着袋からもう一つ団子を取り出し、桃太郎は自分の口に運んだ。猿のサスケが自分も欲しいと主張するように桃太郎の手に飛びついた。苦笑混じりに桃太郎がサスケにも団子を一つ渡す。

「ね？　別に大丈夫だろ？」

桃太郎が食べたことで少し警戒が緩んだのか、おトヨが恐る恐る団子を載せた桃太郎の手に嘴を近づけて行った。食べるまでは行かず、近づいたり離れたりと何度か躊躇するそぶりを見せている。

お千代の中でも警戒心は多少薄れていた。少なくとも桃太郎という青年は悪い人間ではなさそうだ。お千代やおトヨが無言を貫こうが特に気を悪くする様子もなく、今も笑顔でおトヨが団子を食べるのを待っている。

しばらくの後、意を決したのか、ついにおトヨが団子を食べた。

団子なんて生まれてこの方食べたことがない。一体どんな味がするのだろう。興味はあったが欲しいと桃太郎に要求する気はなかった。

おトヨが団子を食べ終えた直後、お千代は信じられないものを見た。

飛んでいる。先刻まで歩くことしかできなかったおトヨが、怪我していた事実など幻だったかのように元気に飛び回っている。

「このきびんだんごを食べると、怪我や疲労が回復するんだよ」

不思議な団子もあったものだ。いや、食べたことがないから知らなかっただけで、団子とはそういう食べ物なのか。

しかしそんなことはどうでも良かった。おトヨの怪我が治った。その事実だけでお千代には十分だった。

「さて……あとは君の病気だね」

まさかきびんだんごは怪我だけでなく、病気にも効くのだろうか。

しかし桃太郎はきびだんごを出さずに家の裏手の方を指差した。

「この家の裏に蔵があるだろう？　あの蔵って君のもの？」

質問の意図が分からなかった。確かに家の裏には蔵がある。だが今の話の流れでどうして急に蔵が話題に上がるのかが理解不能だった。

裏の蔵がお千代のものかについてはどちらとも言えない。そもそもこの家自体がお千代のものではないのだ。誰のものだったかも知らない。お千代が来た時、既にここは空き家だった。誰も住んでいる様子がなかったから勝手に使わせてもらっているだけ。蔵に関しても同じ。

「蔵のところに一本の楠が立っているだろう？　君が病気なのは、どうやらあの木が原因らしいんだ。そういう話を聞いたんだよ」

桃太郎一行は旅の途中だった。足を休ませるために木陰で休憩を取っていると、木の上にいた二羽の烏の会話が聞こえて来た。

近くの一軒家に住んでいるお千代という娘が楠の祟りに遭っている。楠は自分の腰の上に蔵が建てられたせいで苦しんでいる。苦しみは恨みに変わり、蔵を建てた人物――この家の持ち主を祟るようになった。蔵を建てたのはお千代ではないが、この家に住んでいることで身代わりにされている。前の持ち主、つまり蔵を建てた人物は祟りが原因で出て行った。もっとも楠の祟りだと知っていたわけではなく、単に今のお千代のように原因不明の病気にかかり、それがいつまでも治らないから、この土地に何かしらの呪(のろ)いがあるんじゃないかと判断して別の土地に移った。

蔵をどかせば祟りはなくなる。お千代の病気も治る。

「――ということらしいんだ。だからもし君さえ良ければ、あの蔵をどかすか、思いきって解体してしまおうと思うんだけど、どうだろう?」

俄には信じられない話だ。でも仮に嘘だったところで、蔵を解体されてお千代が困ることは何もない。お千代は今までに一度もあの蔵には入っていない。蔵を利用するほど物を持っていないから。

壊すのは簡単ではないだろう。おトヨの怪我を治してくれただけでも十分だから、別にそこまでしてくれなくても構わない。そんな思いが少なからずあったが、気づいた時にはお千代は小さく頷いていた。

あの日――口を開くことを止めた日以来、お千代は初めて相手の言葉に何らかの反応を見せた。村の人間が見たら大層驚いただろう。だが事情を知らない桃太郎は柔らかく微笑むだけだった。

「よし、じゃあ早速取りかかるよ。そうだ、これ貸しとくね。これをつけると、みんなと話ができるんだ。少しは元気が出るかも」

桃太郎が頭の鉢巻きを取ってお千代の頭に巻き、外に出て行った。

元気に飛び回っていたおトヨが枕元に降りて来た。

「……あの者の言うことは本当でしょうか？　本当に私の言葉が分かりますか？」

一瞬耳を疑った。しかし確かにおトヨの声がただの鳴き声ではなく、はっきりと人の言葉として耳に入って来た。

お千代が頷くと、おトヨは喜んだように一度飛び上がった。

「ああ、これでちゃんとお礼が言えますね。あの時は助けてくれてありがとうございました。あなたがいなかったら、私は今頃死んでいたでしょう」

「別に……良い」

「でも、あなたは私を助けてくれたのに、私には何もできない……」

「元気になってくれただけで、十分」

それだけが心の拠り所だったと言える。おトヨの元気な姿を見られることがお千代の唯一の支えだった。自分の体よりも大事だった。

「何か必要なものとかある？　言ってくれれば僕とサスケが取って来るよ」

シロが言った。

特に必要なものはないので、お千代は首を小さく横に振った。

「何かあればいつでも言ってよ」

随分と親切な犬だ。でもこれも、今まで犬の言葉が理解できなかったから知らなかっただけで、犬というのはみんな人に優しい生き物なのかもしれない。

シロが鼻先をお千代の顔に近づけた。くんくんと匂いを嗅いでいる。

「うーん、やっぱりそうだ」

シロの首を傾げる仕種が随分と人間っぽく見えた。

「お千代さん、とても良い匂いがするね。桃太郎さんと同じ匂いだ」

同類、みたいなことなのだろうか。桃太郎を見ていると不思議な感覚に襲われるのは、その辺りに理由があるのかもしれない。でも確認する気はなかった。

蔵の解体は難航した。元々人間一人でやる作業ではない。三日間、朝から晩まで桃太郎は作業に従事したが、一部が解体できただけだった。

桃太郎が作業している間、お千代は鉢巻きを借りて、おトヨやシロ、サスケと会話を楽しんだ。最初は口数が少なく自分から話しかけることはなかった。桃太郎とも起床や就寝の挨拶をするくらいが関の山だった。だが日を追うごとに徐々に言葉を発する回数が増え、自分からも話しかけるようになった。

四日目。太陽が天頂に来た頃、いつも通り黙々と作業を行っていた桃太郎が誰かと話す声が聞こえた。サスケが窓の隙間から外の様子を窺う。

「おい。あれ、この前会った鬼じゃないのか？」

お千代も体を起こして外を見た。桃太郎たちを初めて見た時にいた、頭から角が生えた大男がいた。先日と同じように肩に子供を乗せている。

「あの鬼、お前や桃太郎から聞いてた鬼とは随分と印象が違うよな。悪いことをしそうな雰囲気がまるでないぞ。俺より良い奴なんじゃねえの？」

「うーん……確かにあの鬼からは、あまり嫌な臭いがしない気もするんだけど」

この三日間で鬼のことは聞いていた。桃太郎たちの旅の目的が鬼退治で、鬼ヶ島という場所に向かう途中だということも。

「なるほど。それでこの蔵を解体していると。あまり捗(はかど)ってはおらんようだが」

「簡単には行かないよ。結構大きな蔵だし」

鬼と桃太郎の会話が聞こえる。

「どれ。ちょっとわしにやらせてみろ。お前さんは離れておれ」

「ええ？」

「何も丁寧に解体する必要はないのだろう？　こんな古びた蔵など、わしならあっと言う間に壊せるわい」

轟音(ごうおん)が辺りに響いた。鬼が蔵に対して強烈な一撃を浴びせた音だった。

サスケが喉を鳴らす。

「確かにありゃやばいな。でもよ、振る舞いはただの荒くれ者だけど、結局あれって、蔵の解体を手伝ってるだけじゃんか」

確かに違和感はある。あんな怪力を見せられたら怖いことには変わりがないが、そばにいる桃太郎に危害を加えているわけではない。蔵が壊される度に飛び散る衝撃波は少し体に堪えるが、お千代自身に狼藉(ろうぜき)を働いているわけではない。

自らの言葉通り、桃太郎が三日掛けて半分も解体できなかった蔵を、鬼は僅か半日で跡形もなく壊してしまった。解体と言うよりは崩壊だ。

壊し終わるなり鬼は、久々に気分がすっきりしたわい、と満足そうに豪快に笑って、息子を肩に乗せて去って行ってしまった。

次の日、お千代の具合は嘘のように全快した。自分でも信じられなかったが、目が覚めた時には何の痛みも苦しみもなかった。

「良かったね」

「うん」

病気は治ったが、素直にお礼を言えるほどお千代の言葉は回復していなかった。

更に次の日、桃太郎たちは出発の準備を整えた。

「元気でね、お千代さん」

「うん……」

この五日間、何一つ彼のためにできなかった。ご飯の準備ですら桃太郎がやってくれた。お千代にはそれがもどかしかった。

「あの、これ……」

「ん？　これは？」

「おっ母の形見。あたしの宝物」

お千代が差し出したのは一本の裁縫針（さいほうばり）だった。ほとんど記憶にないが、小さい頃、お千代の着物を母がこの針で縫ってくれた。金銭的な価値はないが、あずきまんまと並ぶ数少ない思い出の品。

「これ、あげる」

こんなものをもらっても桃太郎も困るだろう。でも他にあげられるものもないし、今のお千代にできる一番のお礼と言えばこれくらいだ。

それに桃太郎にならもっていてもらいたいと思う。鬼ヶ島というところに一緒に行くことはできないけれど、離れてしまうのは少しだけ寂しい。だから何か、自分と桃太郎をつなぐ何かが欲しかった。

「お守り代わり」

お千代は着物のほつれた部分を引っ張って一本の糸を作り出し、針の穴に通して桃太郎の首に括りつけた。

「ありがとう。大事にするよ」

桃太郎たちが旅立ち、お千代とおトヨだけが残った。

「おトヨ。お前も山にお帰り」

おトヨが鳴いた。桃太郎がいなくなったから何を言っているのかは分からないが、一向に動く気配がないことからお千代の言葉を拒否していることは分かった。

だが言わなければならない。

「お前の帰る家は、ここではない」

旅立つべきなのは桃太郎たちだけではないのだ。

初めからお千代はおトヨが元気になったら山に返すつもりでいた。また元気に野山を飛び回れるようにとずっと願っていた。再び猟師に狙われたらと不安に思わないでもないが、本人が気をつけていれば大丈夫だろう。

おトヨが別れを惜しんでくれることは嬉しく思う。でも残ったところでお千代がおトヨのためにしてあげられることはほとんどない。ご飯だって満足に食べさせてあげられないくらいなのだ。

そもそも怪我だって、治ったのは桃太郎のおかげだ。この先また怪我をするようなことがあっても、お千代に治療はできない。だから山の方がおトヨには良い環境なのだ。山に帰った方がおトヨは元気でいられる。

おトヨは抗議するように鳴き続けた。

視界が滲(にじ)んだ。

いくら綺麗事を並べようとも、本心では行って欲しくないと思っているのか。でもそれを見せてしまったら、ますますおトヨは山に帰ろうとしなくなるだろう。

お千代は袖で目元を拭った。暗い気分も拭い去るように。

「さあ、お行き」

おトヨが羽をばたつかせて飛び上がった。別れの挨拶とばかりに何度かお千代の周りを旋回して山の方へと飛び去って行く。

風が強くなった気がした。冬の到来を告げる空っ風が容赦なく肌を刺して来る。

また視界が滲んだ。今度は拭う気もなかった。

独りは寂しい。そんな当たり前のことを今の今まで忘れていた。おトヨに会うまで長い間独りで過ごして来たのに、それを何とも思わずに過ごして来たのに、今は溢れる感情が抑えられない。

これからまた独りの時間が始まる。おトヨや桃太郎と過ごした束の間の温かい時間に思いを馳せながら、独りで寒い冬を越さなければならない。

数枚の枯れ葉が、一陣の風に運ばれてお千代の前を通り過ぎて行った。

どうせなら、この沈んだ気持ちも運び去ってくれれば良いのに。

## 13　おトヨの思案

「待って下さい！」

声に反応して、前を歩いていた桃太郎たちが歩みを止めて振り返った。

おトヨは山には帰らなかった。山へ向かったのは帰るためではなく桃太郎を追いかけるためだ。追いかけて頼みを聞いてもらうため。

おトヨは桃太郎の前に降り立った。

「どうしたんだい？　お千代さんの身に何か？」

「そうではありません。実は桃太郎さんにお願いがあって……」

「お願い？」

「私を、お供に加えて下さい」

「お供にって……一緒に鬼ヶ島まで来るってことかい？　僕たちが鬼ヶ島に何をしに行くのかはおトヨも聞いていただろ？　危険な旅なんだ。前のような怪我では済まない可能性だってあるよ」

「分かってます。でも私も力になりたいのです」

「申し出は嬉しいけど……本当に大丈夫かい？」

「俺ん時とは随分と違うな。俺は半ば強引にその危険な旅に参加させられてんだが」

サスケが桃太郎を睨んだ。

「サスケの知恵なら鬼が相手でも何とかできるだろうと思ったからだよ」

「へっ、そんなこと言われて俺が喜ぶとでも思うか？」

反抗しつつもサスケの様子は満更でもなさそうだった。

おトヨは考えた。サスケの知恵みたいに、自分も何か主張できる点はないだろうか。桃太郎が同行を認めるほどの何かが。

「……私は空を飛べます」

得意じゃないとは言え、この中ではおトヨにしかできない芸当である。

「だから皆さんとは別の形で、何かお役に立てるかもしれません。それに、あなたは私の怪我を治してくれました。その恩も返したいのです」

きびだんごがなかったら、今頃はまだお千代の家から出られない毎日を送っていただろう。別にそれでも良かったが、怪我を治してもらったことは素直に感謝している。

少しだけ申し訳ない気持ちもある。

おトヨは人間を憎んでいた。こちらが何も危害を加えていないのにいきなり鉄砲で撃って来る野蛮な人間が嫌いだった。お千代だけが例外だと思った。だから桃太郎が来た時は敵意をむき出した。遠慮なく勝手に家に上がり込んで来る桃太郎に対し、何をして来るか分かったもんじゃないとお千代以上の警戒心を抱いた。きびだんごを差し出された時も桃太郎の善意には裏があると疑った。だから躊躇した。

でも、杞憂だった。

世の中にはいろんな人がいる。お千代や桃太郎のような優しい人もたくさんいるのだろう。たまたま最初に会った人間が雉を鉄砲で撃って来る人間だっただけなのだ。それが分かると同時に桃太郎への警戒心や敵愾心はなくなった。逆に勝手に疑ってしまったことを恥じた。

恩を返すと同時に罪滅ぼしもしたい。おトヨはそう考えた。

お千代のこともある。

彼女の涙はおトヨとの別れが悲しかっただけではないのだろう。桃太郎への感謝とか、何の恩も返せない申し訳なさとか、数日だけでも一緒に過ごせて楽しかったとか、いろんな思いがおトヨとの別れをきっかけに堰を切って流れ出してしまったのだと思う。口に出せなかった思いが別のところから溢れたのだ。

お千代にも感謝している。お千代がいなかったら今のおトヨはない。だからお千代の代わりに、彼女の分も一緒に桃太郎に恩を返そうと思う。

危険な旅は百も承知。でも怪我を治してくれたこととお千代を祟りから解放してくれたことを思えば、多少の危険くらい何てことない。

「分かった。一緒に行こう」

桃太郎が頷き、シロとサスケも同意してくれた。

「ありがとうございます。これからよろしくお願いします」

桃太郎の話では、鬼ヶ島に行くには東の海を目指す必要があるとのこと。おトヨは海に行くのは初めてだった。

海は遠かった。山をいくつも越え、何日も掛かってようやく辿り着けた。初めて山を出るおトヨにとっては危険が迫るまでもなく大変な旅だった。

海に到着すると大変さは更に激しさを増した。

「これは……凄いね」

桃太郎が呆然と海を眺めている。シロとサスケも同じだった。おトヨは初めて見る海だったから分からなかったが、桃太郎たちの様子を見る限り、どうやら全ての海がこんな状態ではないらしい。

海は激しく荒れていた。波飛沫が怒号のような音を立てて砂浜や岩に突進を繰り返している。川とは大違いだ。どんなに荒れて激流になろうとも、おトヨの棲んでいた山では川がここまで大暴れすることはなかった。うっかり飲まれてしまったらなんて、想像するだけでもぞっとする。

「おい、あそこに家があるぞ。誰か住んでるんじゃないか?」

サスケが浜の向こうを指した。いくつかの民家が見える。

「行ってみよう」

猛り狂う大波を横目に、一行は民家の集まっている場所へ向かった。

桃太郎が一番近い家の戸を叩く。返事はない。

「誰もいないのかな……」

シロが周囲の様子を探るように鼻を鳴らす。

「うーん、気配は感じないけど、でも人の匂いはするよ」

「海がこんな荒れてるんじゃあな。みんな流されちまったんじゃないか?」

それもまた想像するだけで恐ろしい。あんな高波に攫(さら)われてしまったら戻って来ることは叶わないだろう。

「おや、旅の者かな?」

家とは別の方角から声が聞こえた。顔を向けると一組の老人と子供がこちらに向かって歩いて来ていた。

「お爺さんたち、この家の人？」

桃太郎が話しかける。そうじゃ、とお爺さんが頷いた。

「この海凄いね。いつもこんなに荒れてるの？」

「以前は普通に漁ができる状態だったんじゃが、最近急に荒れ始めてのう。ここらに住んどる者はわしらを除いてみんな、舟と一緒に流されてしもうた」

サスケの言葉は概ね当たっていたようだ。本当にみんなあの高波に攫われてしまったらしい。思わず体が震えた。

「何とか鎮まってくれるよう、わしなりに努めてはいるのじゃが……」

「鎮める方法があるの？」

「今も海の神様にお願いして来たところじゃ。鎮まるかは分からんが、今のわしにはそれくらいしかできん」

「そうなんだ……」

「お主らは、海に出るつもりなのかな？」

「うん。この先にある島に行こうと思ってるんだけど」

「残念じゃが今は無理じゃ。舟を出そうもんなら、たちまち海の藻屑になってしまう。神様のお怒りが止めば波も穏やかになるじゃろう。そうなれば海に出られるから、しばらくは辛抱じゃ。もし滞在するならその辺の家は自由に使ってくれていい」

「うん、ありがとう」

お爺さんと子供はどこか寂しげに、桃太郎が戸を叩いた家に入って行った。

「どうする？　海が鎮まるまで、もっと山の方に避難してた方がいいんじゃないか？　俺は流されるのは嫌だぜ」

「そうだね……でも鎮まってくれないと海に出られないし、それなら僕たちもお爺さんと一緒に、海の神様にお願いしよう」

「それも善行ってやつか？　浦島のじいさんにも言ったけどよ。神様なんているかも分からない存在だぜ。お願いしてどうすんだよ。仮に怒りを鎮めることができたとしてもよ、流された人が戻って来るわけじゃないだろ？」

「分からないよ。流されて遠くの島に流れ着いた可能性だってある。こんな状態だから帰って来られないだけで」

「……まあいいけどよ。でも危なそうだって思ったら、俺は迷わず逃げるからな？　止めても聞かないぜ」

サスケは尻を掻きながらお爺さんたちの隣の家に入って行った。

「シロとおトヨもそれでいいかい？」

「僕は構わないよ」

おトヨも異論はなかった。

サスケの入った家におトヨたちも入る。中はお千代の家とほとんど変わらない普通の家だった。少し前まで人が住んでいたからか、生活に必要なものは揃っている。

波の怒号と段々と強くなる風の咆哮を聞きながら一行は眠りに就いた。

次の日、海はもっと荒れた。

天候のせいもあるだろう。昨日の強風が今日は嵐に変わっている。

お爺さんが言葉なく海を見つめている。腰に子供が不安そうにしがみついていた。

とても楽観できる荒れ具合ではない。はっきりとは覚えていないが昨日よりも水が家側に侵食して来ている気がする。この調子で増していけば、やがては家々も流されてしまうのではないだろうか。

「海の神様にお願いするのって、どうやればいいの？　僕たちもやるよ」

「気持ちはありがたいが、今日は外出を控えた方がいいじゃろう。この嵐の中を山の方まで行くのは危険じゃ」

なす術(すべ)なく全員が黙って海を眺めていると、風の音に混じって何やら妙な音が規則的に聞こえ始めた。段々と音が大きくなる。

音の正体に最初に気づいたのはシロだった。

「あれは……この前の鬼だ！」

「何だって？」

みんなで海と反対方向に体を向ける。

一人の鬼が立っていた。先日力任せに蔵を壊し、結果的にはお千代を助けてくれた鬼。肩に子鬼もいる。お千代の家で見た時は思わず震え上がってしまったが、今は大丈夫だった。決意を固めたことで少しは腹が据わったのか、単に少し慣れたのか。

初めて鬼を見るらしいお爺さんと孫は腰が抜けたのか、互いに抱き合いながら座り込んでしまった。

「どうしてここに？」

桃太郎が訊ねる。

「どうしてもお前さんのことが気になってな。あの後、また娘御(ご)の家を訪ねたのだ。何でもお前さんは、鬼ヶ島に行こうとしているそうじゃないか」

「お千代さんと会ったの？」

「心配せずとも危害は加えておらん。扉越しに話を聞いただけだ」

扉越しとは言えお千代の精神に多少の負担はあったと思う。大丈夫だろうか。

「本気で鬼ヶ島に行くつもりか？　はっきり言うが、お前さんがあの島に行っても嫌な目に遭うだけだぞ。今のお前さんならなおさらな」

「どういう意味？」

「……その首から下げているものはどうした？」

「お千代さんにもらった」

考えごとをするように鬼の父が目を伏せる。

風と波の喧騒がより一層大きくなったように感じた。

「どうしても行くのか？」

「僕を止めに来たの？」

「そんなつもりはない。だがあの島に行けば、お前さんは見なくても良かった真実を見ることになる。それでも行くか？」

「真実？　真実って？」

「わしからは教えられん。だが真実を知る権利は誰にでもある。たとえそれが、目を背け（そむ）たくなるほど辛いものであっても……な」

　知らないから教えないのではなく、知っているけど教えたくないという意味のようだ。

一体どんな真実なのか。

「あとはお前さんが自分で決めろ。わしにお前さんを止める権利はない。知りたければ行くが良い。だが忠告はしたぞ」

　鬼の言葉を吟味（ぎんみ）するように、桃太郎はしばし黙考した。

「……その真実がどんなものかは分からないけど、僕は行くよ」

「ならばもう、何も言うまい」

　鬼の父が海に視線を向ける。

「しかしこうも荒れていては海に出るのは難しいな」

「この辺に住んでいた漁師さんも、みんな舟と一緒に流されたって」

　未だ座り込んでいるお爺さんと子供に視線が集まる。

「生き残りはお前たちだけか？」

　鬼の父がお爺さんに訊ねる。お爺さんは恐る恐る頷いた。

「何とか鎮まってくれるよう、孫と一緒に海の神様にお願いしているのですが、一向に鎮まる気配がありませんのじゃ」

　また考えごとをするように父が目を伏せた。

「……分かった。わしに任せるが良い」

父が肩に乗っていた息子を桃太郎の前に下ろした。

「桃太郎。すまんがそいつを頼む」

息子を残して父は山の方に去って行った。戻って来た時、父の手には一本の大きな棒が握られていた。棒の両端には父自身の体よりも大きい岩山が一つずつ。

「桃太郎よ。くれぐれも息子のことを頼むぞ。わしの代わりに護ってやってくれ」

念を押すように言って、父は海へと足を向けた。

「お父！」

鬼の息子が父に向かって叫んだ。

「お前はそこにおれ」

「嫌だ！　お父と一緒に行く！」

息子が父の足にしがみついた。父がそれを振り払い再び桃太郎の前に下ろす。

「お父！」

息子の叫びに目もくれずに鬼の父は海へと入って行った。

「何を……するつもりなんだ？」

桃太郎が戸惑っている。おトヨにも鬼の考えが分からなかった。

父鬼がどんどん進んで行く。体が徐々に海に沈む。膝、腰、胸、首と沈んで行き、ついには顔まで沈んでしまった。

頭の先まで沈んだ直後、鬼は両手を高く突き上げた。手に持った棒と両端についた岩が海面から顔を出す。そのままの状態で鬼の動きは止まった。

「お父！」

息子が父を追って海に入ろうとした。桃太郎が慌てて制す。

「駄目だよ！　危ない！」

「うるさい！　離せ！」

桃太郎が息子を後ろから羽交い締め(はがいじめ)にした。息子は桃太郎と体の大きさがほぼ同じ。抵抗はするものの、羽交い締めを解くことはできなかった。

「お父！　嫌だ！　お父！」

「あれ……荒波を塞き止めてこっちに来ないようにしてんのか？」

サスケの呟きを聞いておトヨも状況を理解した。確かにそう見える。事実、二つの大きな岩と鬼の巨体のおかげで、父鬼のいる場所からこちら側の海は波の荒さが軽減されていた。少なくとも家が流される心配はないだろう。

「でも、あのままじゃ死んじゃうよ……あの鬼」

シロの言葉に触発されたのか、鬼の息子が一層声を張り上げ桃太郎を振りきろうと暴れた。悲痛な叫びが耳をつんざく。

目の前で自分の父親が命を落とそうとしているのに止められない。それがどれだけ息子を苦しめているか、おトヨにも少しは理解できた。おトヨだって、お千代が病気で弱って行く様子を見ていた時は胸が苦しかった。何もできずに黙って見ていることしかできないのが辛くて仕方なかった。鬼の息子はおトヨの何倍も辛いだろう。辛さが如実に叫び声に表れている。

桃太郎たちが現れなかったら、お千代は助からなかったかもしれない。もしそうなっていたら――。

意識するよりも早くおトヨの足は地面を蹴っていた。

桃太郎と鬼の息子の頭上に移動する。

たぶん正しい行動ではない。でもじっとしていられなかった。息子の叫び声を聞き続けることに耐えられる自信がなかった。

おトヨは鬼の息子を押さえつけるように両の肩を足で掴んだ。勢いをつけて桃太郎から引きはがし上空へと飛び上がる。相変わらず鬼の息子はじたばたしていたが、おトヨは振りきられまいと力一杯踏ん張った。

桃太郎を見る。桃太郎は何も言わず堪えるような瞳でおトヨを見つめていた。おトヨが何をするつもりなのか分かってはいるだろう。でも認めるそぶりを見せない代わりに、止めようともしなかった。

おトヨは風に流されないように海の上を飛んだ。父鬼のいるところまで飛び、片方の岩の上にゆっくりと息子を下ろす。

下りるなり息子は岩にしがみついて何度も父を呼び、泣き叫んだ。おトヨはすぐにその場を離れて桃太郎のところまで戻った。浜に戻っても息子の叫びは波や風の音に重なっておトヨの耳に届いた。

「すみません……桃太郎さん」

桃太郎は咎めることもなく、目を閉じて静かに首を横に振っただけだった。

誰も何も言わなかった。黙って海を見ていた。波が静かになり、風が弱まり、息子の叫び声が聞こえなくなるまで、誰一人一歩も動かなかった。

息子の声が止んだ時、二人の鬼は岩になっていた。神通力なのか、最期を迎えると岩になるのが鬼の性質なのかは分からない。

鬼の行為が海の神様の怒りを鎮めたのか、少しずつ波は穏やかさを取り戻した。数日後には嵐も過ぎ去り、舟を出しても良さそうな状態になった。

しかし天候が回復しても出せる舟はない。おトヨたちは元々舟を持っていないし、お爺さんから借りようにも舟は全部流されてしまって一艘も残っていない。

「おトヨが空を飛んで俺たちを運べば良いんじゃないか？」

サスケの言葉にみんなの視線がおトヨに集まる。

「それは、まあ……できなくはないですが……」

空も海もこれだけ穏やかな今なら飛んで渡ることは可能だろう。

「でも一度に全員を運ぶのは、さすがに無理ですよ」

短い距離なら運べるかもしれない。しかし目的地はどこにあるかも分からない島。相当な距離を運ばなければならない。しかも闇雲に飛び回ることになる。途中で力尽きて海に落ちるのが関の山だ。

使えないなぁ、とサスケが尻を掻いた。

「じゃあ俺たちを運ぶのはなしとして、まずはお前が海に出て、鬼ヶ島の場所を突き止めて来いよ。どうやって行くか考えるのは場所が分かってからでいいだろ」

「それくらいなら何とか」

元々そういうところで役に立つために同行しているわけだし、文句はない。

「とりあえずそんな感じでどうだ、桃太郎？」

「……あ、うん。そうだね」

少し間が開いた桃太郎の返答にサスケがしかめっ面になる。

「何だよ？　元気ないな。風邪でも引いたのか？　きびだんご食えよ。あれは風邪には効かないんだっけ？」

桃太郎はここ数日ずっと元気がない。理由は明白だ。

岩になってしまった鬼の親子。結果的に桃太郎は、父との約束も、息子の命も守れなかった。それが心身に負担を掛けているに違いない。

「先日のことなら、桃太郎さんが責任を感じることはありませんよ。あれは私が勝手な行動を取ったことが原因なんですから。悪いのは私です」

「おトヨを責めるつもりはないよ。これからも二人はずっと一緒だって考えたら、こっちの方が良かったのかもしれないし」

「では何を気に病んでいるのですか？　辛い真実とやらのことですか？」

「……僕は今まで、鬼というのはみんなが野蛮で人に迷惑を掛ける存在なんだろうと思っていた。都を壊滅させたり、僕の仲間の命を奪ったり、そういう一面しか知らなかったから。でも――」

桃太郎が海を見た。視線の先には岩になった鬼がいる。

「――人のためにここまでしてくれる鬼もいるんだね。蔵を壊してくれた時は人助けって感じじゃなくて、憂さ晴らしでもしていたように見えた。だからあまり思わなかったんだけど、でもあの鬼は僕たちのために命まで懸けてくれた。あの鬼を見ていたら、何をしに鬼ヶ島に行けばいいのか、分からなくなっちゃったよ。鬼退治をするのは本当に正しいことなのかな？　悪だって決めつけるのは、正しいことなのかな？　もしかしたら鬼ヶ島にいる鬼たちは、人に迷惑を掛けない鬼ばかりかもしれないのに」

「……分かる気がします。その気持ち」

今の桃太郎はちょうどおトヨが桃太郎に会った時と同じ状態に陥っているのだろう。価値観が根底から崩れて迷いが生じているのだ。

ただおトヨと桃太郎で違うのは、迷いが他人にも影響することだ。

おトヨの場合は自分の中だけで完結する迷いだった。自分にとって人間は悪なのか判断できれば良かった。だから考えを改めるのも難しくなかった。

桃太郎は違う。桃太郎は自分以外の人のために鬼を退治しようと思っている。だから桃太郎はみんなにとって鬼が悪なのかを判断しなければならない。もし判断が間違っていた場合、被害は自分一人に留まらない。だから絶対に間違えられない。その重圧が桃太郎を進むことも戻ることも許さずにいる。

仲間が傷つけられた経験もあるのだから、疑わしきは罰すると割り切ってしまう選択肢もあるが、それができないのが桃太郎という男なのだろう。優しさと正義感が相容れない性格なのだ。

「この前までは、鬼は退治するべきだと思っていた。だからお千代さんの家の前で最初にあの鬼を見た時、僕は一も二もなく刀を抜いた。でも今の僕は、鬼を見ても刀を抜けないかもしれない。こんな状態で鬼ヶ島に行ったら、やっぱり倒さなきゃいけないってなった時に、みんなを護れないかもしれない」

面倒臭いなぁ、と呆れた様子でサスケが尻を掻く。

「相変わらず難しく考え過ぎなんだよ。こっちに危害を加えようとして来たなら、悪かどうかなんて関係ないじゃんか。誰だって自分の身を護ろうとするだろ？　お前はもし相手の方が正しいって分かったら、黙って命を差し出すのか？」

「でも今の僕たちは、自分から乗り込もうとしてるんだ。自分の身を護る行為じゃない。護りではなく攻めだよ」

「ならば攻めに行くのではなく、話し合いに行けば良いのではないかな？」

今の声はサスケではなかった。おトヨでもなくシロでもなかった。そもそも聞き覚えのある声ではなかった。

声のした方を見る。波打ち際の岩場に一羽の鶴と一匹の亀がいた。

「悪い鬼ばかりでないのであれば、話が通じるかもしれん。ならば無理に退治しようと考えずに、まずは話し合いを試みてはどうかな？」

喋ったのは鶴の方だった。先ほどの声と一緒だ。

「桃殿はおちゅんを殺された恨みで鬼ヶ島に行くわけではないのだから、平和的に解決できそうなら、やってみる価値はあるだろう」

「えっ？　今、桃殿って……」

桃太郎が目を見開いて驚いていた。シロも唖然（あぜん）としている。

「まさかとは思うけど……浦島じいちゃん……なの？」

「ほっほっほ」

「ほ、本当にじいちゃん？」

桃太郎の表情がますます驚愕に埋め尽くされる。

「どうして？　どうして鶴の姿になってるの？」

「竜宮城にあった道具の効果によるものでな……ほれ、例の仙人が作ったとかいう」

「じゃあ……そっちの亀はもしかして……」

「わたくしです、桃様」

シロが二人に近づいた。鼻を鳴らして匂いを嗅ぐ。

「……うん。匂いは確かに浦島さんと乙姫様だ」

事情は飲み込めないが、とにかくこの鶴と亀はそれぞれ浦島と乙姫という名前で、桃太郎やシロの知り合いであることは分かった。

「二人とも、どうしてここに？」

「あなた方が竜宮城に来た際、わたくしも久しぶりに蓬萊山のことを思い出しまして……本当に鬼ヶ島が蓬萊山なのか、自分の目で確かめてみたくなったのです。そしたら偶然にも桃様たちがお困りのところに出くわしましたので、お役に立てる好機かと。見たところ舟がなくてお困りのようですね。それならば、わたくしたちが皆さんを鬼ヶ島まで運びましょう。あれからもう一度文献を読み返したんですよ。おかげで正確な場所についてもおおよそ分かりました」

「本当に？　それは助かる……んだけど……」

桃太郎の表情が一瞬で晴れから曇りに変わった。

「鬼ヶ島に行くのをためらっているのですね。差し出がましいようですが、ためらっていても桃様の迷いが晴れることはありませんよ」

「……え？」

「浦島様も仰っていたように、話し合いで平和的な解決が望めるかもしれません。もしかしたら無理なのかもしれません。いずれにしても、鬼ヶ島に行ってみないと分からないことです。迷いを断ち切り、自分の中にある疑問を払うには、ご自身の目で直接確かめるしかないのです」

「だから乙姫様は鬼ヶ島に行くの？」

「わたくしの場合は興味本位な部分もありますけどね。でも解決したい疑問がある点は同じですよ」

「……分かったよ」

桃太郎の表情に再び晴れ間が差す。

「僕は勝手に、鬼退治を決行するか諦めるかの二つしかないって決めつけてたけど、他の方法だって探せばあるんだね」

表情を見る限り完全に気持ちを切り替えられたわけではないようだが、迷いはいくらか払われたらしい。

「ありがとう、乙姫様」

「では早速参りましょう、鬼ヶ島へ」

乙姫が桃太郎に自分の背中に乗るよう促した。

「わしはシロを運ぼうか」

浦島が羽を大きく広げて飛び上がりシロの体を掴む。

「では、私がサスケさんを運べば良いですね」

おトヨは浦島に倣(なら)って羽を広げて飛び上がり、サスケの肩を掴んだ。

乙姫が先導する形で海面を進む。浦島とおトヨは空から追いかけた。

「ねえ、乙姫様」

「何でしょう?」

前を行く桃太郎と乙姫の会話が聞こえる。

「もしかしたら僕は、本当にご先祖様が鬼かもしれない。岩になった鬼の父親が言ってたんだ。僕が鬼ヶ島に行けば、見なくて良かった辛い真実を見ることになるって。ご先祖様が鬼ってのが辛いことかは僕にもよく分からないんだけど、でも僕と鬼の間に何かあるのだけは、間違いないみたい」

「そうなのですか……ではそれも、鬼ヶ島に行って確かめなければなりませんね。疑問と一緒で真実も、知りたければ自分の目で確かめるしかありませんから」

桃太郎と乙姫が岩の横を通り過ぎる。おトヨは岩になってしまった鬼の、特に息子の姿を見たくなかったので、明後日(あさって)の方を見ながら飛んだ。

視線を上空に向けつつサスケに話しかける。

「私たちにとって、正解は何なのでしょうか？」

桃太郎が悩んでいる姿を見ているうちに、おトヨにもよく分からなくなって来た。

桃太郎やシロの仲間の命を奪った鬼がいることは聞いた。少なくともその鬼は悪者だったのだろう。でもおトヨが見た鬼は、お千代を助け、命を賭して海を鎮めた。悪いことはしていない。だから鬼は悪であると判断することに一抹の疑問がある。

「無理に鬼を悪者だと決めつける必要はないんだよ。考えても仕方ねえことだ。どうせこっから先は正義だの悪だのなんて関係なくなるからな。俺も別に正義の味方のつもりなんてないぞ。柄でもないしな」

「正義と悪が関係なくなる……ですか？」

「桃太郎は分かってないようだけど、今から俺たちがやろうとしてることは、悪者を退治するとかじゃなくて、もっと俗な感じなんだよ。罪のなすりつけ合いみたいな、そんな程度のことなんじゃねえかな。だからお前も難しく考えない方が良いぞ。相手が向かって来るなら遠慮なく戦え。俺はそうする」

「……頑張ってみます」

## 14　鬼ヶ島の激闘

鬼ヶ島は異様な雰囲気に包まれていた。海を渡り始めた時はあんなに空が晴れていたのに、進むにつれて霧や靄が増え、視界が悪くなって来た。

島に着くと霧は更に濃くなった。

「まるで存在を隠そうとしているかのようですね」

乙姫が首を目一杯伸ばして島を見上げている。桃太郎も同じ感想を持った。

「これも神通力の影響なのかな？」

「可能性はありますね。鬼の力なのか、仙人の力なのかは分かりませんが」

「乙姫様はこれからどうするの？」

「浦島様と一緒に、島を調べてみます」

頷く代わりに浦島が大きく羽を上下に振った。

「大丈夫なの？　もし鬼に見つかったら……」

「これだけ霧が濃ければ、簡単には見つからないでしょう」

「神通力を使えば、霧でもよく見えるなんてことはないのかな?」

「警戒はした方が良いでしょうが……でも大丈夫ですよ。鬼といえども、鶴や亀を一匹見つけたくらいで、いきなり襲いかかって来たりはしないでしょう。わたくしたちのことは構わず、桃様は自分の務めを果たして下さい」

「分かった。また後でね」

乙姫、浦島と別れ、桃太郎はシロたちと一緒に島の中へと進んだ。数十歩進んだところで後ろを振り返ったが、霧のせいもあって既に二人の姿は見えなかった。

「いよいよだな……」

サスケの声がいつになく真剣味を帯びていた。

「さすがに緊張してるのかい?」

「別に緊張なんかしてねえよ。悪戯のしがいがあるなって思っただけだ。悪い奴らじゃなかったとしても、実際に悪いことはしたわけだろ? だったらちょっとくらい痛い目見たって文句は言えないじゃんか。因果応報って言うだろ?」

「サスケはぽん太に考え方が似てるなぁ」

「ぽん太ってのはあの狸だっけか? 狸も化かすのは好きらしいな。まあ、化かし合いになれば俺の方が上だろうけど」

「早まった行動はしないようにね。まずは話し合うんだから」

「へいへい」

一緒に旅をしているうちにちょっとはサスケも素直になったように思う。旅を始めた頃はもっと減らず口が多かったのに。

桃太郎はシロとおトヨの様子を窺った。シロは問題なさそうだ。いきなり鬼が出て来ても怯えることはないだろう。

「おトヨは緊張してないかい？」

「……自分でもよく分かりません。落ち着かない気分ではありますが」

桃太郎も一緒だった。島に着いてから胸の動悸が治まらない。でも緊張や不安とは違う気がする。嬉々としているわけでもない。お千代を一目見た瞬間にも似た感覚はあった気がする。

正体が掴めないまま、足だけが前に進んで行く。

しばらく進むと大きな岩山が視界に入った。てっぺんは霧に隠れて見えない。麓にはあつらえたような大口が開いている。

「ここが鬼の本拠地なのかな」

シロが鼻を鳴らした。

「中からたくさんの臭いを感じる……たぶん鬼だと思う。でも他の匂いも混じってるよ。中にいるのは鬼だけじゃないかも」

シロが言うのなら間違いはないだろう。

「よし……行こう」

十分に警戒しながら中へと入って行く。

霧は洞窟の中までは拡散していなかった。とは言え外よりも薄暗く、視界の悪さは変わらない。鬼に不意を突かれてもとっさに反応できるかどうか。

「私が先に行って中の様子を探ってみます。皆さんは後から来て下さい」

おトヨが言った。

「じっとしていると余計に落ち着かなくて……飛び回っている方が安心できる気がするんです。ついでに偵察もできますし、ちょうど良いかと」

「……そうだね。良いかもしれない」

おトヨなら空を飛んで逃げられる。桃太郎が偵察に行くよりも安全だろう。

「でも危険だと思ったら、すぐに引き返して来るようにね」

「分かりました」

おトヨが低空を飛びながら奥へと去って行った。

「偵察に行かせたのは良いけど、俺たちはどうすんだ？　このまま進むのか？　分かれ道とかあったら、おトヨと合流できなくなるぞ」

サスケの言うことも一理あるが、こんな何もないところでいきなり鬼の大群に襲われて挟み撃ちにでもあったら逃げ場がない。できればもう少し地の利を活かせそうなところに出たい。外から見たらかなり大きな岩山だった。鬼が中にいることも考慮すれば、通路みたいな地形ばかりではないはず。

少し進んだところで期待していた感じの開けた場所に出た。岩でできた天然の階段がそこかしこに点在し、天井からは無数の鍾乳石（しょうにゅうせき）が氷柱（つらら）のように垂れ下がっている。

仙境の二文字が桃太郎の脳裏を掠（かす）めた。禍々（まがまが）しくも荘厳な感じはここが仙境であることの証なのか、それとも洞窟というものはどこも大体こんな感じなのか。初めて洞窟を見る桃太郎には分からなかった。

「ここで少し待ってみよう」

周囲の様子も見渡し易い場所だ。何かあっても対応できるだろう。

桃太郎は岩の階段を上り、高い位置から広間の様子を窺うことにした。シロとサスケも同様に階段を上る。シロは桃太郎と同様に周囲を警戒していたが、サスケは階段を上るなり横になってしまった。この状況でもいつも通りなサスケが少し羨ましかった。

おトヨは半刻足らずで戻って来た。

「どうだった？」

「この先何度か道が分かれていますが、本陣らしき場所は分かりました。ほとんどの鬼はそこに集まっているようです。ただ大将らしき鬼がいたかどうかまでは、よく分かりませんでした」

「鬼の他には誰かいなかった？」

シロが訊いた。鬼以外に感じた匂いが気になるのだろう。

「ええ、途中で見かけましたよ。桃太郎さんのように腰に刀を差している人が、数十人ほど。注意深く辺りの様子を探っているようでしたが……」

刀に腰を差し注意深く様子を探る人。考えられる可能性はいくつもない。

「鬼退治に来た集団とかかな？」

正解ならあまりのんびりはしていられない。話し合いの場を持つ前に彼らが鬼と接触してしまったら目的を果たせないかもしれない。

「できればその人たちよりも先に本陣に辿り着きたいな」

「そうですか……では急ぎましょう。たぶん、彼らよりは先に着けると思いますよ」

おトヨの先導に従って洞窟を奥へと進む。

進みながら桃太郎は、おトヨに偵察してもらっておいて本当に助かったと思った。何度か分かれ道があるという話だったが実際には数度どころではなかった。おトヨの先導がなかったら先に来ている集団とやらの後塵（こうじん）を拝（はい）していただろう。彼らは未だ本陣へと続く道を把握（はあく）できていないのか、途中で遭遇することはなかった。

「この先が本陣のようです」

物陰から様子を窺う。先ほどの広間より数倍広い空間に、十や二十では利かない数の鬼がいた。侵入者がいることに気づいていないのか、気づいていてなおこんな様子なのか、鬼たちは特に態勢を整えることもなく各々自由に振る舞っている。酒盛りをしている鬼もいる。大笑いをしている鬼もいる。寝転がっている鬼もいる。

「隙だらけだな……上手いことやれば一網打尽（いちもうだじん）にできそうだぞ。何なら俺が、いっちょ罠（わな）を仕掛けてみようか？」

隙だらけ。確かにそう見える。だがこれだけ鬼がいると隙だらけであっても固唾（かたず）を呑まずにはいられない。

桃太郎は自分の右手を見た。意思とは無関係に震えが止まらない。

本当に彼らと話し合えるのか。もし失敗すればあの大群が一斉に襲いかかって来る。そうなったら――。

桃太郎は左手で右手を強く押さえた。

「……みんなはここで待ってて」

駄目だよ、とすかさずシロが言う。

「向こうがどう出るか分からないんだから、一人で行くのは危ないよ」

「シロさんの言う通りですよ。話し合いが通じなかった場合を考えないと」

「どうせなら俺が罠を張ってからにしろよ。それならいざって時にも何とかなる」

「ありがとう。でも大丈夫」

みんなが止めるのも聞かずに桃太郎は意を決して広間の中へと入って行った。

すぐに入口付近にいた数人の鬼が桃太郎に気づく。

「誰だ貴様？　どうやってここに来た？」

「大将は誰？」

「大将？　頭領なら奥の間にいるが……ん？　おい、ちょっと待て」

瓢箪（ひょうたん）を持った鬼が桃太郎に顔を近づけた。視線が桃太郎の顔から胸の辺りを行ったり来たりする。酒の臭いが鼻を突いて思わず桃太郎は一歩下がった。

「貴様……まさか、例の小僧か？」

質問の意味が分からないでいると、すぐに周りの鬼たちがざわつき始めた。

「間違いない。あの小僧だ」

「そうだ！　あの小僧だ！」

僅かな間に広間の空気が一変した。戸惑いを孕んだざわつきだったものが、怒気で満たされた険悪なものに変わって行く。敵意が全く隠されていない雰囲気。全ての鬼が桃太郎に敵意を向けて来た。先刻まであんなに大笑いをしていた鬼も、酒を飲んでいた鬼も、横になってくつろいでいた鬼も。

手の震えがぶり返した。

「みんな……僕のことを知っているの？」

震えを無理矢理抑えながら桃太郎は鬼たちに訊ねた。

「知っているか、だと？　しらばっくれるつもりか、小僧」

「我らの大事なものを奪った罪を忘れたとは言わせぬぞ」

取りつく島もない。

「またこの島に乗り込んで来るとはな。おとなしく殺される覚悟ができているのか、あるいはたった一人で我らを相手にできると思っているのか……」

鬼たちが構える。素手（すで）の者もいれば金棒を構えている者もいる。

「ちょ、ちょっと待って。僕は争いに来たんじゃないんだ」

「この期に及んで何を言う。まさか和睦でも申し出るつもりではあるまいな？　あれだけのことをしておきながら、水に流せとでも言うつもりか？」

「積年の恨み、今こそ晴らさせてもらう！」

もはや一触即発。何を言っても火に油を注いでしまう雰囲気。

どうあっても戦うしかないのだろうか。姿が見えない、奥の間にいるという頭領は、話の通じる人物ではないのだろうか。彼らの怒りを収めることは難しくても、頭領なら少しは冷静に話を聞いてくれないだろうか。

根拠はない。自信もない。でも可能性の欠片くらいはあるかもしれない。

今ここで応戦してはいけない。頭領と対峙するまでこちらに戦う意思がないことを示さなければならない。刀を抜いたら終わりだ。可能性の欠片もたちどころに一刀両断する結果になる。

「一思いに叩き潰してくれる！」

桃太郎に一番近い二人の鬼が金棒を振り上げ、桃太郎に襲いかかって来た。後ろに飛んで避ける。すぐさま別の鬼が桃太郎に向かって来た。ある者は拳を振り回し、ある者は金棒を振り下ろして、桃太郎に容赦ない一撃を見舞ってくる。桃太郎は避けに徹しながら、奥の間へ行く隙を窺った。しかし鬼の大群の前に簡単に道は開けない。

前に進みたいのに進めない。嵐のような鬼たちの波状攻撃を、横に飛んで逃げ、床を転がって逃げ、後ろに飛んで逃げ――あっという間に隅に追い込まれてしまった。

逃げ道がない。突破口を開くには目の前の鬼を倒さないといけない。

「これで終わりだっ、小僧！」

考える隙を与えてもらえない。悩む間もなく次の一撃が飛んで来る。

頭上から金棒が振り下ろされる。後ろは壁。横も別の鬼が完璧に塞いでいる。

受け止めるしかない。脳が判断すると同時にとっさに右手が刀に掛かった。

すんでのところで思い留まる。

刀を抜いてしまったら全てが水の泡だ。抜いてはいけない。

刀から手を離し、桃太郎は頭上で腕を交差させた。鬼の重い一撃を受け止められるとは思えなかったが、他にこの場を切り抜ける方法が思いつかなかった。

目を閉じる。全身に力を入れ、受け止める体勢を作った。

鈍い衝撃音が響いた。音の大きさが一撃の重さを物語っている。だが桃太郎自身は何の衝撃も感じなかった。そもそも音の感じがおかしい。今のは明らかに金属同士がぶつかる音だ。腕と金棒がぶつかっていたらこんな激しい音は出ない。

不審に思いながら目を開けると――

「へへ。しばらく見ない間にまた一段と男らしくなったな。オイラと良い勝負だ」

「……き、金太郎⁉」

後ろ姿でもすぐに分かった。見覚えのある赤い前掛けではなく鎧(よろい)で武装してはいるものの、鬼と桃太郎の間に立っているのは紛れもなく金太郎だ。彼のもう一つの象徴である鉞で金棒を受け止めている。

「貴様、何者だ？」

「こいつの親友だ……よっと！」

金太郎が鉞を横に薙ぎ払う。勢いに圧されて周りにいた鬼が後ろに下がった。

「やたら元気の良い白い犬がオイラたちをここまで連れて来てくれたんだ。あの犬はお前さんの仲間か？」

入口を見る。シロの他にもおトヨが見た集団と思われる面々の姿があった。鬼の群勢とほぼ変わらない数の集団。

「敵は数が多い！　各個撃破を狙え！　一対一では当たるなよ！」

指示が飛び、全員が数人ずつに分かれて一斉に鬼たちに襲いかかった。桃太郎に対して構えていた鬼も慌てて標的を彼らに変えた。

「桃太郎さん！」

鬼が分散された隙を縫ってシロが走って来る。

「大丈夫？」

「ああ……シロのおかげで助かったよ。でも……」

場は一気に戦場と化してしまった。桃太郎個人の思いはどうあれ、確実に今、人間と鬼が互いを敵と認識し、対立している。

「サスケとおトヨは？」

「別行動中だよ。サスケがおトヨに一緒に来るように指示してたから、二人は一緒にいるはず。サスケの奴、随分とやる気みたいだね。僕もサスケの指示でこの人たちを呼びに行ったんだよ。匂いを追って急いで全員をここに連れて来いって。吠えまくれば一人くらいは僕の言いたいことを理解してついて来てくれるだろうって」

おそらくは金太郎が先陣を切って狙い通りに動いてくれたのだろう。言葉が分からなくても彼なら動物と心を通わせることができる。たとえ初対面であっても。

改めて金太郎を見る。

「金太郎！　久しぶりだね」

「おうよ」

がっちりと握手を交わす。久しぶりに握る金太郎の手は力強さが増していた。

「ちなみに今のオイラは金太郎じゃねえ。坂田金時ってんだ」

「坂田……金時？」

「都で宮仕えすることになった時、頼光様がくれた名前だ。まあ、今まで通り金太郎でも構わないけどな」

「どうしてここに？」

「決まってるだろ。目的を果たしに来たのさ」

野山で一緒に遊んでいた頃のことを思い出す。

——鬼と力比べがしたい。父ちゃんの仇が討ちたい。

「……って言いたいところだけど、今回は任務だ。鬼の討伐のために来た。オイラが都に誘われたのも、それが一番の目的だったらしいんだよ」

今や都は、すっかり以前の、鬼の襲来で壊滅させられる前の姿を取り戻した。昔のような活気に溢れ、人々の交流や物資の流通も盛んに行われている。しかしいつまた鬼が襲って来るとも限らない。二度とあんな地獄絵図はごめんだ。そう考えた帝や頼光は、都の復興に併せて大規模な鬼の討伐隊を編成しようと決意した。元々都に仕えていた武士はもちろん、金太郎のように遠方の地に住んでいた強者も可能な限り集められ、鬼を倒せる戦力を整えた。

相応の人数が集まり、十分な訓練を終え、討伐に乗り出したのが約一年前。部隊はいくつかに分けられ、各地に散らばる鬼を次々と討伐して行った。

「――そんで頼光様率いる本隊は、この鬼ヶ島で大将の首を取るのが任務ってわけ」

「各地に散らばる鬼たちを、次々と……？」

「都にはいろんなところから人が訪れるから、いろんな場所で鬼が悪さしてるって噂も集まるんだ。だから噂を確かめるために討伐隊が派遣され、鬼がいれば討伐する」

「金太郎も、何度か討伐したの？」

「いや、オイラたち本隊は、今まで鬼ヶ島の場所を調べてた。これが大変でよぉ……ようやく場所が分かってこうして来られたってわけさ。どうやら壊滅する前に宮中に仕えていた人が鬼ヶ島に来たことがあるらしくてな。その人の残した資料が運良く見つかったんだ。それで場所が分かった」

「前にもここに来た人がいたんだ？」

「随分な人物だったらしいぞ。都が壊滅した時に行方が分からなくなっちまったらしいんだけど、オイラの父ちゃんとも仲良かったたって、頼光様が言ってた」

「その人も、討伐が目的でここに来たのかな？」

さあな、と金太郎は肩を竦めた。

「金時！　話なら後にしろ！」

鬼と交戦中の討伐隊が応戦しながら金太郎に向かって叫んだ。おっといけね、と金太郎が頭を掻く。

「悪いな桃太郎。本当はもっとゆっくり話したいけど、状況が状況だ。任務が終わったら一緒に酒でも飲もうぜ。良かったらお前さんも討伐隊に加わってくれ。戦力は多いに越したことはないからよ」

金太郎も討伐隊に加わり鬼と交戦を始めた。

「どうするの、桃太郎さん？　話し合いは諦めて、僕たちも討伐に加わる？」

「……いや」

一つ気になる点がある。

「大将……頭領がまだ、姿を見せていない」

桃太郎たちが入って来た入口のちょうど反対側に、奥へと続く道が見える。おそらくはあそこから奥の間へと行けるはずだ。しかしこれだけの騒ぎになっているのに、誰かが出て来る気配はない。

「騒ぎに気づいてないってことはないと思うけど、いずれにしろ今のうちに奥の間ってところに行ければ……」

頭領が出て来て戦いに加わったら、本当にもう取り返しがつかない状況になる。今ならまだ間に合うかもしれない。

「あそこに行くなら、どうしたってここにいる鬼を倒しながら進まないと」

シロの言う通り、鬼を避けて奥まで行くのは難しそうだ。分かってはいるが、あくまでも刀は抜きたくない。

「何とか、戦わずにあそこまで行かないと……」

すぐ近くで戦っている金太郎を見る。連携を取って戦っているからいきなり話しかけるのは危険かもしれないが、金太郎なら大丈夫だろう。

「金太郎！　頼光様っていうのはどの人⁉」

「一番かっこいい鎧を着てる人だ。偉い人だから失礼のないように頼むぜ」

桃太郎を見ずに金太郎が答える。

すぐに誰のことだか分かった。金太郎や他の討伐隊と違い、一人だけ鎧の色と模様が違った。少し離れたところで戦っている。

桃太郎はシロを連れて頼光のいる方へ向かった。討伐隊が戦ってくれているおかげで、鬼の攻撃をほとんど受けずに頼光の下に辿り着くことができた。

「頼光様！」

頼光が攻撃の手を止めて後ろに下がった瞬間に桃太郎は声を掛けた。

頼光が隊から離れた。

「……おお。桃太郎殿だったな。金時から話は聞いておる。お花見村での活躍も聞かせてもらったぞ」

「お花見村？」

「浦島殿や踊る茶釜がいる、あの桜が満開の村のことだ。ここに来る途中、我々もあの村に立ち寄ったのだ。お主のことは浦島殿からも聞いた。鬼を倒したことも」

浦島が言っていた都から来た偉い人とはこの人物だったようだ。

「大層な強さを持っているそうだな。いきなりですまぬがこんな状況だ。是非とも鬼を退治したその手腕を貸してもらいたい」

「頼光様。僕はこの島に、討伐ではなくて話し合いに来たんです」

頼光が眉をひそめる。

「確かに僕はここに来る前に二人の鬼を退治しました。でもそれとは別に、ある鬼の親子とも会いました。その鬼は、僕たちのために自分の命まで犠牲にしてくれました。みんながみんな野蛮じゃないんです。中には良い鬼だっている。僕はそれを知りました」

「かつて、鬼の大群が都を壊滅させたことは知っておるかな？」

「はい。当時の様子を知ってる人とも会ったことがあります。その人は鬼のことを、恐ろしい化け物だって言っていました。それが嘘だとは思いません」

ぽん太たちと腹鼓を打っていた和尚のことを思い出す。あの能天気な和尚の絶望に打ちひしがれた顔は今でも忘れられない。

「でも、彼らだって心があるんです。他人のために自分を犠牲にすることだってできる。僕たちと一緒なんです。だから話し合って、分かり合うことだってできるかもしれない。お互いに傷つかずに済むかもしれない。そのためにも僕は、この奥に行きたいんです。奥にいる鬼の頭領と、僕は話がしたい」

頼光が桃太郎の目をじっと見た。品定めをするような、射抜く視線。

「……一つ訊く。もし話し合いの結果分かり合えないということが分かったら、お主は刀を抜けるか？　全力で仲間を護れるか？」

「分かりません。でも最善は尽くします」

桃太郎は正直な気持ちを伝えた。

「……金時！」

頼光が大声で金太郎を呼んだ。金太郎は鉞を大きく振って鬼を遠ざけた後、跳躍を繰り返して桃太郎たちのそばに来た。

「私と共に桃太郎殿を護衛し、あの奥へと続く道まで送り届けるのだ。その際、決してこちらから攻撃をしてはならん。守れるな？」

「はっ！」

「頼光様……ありがとうございます」

「お主を見ていると昔の知り合いを思い出す。瞳の輝きがそっくりだ。だからと言うわけではないが、お主の覚悟が本物なのはよく分かった。だが我々もずっと受け身でいることはできん。猶予(ゆうよ)が限られていることを忘れてはならんぞ」

猶予があるだけでも感謝すべきだ。本来なら討伐隊の望むところではないのだ。この譲歩はあらゆる意味で彼らを危険に晒(さら)すことになる。

「うっし。そんじゃ一気に突っ切るぞ、桃太郎」

金太郎が頭上で鉞をぐるぐる回した後、腰を落として深く踏み込んだ。

力強い跳躍で金太郎が一気に広間の中央へと向かって行く。桃太郎とシロも後ろに続いた。更に後ろから頼光がついて来る。

鬼の猛攻は止むことを知らない。桃太郎にもシロにも幾度となく攻撃が迫って来た。その全てを金太郎と頼光が弾き返してくれた。

「……懐かしい気分だ」

走りながら頼光がぽつりと漏らした。

「都が壊滅する前、私はよく二人の仲間と一緒に行動していた。一人は金時の父。そしてもう一人は……」

頼光が横目で桃太郎を見る。

「こうしてお主や金時と一緒に駆けていると、あの時の気分が甦る。今ならどんな強敵だろうと臆せず立ち向かえそうだ」

頼光の顔に笑みが浮かぶ。桃太郎には彼の横顔がとても頼もしく見えた。

出口が近づくにつれ、桃太郎たちがどこへ向かっているか鬼たちも気づき始めた。標的を再び討伐隊から桃太郎へと移そうとする。しかし桃太郎たちの動きから状況を察してくれた討伐隊のみんなが、鬼を桃太郎たちに近づけないように戦ってくれた。

刀を抜くことなく、一撃も受けることなく、出口へと辿り着く。

「金時！　お前はこのまま桃太郎殿と奥に向かえ！」

頼光が足を止めて後ろを振り返る。

今度は金太郎が殿を務め、桃太郎が先頭に立って奥へと進む通路を走った。

「小僧どもを奥の間へ行かせるな！」

頼光の脇をすり抜けた数人の鬼が怒声と共に迫って来る気配を感じる。

金太郎が立ち止まった。

「この通路なら一斉に襲われることはないし、オイラはここで奴らを足止めした方が良さそうだな。このまま奥になだれ込んでも、いざって時に分が悪いし」

「その心配は要らないぜ」

サスケらしき声が聞こえたと思った次の瞬間、上から大きな音がした。

音の正体は岩だった。岩が次々と降って来て、集団の先頭にいる鬼たちを一気に圧し潰して行く。更に岩は降り続き、気がつけば追っ手を遮る立派な壁になっていた。

「予想以上に上手く行ったな」

声と共に空中から降りて来たのはサスケと、サスケを掴んで運ぶおトヨだった。

「これ……二人がやったのかい？」

「私はサスケさんに、ここまで運ぶように言われただけです」

「俺様に掛かればこんなもんよ」

桃太郎と鬼の話が聞こえたおかげで、頭領が奥にいるのは分かった。ついでに友好的に話し合うのが不可能そうな雰囲気も伝わった。あれだけの数の鬼を桃太郎一人で倒すのはまず不可能。となれば何とか隙を見て奥へ進むことも考えるはず。その場合、鬼たちが追って来るのは必至。追っ手を断つ方法があった方が良い。

「――ってな感じで、先回りして岩を落とせそうな場所を予め見つけておいたのさ。この辺の岩は動かし易かったぜ。俺がちょっと手を加えただけでこの有様だからな」

「よくこんなにたくさんの岩を落とせたね」

「上から物を落としたり、誰かにぶつけたりするのは得意だからな」

「……とにかく助かったよ」

金太郎にも状況を説明する。サスケが機転を利かせてくれたのだと。

「へえ、やるじゃねえか」

金太郎がサスケの頭を乱暴に撫でる。サスケは抵抗を見せなかった。

「まあでも、これだと味方の増援も来られないな。この先どんだけの大群がいようとオイラたちだけで相手しなきゃなんねえけど、みんないけるか？」

「それなら大丈夫だと思いますよ。サスケさんに言われて奥の様子を予め探っておいたのですが、鬼は三人しかいませんでした」

おトヨの言葉を聞き、何とかなりそうだな、と金太郎が大きく頷いた。

再び桃太郎が先頭、金太郎が殿の並びで奥の間へ。先ほどの、大勢の鬼がいた広間と似た作りの入口が桃太郎たちを待っていた。

おトヨの言う通り、広間の奥には三人の鬼がいた。

一人が岩でできた玉座（ぎょくざ）に座っている。頭領に間違いないだろう。その頭領を護るかのように、両脇に金棒を杖（つえ）代わりにして立っている鬼が二人。

「お前さんが大将かい？」

「いかにも」

金太郎の問いに玉座の鬼が答えた。他の鬼に比べて声により一層の重厚感がある。

「オイラは坂田金時ってんだ。良かったらいっちょ手合わせ願いてえんだが……まあ、それは後のお楽しみだな。まずは親友の話を聞いてやってくれねえか？」

「坂田……か。聞いた名だ。あの者の息子か。どことなく面影があるな」

側近の鬼が金太郎を見て言った。

「オイラの父ちゃんを知ってるのか？」

「昔、我らが都に攻め入った時に会った。強い男であった。尊敬に値するほどに」

「お前さんが命を奪ったのかい？」

「誤解はしないでもらいたい。我らが都に攻め入ったのは事情があってのこと。仇を討つのならば、事情を作った元凶（げんきょう）の方であろう。すなわち――」

鬼が金棒をゆっくりと動かし、桃太郎を指した。

「――そこにいる男を……な」

「……え？」

桃太郎は一瞬、何を言われたのか分からなかった。

全く心当たりがない。都が壊滅したのは二十年ほど前と聞いている。桃太郎がお婆さんに拾われた頃だ。そんな赤子に何ができるわけもない。そもそも都には一度も行ったことがないのだ。元凶を作るなど、空のお椀の中身をこぼすようなもの。

「どうやら覚えておらぬようだな。無理もないか。一度赤子まで戻ったことで、記憶が封印されてしまったのだろう」

「赤子まで……戻った？」

「一目で分かったぞ。貴様があの男だとな。容姿はあの頃と違っているが、目だけは以前と変わっておらぬ。それに貴様が首から下げているそれには、我らが同胞の怨念が宿っている。その針で命を奪われた同胞の怨念がな。我らにはそれが感じ取れる」

桃太郎は思わず両手で針を握り締めた。

あの岩になった鬼の父も、この針のことを気にしていた。お千代の家の付近で仲間の気配を感じるとも言っていた。あれは同胞の怨念を感じ取っていたのか。

頭領がゆっくりと玉座から立ち上がる。

「貴様、今は桃太郎という名だったな」

「……そうだ」

「こちらへ来るが良い、桃太郎。貴様の過去を思い出させてやろう。そして自分が犯した罪の重さを、十分に噛み締めるが良い」

「過去を……思い出させる？」

「我らには、どんなに過去の記憶でも掘り起こせる力があるのでな。特別に貴様の記憶を掘り起こしてやる。第一貴様は、自分の出生に疑問を持ったことはないのか？　人間が桃から生まれるなど、起こり得ると思っているのか？」

「！　どうしてそれを？」

「過去を思い出せば自（おの）ずと分かるだろう。さあ、こちらへ来るのだ」

見たくない辛い真実とは、これのことだろうか。もしそうならば——。

桃太郎の足が自然と前に出た。頭領の方へと一歩ずつ近づく。

金棒を振り下ろされたら一巻の終わりという距離で立ち止まる。

金棒ではなく、頭領の手が桃太郎の頭に乗せられた。その手に力が込められたことを感じた瞬間、走馬灯（そうまとう）のように大量の映像が瞼（まぶた）の裏に流れ込んで来た。

## 15　一寸法師の真実

子宝に恵まれなかったある夫婦の願いによって一寸法師は生まれた。ごく普通の家庭に生まれ、ごく普通に家族としての時間を過ごした。ただ一つ変わっていたことは、身の丈が一寸しかなかったことである。親が一寸法師と命名したのもそれゆえだった。だが一寸法師本人は自分が小さいことを気にしていなかった。体が小さいだけで他はみんなと変わらない。そう思っていた。

だがある日、自分の体がいつまで経っても小さいままなのを両親が気味悪がっていることを偶然聞いてしまった。二人は一寸法師が寝ていると思っていたのだろう。しかし一寸法師は横になっていただけで眠ってはいなかった。

自分は両親が好きだが、反対に両親は自分があまり好きではなかったのか。愛情を惜しみなく注いでくれていると思っていたのは勘違いでしかなかったのか。疑念は少しずつ膨らんで行き、その空気に圧迫されるように、両親と一緒に過ごす時間が段々と窮屈(きゅうくつ)に感じられるようになった。

都に行きたいと思うようになったのはその頃からだった。

都がどんなところかは両親から聞いていた。立派な建物がたくさんあって、多くの人で賑わっていて、とても華やかなところだと。そして都には武士と呼ばれる、肉体も精神も強い者たちがいると。いつまでもこの息苦しさとつき合うくらいなら都に行って強い男になろう。そんな思いが日増しに強くなって行った。

いざ都行きを決めた時、父も母も静かに頷くだけで反対はしなかった。

出発の朝、母が餞別にと刀代わりに一本の裁縫針をくれた。武士は腰に刀を差すという教えに倣って一寸法師も針を腰に差した。

都へは川を渡って向かった。お椀を舟代わりに、箸を櫂代わりに、雨に打たれたり急流に舵を取られたりしながら、何ヶ月も掛けて一路都を目指した。

初めて目にする都は想像よりもずっと絢爛だった。建物が立派なのはもちろん、住んでいる人たちも煌びやかな着物を身にまとい、歩き方にも気品を感じる。

必ず武士になる。一寸法師は改めて思った。ただしそれは気品のある立派な人間になるという前向きな理由よりも、見てくれの良くなった自分を見せて気味悪がった両親のことを見返してやりたい、小さな体でも成し遂げられることがあることを見せつけてやりたいという少し歪んだ思いからだった。

一寸法師は自分を雇ってもらうため、宰相（さいしょう）の屋敷を訪ねた。

意外にも一寸法師はあっさりと雇ってもらえた。小さな体を最大限に使って元気なところを見せたら、宰相は笑いながら一寸法師を家の中へと招き入れた。おそらく面白半分に雇ったところもあるのだろう。普通の青年が元気一杯な姿を見せてもこうはならなかったかもしれない。

事実、いざ働くことになってからも、宰相や周りの使用人の接し方にはからかい半分な雰囲気があった。仕事で失敗しても怒られることはなかったが、きちんとこなしても幼子（おさなご）をあやすように褒められるだけ。武士としての訓練も小動物に芸を仕込むような感覚だったのだろう。可愛がられてはいたが一人前とは認められていなかった。

それでも一寸法師は不満の一つも言わずに働いた。どんなにからかわれようとも文句を言わず、訓練も淡々と続けた。それは決して真面目で仕事熱心な態度から来るものではなかった。

宰相にはお久（ひさ）という名の娘がいた。大層な美人だった。一寸法師も一目見た瞬間にすっかり心を奪われた。可能ならば懇（ねんご）ろになりたいと思った。一寸法師が懸命に働いたのはひとえにその姿を見せてお久の気を引きたかったからだ。

残念ながら頑張りは実を結ばなかった。

気を引くことには成功した。しかし一寸法師の思惑とは違っていた。

他のみんなと同様、お久が一寸法師に興味を示したのも体が小さかったからだ。身の丈が一寸しかない人間は他にいない。それが珍しかったに過ぎない。どれだけ頑張ろうともお久の一寸法師に対する扱いは子犬を可愛がるようなものだった。それも悪くはなかったが、一寸法師はそれ以上のものを求めていた。

一年が過ぎ、二年が過ぎても、お久との距離は変わらない。とうとう一寸法師は我慢の限界に達した。

ある晩、一寸法師は神棚に備えてあった米を何粒かこっそり持ち出し、お久の寝室に忍び込んだ。そして寝ているお久の口元に米粒をくっつけ、空の布袋を手にしながら大声で泣き真似をした。

声を聞きつけた宰相や数人の使用人が部屋にやって来た。何事かと訊ねる宰相に、一寸法師は自分の蓄えていた米をお久が食べてしまったと告げた。

宰相は躾(しつけ)の厳しい人間だ。娘にも厳しい態度で接していた。娘がこんなはしたない真似をしたと知ったら間違いなく怒る。

予想通りに宰相は激昂し、お久を怒鳴りつけた。あとは適当に庇いつつ落ち込んだお久を上手く慰めて自分の方に心を傾かせれば計画は完遂だった。

ところが宰相の怒りは一寸法師の予想を超えていた。

怒髪が天を衝いた宰相は、愛娘を勘当してしまったのだ。

驚きを隠せなかった。まさか目を盗んでこっそりご飯を食べたことがそこまで宰相の怒りに触れるとは予想できていなかった。

当初の予定ではお久を庇う芝居を打つだけのつもりだったが、さすがに本気で庇わずにはいられなかった。必死に宰相をなだめて勘当を思い止まらせようとした。だが一寸法師の擁護も虚しく、宰相の気が変わることはなかった。

お久は泣きながら荷物をまとめ、まだ日も昇らぬうちに屋敷を出て行った。

重たい足取りで遠ざかって行くお久の頼りない背中を見て、胸中を罪悪感が満たした。心が落ち着かず、体もじっとしていられなかった。たまらずに一寸法師は宰相に暇を申し出、返事をもらうよりも早く彼女の後を追った。

お久に追いつき、一寸法師は自分も一緒について行くと言った。

お久は柔らかく微笑んだ。

「私は今まで屋敷から出たことがありません。ずっと興味はありましたが、外の世界のことは書物でしか知りません。お前がついて来てくれるのなら、とても心強いです」

「あの……姫様。ええと……」

——どうして何も言い訳しなかったのですか？

彼女には一切身に覚えのない話だ。否定することはいくらでもできた。一寸法師が嘘をついていると指摘することだってできた。でもしなかった。なぜだろう。

「何か心配なことでもあるのですか？」

「……いいえ。何も心配なことはありません。何があっても必ず私がお護りいたします」

訊きたかった言葉を飲み込み、一寸法師はそう答えた。本心からの答えだった。

彼女はきっと真実を知っている。知っていて黙っている。家を追い出されてもなお黙っている理由は分からない。ただ彼女が何も言わないのは、無理にほじくり返すことはするなと、暗に示しているような気がした。彼女がそのつもりなら何も言うまい。償いは今後の行動で示せば良い。

お久と二人で旅をしているうちに、段々と一寸法師の心情も変化して行った。狡い真似をして彼女の気を引こうとしていた自分を恥じ、邪な見返りを求めて頑張るのではなく、もっと純粋に誰かのために、お久のために身を粉にすることを覚えて行った。

旅の途中、二人は海へ出た。具体的な目的地があったわけではない。単純に海の向こうがどんなところか気になり、だったら行ってみようということで、舟を借りてまだ見ぬ土地へ繰り出した。

浜辺がすっかり見えなくなり、更にしばらく進むと、濃い霧の中に一つの島が見えた。舟を入り江に着けて二人は島に下り立った。

「不思議な雰囲気の島ですね……なぜこの一帯だけこんなに霧が濃いのでしょう？」

一寸法師も同じ感想を持った。気象には詳しくないがこの一帯だけ霧が濃いのは普通ではない。だが意外にも好奇心が旺盛な元箱入り娘はすぐにでも島を出ようとは言わず、少し島の中を歩き回ってみたいと言い出した。

一寸法師にも同様の思いが少なからずあった。一般的に見ればお久に負けず劣らず一寸法師も世の中を知らない。だからこそ見知らぬ土地を探検してみたい欲求は強かった。普通ではない場所ならばなおさらだ。

島に人の気配はなかった。霧で見えないだけでなく、実際に人の住んでいる形跡が見当たらない。代わりに島の中程に岩でできた洞窟を発見した。

二人は恐る恐る洞窟の中へと歩を進めた。

「だいぶ入り組んでいるようですね。あまり奥まで進むのは危険かもしれません」

ある程度進んだところで一寸法師はそう判断した。お久も聞き入れてくれたので二人で引き返そうとしたが、不意にお久が足を止めた。

「待って下さい一寸法師。何か聞こえませんか？」

耳を澄ますと、確かに人の声が聞こえた。

「誰かここに住んでいる者がいるのでしょうか」

「分かりません……が、住んでいる者がいるのなら、ここはそれほど危険ではないということですね」

二人は声のする方へ向かった。

曲がりくねった道の先に部屋へと続く穴があった。声はその先から聞こえる。

「行ってみましょう」

しかし部屋の入口の前まで来た時に二人は、引き返していれば良かったと後悔した。

中にいたのは人ではなかった。お久の倍近い大きさがあり、頭から角が生えた、人ならざる者だった。ただでさえ小さい一寸法師からすれば巨人だった。

それが三人もいる。

「あの者たちは……？」

初めて見る容姿だった。今までに見たどの動物とも違う。

「あれは、おそらく鬼です」

お久が答えた。

「鬼？」

「私も実際に見るのは初めてですが、我が家にあった文献の中に、あの姿をした者が描かれておりました。大きな体を持つ、頭から角が生えた異形の者。昔の人はそれを鬼と呼んでいたそうです」

「んん？　おい、外に誰かいるぞ」

身の隠し方が甘かったらしい。気づかれてしまった。

三人が外に出て来る。

「人間が来るとは珍しいな。しかも女だ」

三人は興味津々でお久に顔を近づけ、舐め回すように見たり、匂いを嗅ぎ始めた。お久が恐怖に身を竦める。

「久しぶりだな、この匂い。相変わらず良い匂いだ、人間の女ってのは」

「この匂い……なかなかの上物だ。高貴な家の娘のようだな」

「どうする？　報告するか？　それとも今いただいてしまうか？」

友好的な相手ではないことは分かった。

「おいお前たち！　姫様から離れろ！」

一寸法師は精一杯の声で叫んだ。

「今何か聞こえたか？」

三人の鬼が辺りを見回した。

「ここだ！」

腰の針を抜いて一人の足に突き刺す。

「んん？　足に何か当たったぞ……何だこの小さいのは？　人間か？」

三人が一寸法師の存在に気づいた。

「私は一寸法師と申す！　姫様に触れることはこの私が許さぬぞ！」

「貴様が？　はっ」

三人が豪快に笑い飛ばした。地響きのような笑い声に、一寸法師は全身を軽く叩かれたように感じた。

「どう許さぬと言うのだ？　こうすれば一溜まりもないぞ」

三人のうちの一人が一寸法師を踏み潰そうとした。一寸法師は軽やかにかわし、もう一度足に針の一撃をお見舞いした。

「ふん。そんなもの、痛くも痒くもない」

強がりなどではなく本当に全く効いていないのだろう。まるで鉄板に針を刺すような感触だった。

「だがあまりうろちょろされても目障りだ。おとなしく踏み潰されてしまえ」

再び鬼が踏み潰そうとして来る。一寸法師は飛んでかわし、鬼の足の上に乗った。そのまま壁蹴りの要領で駆け上がる。足から腕に飛び乗り、鬼が次の行動を起こすより早く、開けたままになっている大口の中に飛び込んだ。鬼の呆れ混じりの笑い声が振動と共に伝わって来る。

「踏み潰した後に飲み込んでやろうと思っていたのに、自分から飲まれに来るか」

「邪魔な虫も消えたし、これで心置きなく娘をいただけるな」

いただく、というのが言葉通りの意味を指すのかは分からなかったが、いずれにしてもあまり時間的な余裕はないようだ。

一寸法師は手当り次第に針を突き刺し、切りつけた。

鬼が呻き、体を丸めたのを感じた。

「おい、どうした?」

「こ、小僧が中で暴れているんだ……」

鬼が嘔吐(えず)き始める。一寸法師を吐き出すつもりのようだ。

一寸法師は吐き出されるのを堪え、更に体内で暴れ回った後、自らの意思で鬼の口から飛び出した。

鬼が倒れる。

「お前たちもこうなりたくなかったら、姫様に近づかないと誓え！」

針の剣を構えて残り二人の鬼を睨みつける。鬼が引いてくれれば良いと思っての威嚇だったが、逆効果だった。

「ふざけるな。小童が」

二人が一斉に襲いかかって来る。一寸法師からすれば大木のような金棒を手に取り、勢い任せに振り下ろして来た。

一撃ごとに床の岩が砕け、破片が飛び散る。

「姫様！　危険ですので離れていて下さい！」

一寸法師の叫びを聞きお久がその場を離れようとしたが、腰が抜けたのか、一歩を踏み出した途端に地面に崩れ落ちてしまった。

「姫様！」

お久は動かない。

まずいと判断した一寸法師は自らその場を離れ、お久と鬼の距離を開けようとした。完全に狙いを定めている二人の鬼は迷わず一寸法師を追って来た。

ひとまずお久の安全は確保できた。

「ちょこまかと、小賢しい」

再び鬼が金棒を振り下ろす。渾身の一撃を避け、先ほどと同じく避けた金棒の上を駆け上がって、再び鬼の体内へと侵入する。散々暴れ回って痛手を負わせた後、鬼の体が大きく傾くのを感じ、一寸法師は外へ出た。残り一人の鬼にも同じ行動を取った。金棒の一撃をかわし、口から体の中へ入り、針の一撃を何度も浴びせて外へ出る。

深手を負った鬼はやがて倒れた。

「姫様！　ご無事ですか！」

お久の元へ駆け寄る。お久が一寸法師を掬い上げた。

「私は無事です。お前の方こそ」

「私も何ともありません。この通りです」

金棒はおろか、岩の破片の一つも当たっていない。

「お前は本当に強いのですね。たった一人で、こんな大きな鬼を三人も……」

「小さかったことが功を奏したのかもしれません」

一寸法師が普通の人間の大きさだったら体内への侵入は無理だった。あの頑丈な体に対して外から痛手を負わせるのは相当難しい。体の中に入れなかったら勝利は得られなかっただろう。

「とは言え、小さな体に不満がないわけではありませんが」

お久と二人旅を続けるまではさほど気にしていなかった。だがやはり一寸しかない体で彼女を護るのは簡単なことではない。先刻にしたって、もし鬼が一寸法師に構わずお久を襲っていたら、どうなっていたか分からない。お久から距離を取った時、鬼が一寸法師を追って来なかったら——想像するのも恐ろしい。

体が大きければ腰が抜けて動けないお久を抱えて逃げることもできた。そっちの方が安全だった可能性は高いだろう。

大きな体が欲しい。お久を抱き抱えられるだけの体が。

初めて一寸法師は強くそう思った。

「姫様、立てますか?」

小さな体ではお久を抱えることはできない。お久が自力で立って、自分の足で歩くのを促すことしかできない。

「何とか大丈夫です」

少しよろめきながらもお久は立ち上がった。

「ではすぐにここを離れましょう。この者たちもいつ目を覚ますか分かりません」

「待って下さい」

お久の視線が部屋の奥に向けられる。

「あっちの方に、何か光っているのが見えます」

一寸法師も同じ方を見た。視線の先には別の部屋へと続く入口がある。入口の更に向こうで確かに何かが光っていた。

「もしや、あれは外の光なのではありませんか？」

「つまりこっちから出た方が早いと？」

「行ってみましょう」

言うが早いが、お久の足が奥へと向かう。外の光である確信を一寸法師は持てなかったが、お久が向かった以上、黙ってついて行くしかない。

光の正体は外からのものではなかった。

「ここは……宝物庫のようなものなのでしょうか」

「おそらくは」

一言で表すなら金銀財宝の山。一目で金目の物と分かるものが堆く積み上げられている。しかも山は一つではない。部屋の至るところに山がある。宰相の屋敷にもこれほどの財宝はなかった。

一寸法師は山に近づいた。値打ちのあるものばかりだと思っていたが、遠くの山が青いのと一緒で、財宝の山もそばで見ると玉石が混交していた。

「姫様。あれは何でしょう?」

いくつもの山の向こう、部屋の一番奥に、何かが祀られたように置かれている。

「これは、小槌ですか?」

さほど変わったところのない、一見するとたいした値打ちのなさそうな小槌だ。山の中にある財宝の方がよほど価値は高そうだが、どうしてこんな小槌が別格扱いされているような置き方なのか。

お久が小槌を手に取り、回したり翳したりしながら眺めた。

「ああこれは……おそらく、打ち出の小槌というものですね」

「打ち出の小槌?」

「これも文献に載っていたものです。仙人様が作ったとも言われる不思議な小槌で、何でも欲しい物を手に入れることができるとか」

「何でも?」

「願いごとを口にしながらこの小槌を振ると、それが手に入るそうです」

「では、もしかしたらここにある財宝の山も」

「打ち出の小槌で出したのかもしれませんね」

「俄には信じがたい話ですが……」

信憑性はある。不思議な効力を持っているからこそこんな丁重に祀られていると考えれば、説明はつく。

「実際にやってみましょう。そうですね……お米でも出してみましょうか」

お久が小槌を振ると本当に米が出て来た。

一寸法師の中に天啓が閃く。

「姫様。この打ち出の小槌は、大きな体を手に入れることも可能なのですか？」

「何でもと言うくらいですから、可能かもしれませんね。試してみますか？」

一寸法師は逡巡した。

体が大きくなりたいと思っているのは本当だ。しかし大きくなることで失われるものはないだろうか。本当に大きくなって良いのだろうか。

――いや。

迷うことなどない。これからもお久を護り続けたいのなら、仮に失うものがあったとしても、得ることとの大きさを優先すべき。

「……お願いします、姫様」

お久が念じながら小槌を振る。

「お……おお……」

あっと言う間に一寸法師の身長が六尺ほどになった。

「凄い……私の体が……」

少しずつ実感が湧いて来る。地面が随分と遠くに見える、針の剣が掌に収まり、ただの裁縫道具にしか見えなくなる。

何より、お久との目線が近い。

「姫様……」

お久と見つめ合う。お久もさすがに驚いたのか、惚(ほう)けた顔で一寸法師を見ていた。

「これで、今まで以上に姫様をお護りすることができますね」

「一寸法師……」

これまでもお護りするという言葉は何度も口にしているのに、何だか今までとは違う言葉のように感じた。

照れを隠すように、一寸法師はお久の持っていた打ち出の小槌を手に取った。

「そ……それにしても、これは本当に凄いものですね。この小槌を持ち帰れば、都のみんなを幸せにすることもできるのではありませんか？」

「都……？」

お久の顔が曇る。

「一寸法師は都に帰りたいのですか？」

「是が非にとは言いませんが」

「都に帰っても、私たちには居場所がありませんよ」

「この小槌を都に持ち帰って、帝に献上してみてはいかがでしょうか。それだけの功績があればお父上もお許しになるかもしれません」

勘当したとは言え、血のつながりはなくならない。宰相が実の娘を案じていないはずはないのだ。何かきっかけがあれば元の鞘に収まるだろう。

「それに万が一の際は、この打ち出の小槌で住むところも出せましょう」

「……そうですね。二人でこのまま旅を続けるのも良いですが、いつまでもというわけには、やはり参りませんね」

「では、一緒に都に戻りましょう」

一寸法師が小槌を懐にしまうと同時に、部屋の外――三人の鬼が倒れている部屋の更に外の方から何やら声が聞こえて来た。

「仲間の鬼かもしれませんね。見つかる前にここを出ましょう」

お久の手を引き走って部屋を出ようとしたが、腰が抜けた後遺症か、お久はまだ走れるほどには回復していなかった。

一寸法師はお久を抱え上げて走った。一歩で走る距離が今までとは段違い。まるで飛んでいるようだった。

鬼に姿は見られたものの、迅速（じんそく）を得た一寸法師に不安などなかった。追っ手に捕まる危険もなく洞窟を脱出し、入り江に戻って舟に乗る。

今までの旅を逆走する形で二人は都へと戻った。

打ち出の小槌の効果は絶大だった。小槌自身の持つ効力はもちろん、それを目の当たりにした宰相や宮中の人たちの小槌を持ち帰った二人に対する評価は並々ならぬものがあった。こぞって二人を称賛し、帝に至っては一寸法師に役職を与えて宮中に仕えさせた。宰相も勘当を解いた。

一寸法師とお久は都の一角に居（きょ）を構え、夫婦として一緒に暮らし始めた。

幸せな時間が流れた。お久と過ごす時間は元より、宮中の仲間と宴（うたげ）に興じたり、近くに住んでいる寺の住職と酒を酌（く）み交わしたり、何もかもが楽しかった。徐々に屋敷の使用人も増え、全てが順風満帆だった。

やがて娘が一人生まれた。二人は娘をお千代と名づけ、大変に可愛がった。

愛娘の誕生により幸福の追い風は更に強くなった。

ところが風は唐突に止んでしまった。

都に戻ってから二年ほど経った頃、鬼の大群が都に攻めて来た。鬼たちは暴れ回り、破壊の限りを尽くし、都を壊滅に追いやった。

その実際を一寸法師は見ていない。彼らの暴れ回る姿を一切見ることなく一寸法師は都を後にした。

騒ぎが起きた時、一寸法師は寝室にいた。喧騒が聞こえて目を覚ました直後、使用人の娘がやって来て事の次第を話した。彼女は自分が鬼の娘であると明かし、騒ぎの原因が自分にあると言った。自分は復讐のために一寸法師に近づいたが、使用人として仕えているうちにその気が失せてしまった。それを知った鬼たちが、代わりに一寸法師に復讐を果たすためにやって来たのだと。

彼女は一寸法師を都から逃がしたいと言った。

一寸法師は一人の人間として彼女を信頼していた。彼女が鬼と知っても信頼は揺らがなかった。だから素直に彼女の誘導に従い、都を出て山へ入った。そして娘から受け取って飲んだ水の効果で、一寸にはならなかったものの、一寸法師の体は赤子の状態まで縮んでしまった。

以後のことはよく分からない。一寸法師としての記憶はそこまでで、あとは桃太郎としての記憶しかない。今の今まで自分が一寸法師だったことは完全に忘れていた。

全てが自分だった。和尚が言っていた酒飲み仲間も、頼光の昔の知り合いも、金太郎が言っていたかつて鬼ヶ島に行ったことがある人物も、全て一寸法師——昔の桃太郎のことだった。

鬼が都に攻めて来た原因を作ったのも自分だった。一寸法師として鬼ヶ島に行った際に倒した仲間の復讐のために、彼らは都を壊滅させたのだ。

お千代がくれた、母の形見である裁縫針の元々の持ち主も自分だった。なぜお久が都から逃げ出す時に針を持っていたのかは分からない。仮にも鬼を倒した針だ。お守り代わりになるとでも思ったのだろうか。

鬼たちが桃太郎を知っていたのは先祖に同胞がいたからではなかった。一寸法師の頃の桃太郎を彼らが知っていただけだった。

乙姫の言葉が思い出される。

本当に偶然ではなかった。桃太郎は、桃太郎が桃太郎である以前から、鬼たちとの、鬼ヶ島との因縁があったのだ。

## 16　因縁の決着

目を開ける。すぐ目の前に何の感情も読み取れない頭領の顔があった。

「理解したか？　貴様が犯した罪を」

「僕は、以前にもこの手で……」

「我らとて不死身ではない。どれだけ肉体が頑丈でも、血管を切り裂かれ、心臓を貫かれれば死ぬ。たとえ小さき刃であってもな」

「お婆さんが僕を拾った時、僕が桃の中に入っていたのは……」

「あれは我らが屋外で体を休める時などに使用する、外敵から身を護るための防塞のようなもの。我が娘がこの島から出る時に持って行ったものだ。貴様はあの時、若返りの水を飲んだ後、娘の手によってその中に入れられたのだ。感謝するのだな。娘は桃に入った貴様を背負っていくつもの山を越え、我らの追撃から貴様を逃がした。おかげで貴様は今ここに立っていられるのだ」

「あの子は今どこに？」

頭領が目を伏せて首を横に振る。

「あれは、貴様を逃がした後から行方が分からぬ。神通力を使っても交信することができん。おそらくもう生きてはいまい。馬鹿な娘よ。怨恨と恋慕の板挟みに耐えきれず、自ら命を捨てるとはな」

「そんな……」

どう考えても桃太郎を逃がしたゆえの末路だ。

途端に全身の力が抜けた。立っていることも叶わず、その場にしゃがみ込む。

頭領が無機質な目で桃太郎を見下ろす。

「今の貴様はとてもそんな器の持ち主に見えぬが、どうやら貴様には周囲が身を挺するだけの価値があるようだ。娘だけではない。この島に来る前に同胞と会っただろう？　彼奴もまた、貴様のために身を挺した」

岩になった鬼の親子。確かに桃太郎一人のためではなかったとは言え、命を懸けてくれたことは事実だ。

「貴様が同胞の命と打ち出の小槌を奪ってからもう二十年ほど経つ。昨日のように思い出せたところで、それだけの年月があれば、中には復讐心が薄れる者も出て来る。あの同胞のように」

鬼たちはずっと、桃太郎への復讐の念を抱き続けていた。そんな中であの鬼の父は、島のどす黒い空気に徐々に嫌気が差し始めていた。いつまでそんな恨みを抱えて過ごしているのだ、こんな状態で酒を飲んでも全く美味くないだろうと。

元より、彼はあまり好戦的な性格ではなかった。力は同胞の中でも強い方だったが、平和主義で、だからいつまで経っても桃太郎への恨みがなくならない同胞たちとの間に、少しずつ軋轢（あつれき）が生じていた。溝は深まるばかりで最後まで埋まることはなかった。

結局、彼は息子を連れて半ば追い出される形で鬼ヶ島を出て行った。

「――その後どうなったかは、貴様も知っている通りだ」

山奥での隠居生活。桃太郎との再会。そして、岩への変貌。

「彼奴は岩になる直前、我らに交信して来おった。あの時の小僧……貴様の成長した姿を見たとな。良い男になった、だから貴様がここに来ても、もう復讐を果たそうなどと考えるな……と」

「あの鬼が、そんなことを……」

「我らは貴様への復讐のために都を壊滅させ、そして今もなお、貴様を恨んでいる。彼奴はそれを忍びないとでも思ったのだろうな。だから貴様への罪滅（つみほろ）ぼしの意味も込めて、貴様や貴様の仲間のために体を張ったのだろう」

因果というのは、全てが一本の鎖、いや、網の目になってつながっている。桃太郎にはそう思えた。つながっていない、一見何の関係もないように見えるのは、単に真実を知らないだけ。偶然は、必然が仮面を被っているだけ。

「前に僕が倒した二人の鬼は、何かを探していたけれど」

「都を壊滅させた時、打ち出の小槌も回収するつもりだった。しかし見つからなかった。あれはこの島一番の宝。我らの命よりも大事なものなのだ。ゆえに、同胞たちが各地で行方を探っていた。貴様への復讐の半分は、あの小槌を持ち去ったことにある」

やはりつながっている。これも元々の原因は桃太郎にあった。

自分が諸悪の根源に思えて来る。二十年前、鬼の同胞たちの命を奪わなければ、打ち出の小槌を持って帰らなければ、都が壊滅することもなかった。金太郎の父が命を落とすこともなかった。金太郎の父だけではない。頭領の娘も、岩になった鬼の親子も、おちゅんだってそうだ。お久も健在で、お千代が病に倒れることもなかったかもしれない。和尚もあんな絶望を味わうことはなかった。

一寸法師だった頃、お久にあんな悪戯をしなければ、鬼ヶ島に来ることもなかった。都に出て来なければ、お久に出会うこともなかった。あのまま、身の丈一寸のまま、田舎の片隅でひっそりと暮らしていたら、今頃は――。

「話は終わりだ。立て、桃太郎。そして刀を抜け」

頭領が金棒を桃太郎の眼前に構えた。

「物事にはけじめが必要だ。ゆえに我らと貴様は、ここで決着をつけねばならぬ」

「決着？」

「貴様は我が同胞の命を奪い、島の宝をも奪った。だが我らも都を壊滅させ、多くの人間の命を奪った。貴様の仲間の命もだ。互いに相手に恨みがあるのは同じ。晴らしたいと思う気持ちも同じであろう」

「……僕は……」

「我らを恨んでいないとでも言うつもりか？　本心からそう言いきれるか？」

言いきれない――が、元を辿れば桃太郎に全ての原因がある。真に恨むべきは自分自身なのではないか。

「で、でも、お互い同じ気持ちだって言うのなら、それこそ、争って決着をつけなくても良いと思うんだけど。もっと平和的な解決方法が……」

「無理な相談だ。痛み分けなどという選択肢はない。百歩譲って我一人が貴様との和睦に応じたとしても、同胞たちは聞き入れぬ。彼奴らを納得させたいのであれば、我が首を取ることだ」

脇にいる二人の鬼も金棒を構え、臨戦態勢に入った。

「貴様の方も同じではないのか？　貴様一人が納得したところで、向こうの間にいる人間どもはどうなる？　彼奴らは都の人間なのだろう？　簡単に怒りを収めることができるのか？　簡単に我らを信用できるのか？」

　後ろを振り返り金太郎を見る。表情は読めない。

「我ら二人は今、同じ立場にいるのだ。自分一人だけの意思がまかり通る状況ではない。同胞たちの恨みも背負っている。和睦など、できるはずもなかろう？」

　頭領の言い分も分からないではない。むしろ頼光や討伐隊の意を汲んでいるのは頭領の方だとすら思える。

「よいか桃太郎。これは善悪を決める戦いなどではない。正義も悪もない、ただの恨みのぶつけ合いだ。餓鬼(がき)の喧嘩と変わらぬ、矜持(きょうじ)なき争いよ。ゆえに、戦わず双方に犠牲を出さないようにしたいという正義など、何の意味も持たぬのだ」

「ここまでだな、桃太郎」

　金太郎が話を遮った。

「お前さんの意思は尊重してやりてえけどな。この感じじゃ話し合いは無理そうだ。猶予もそんなにあるわけじゃねえ。短時間での説得が無理ならやるしかねえよ」

金太郎が腰を落とし、四股を踏んだ。

「本当はオイラがその大将と力比べしてみてぇとこだが、けりつけなきゃならねえのはお前さんのようだからな。オイラはこっちの、父ちゃんの命を奪った奴で、オイラなりにけじめをつける。シロたちはもう一人の鬼と戦えるかい？」

シロ、サスケ、おトヨが各々金太郎の声に応えた。

「なあ桃太郎。お前さんは優しい奴だ。オイラはそれをよく知ってる。でも優しいってのは、戦わないって意味じゃない。時には刀を抜かなきゃならねえこともある。誰かを傷つけてでも誰かを護らなきゃならねえ時もある。そういう優しさもあるんだ。オイラたちは人間だ。神様仏様じゃねえ。だからいつでも全員を救えるとは限らないんだ。両手で抱えられるものなんて、たかが知れてんのさ」

頼光様の受け売りだけどな、と金太郎は頭を掻いて笑った。

「そういうわけだから、いっちょやらせてもらうぜ！」

言うが早いが、金太郎と側近の鬼が瞬時に間合いを詰め、一合目を打ち合った。鬼の金棒を金太郎が鉞で受け止める。幾度かの押し合いがあった後、金太郎が鉞を大きく振り回した。耳をつんざくほどの鈍い音が響き渡り金棒が弾き飛ぶ。

鬼の手から金棒が離れたのを見て金太郎も鉞を放り投げた。

「武器を捨てるとは、何のつもりだ？」

「へへ。やっぱり力比べはこうでなくっちゃ」

金太郎が鬼の腰に飛びつく。鬼も応戦し、がっぷり四つに組む形になった。

シロたちも競り合いが始まっていた。シロが素早い動きで鬼の猛攻を引きつけつつも巧みにかわし、おトヨが隙を見て空中から近づき、突いてまた離れる。サスケは少し離れた場所で辺りの様子を調べながら細かく移動を繰り返している。

「どうやら貴様よりも、仲間の方が理解しているようだぞ。今は戦わねばならぬ状況だということを」

立て、と頭領が桃太郎を睨んだ。

足に力が入らない。立たなきゃいけないことは分かっていても、体が言うことを聞こうとしない。金太郎の言うことが正しいと思う反面、己の非を全面的に認めようとする自分もいて、刀に手が掛からない。

恨みのぶつけ合い――本当にそうなのか。全ての事情を知れば、頼光や討伐隊だって桃太郎が悪いと判断するかもしれない。それならば今ここで、自分が頭領の一撃を受けて砕け散ってしまうのが正解なのではないか。

「――などと考えているのではあるまいな、桃太郎よ？」

神通力を使われるまでもなく頭領に考えを読まれた。

「まだ分かっておらぬようだな。貴様がおとなしく殺されれば万事解決か？　貴様が死んだところで、後ろで戦っている奴らの状況は何一つ変わりはせぬぞ。貴様の死によって士気が下がる分、状況は悪化するであろうな。それが貴様の望むところか？　貴様を倒せば恨みは晴らせるが、我らの歩みは止まらぬぞ。打ち出の小槌も回収せねばならぬ。貴様を殺し、後ろの仲間を殺し、都から来た者どもを殺し、それでも我らは止まらぬぞ。多くの街や村で更なる犠牲が出るであろうな。それでも構わぬと言うのか？　誰も護れず、誰も護らず死ぬことが貴様の望みか？　もしそうであるのなら、もう何も言うことはない。今すぐに、辞世（じせい）の句を詠む間もなく死んでゆけ」

頭領がゆっくりと金棒を振り上げる。

「あの世で我が娘に会ったら、詫びの一つでも入れるのだな。せっかく助けてもらった命を粗末に扱ってごめんなさい、とな」

金棒が振り下ろされる。地面に叩きつけられるまで実際には刹那（せつな）にも満たない時間だったが、桃太郎には異様に長く感じられた。

間一髪のところで桃太郎は横に飛んで転がり、頭領の一撃を避けた。

「ほう。ようやく枷（かせ）が外れたか」

ゆっくりと立ち上がって体勢を整え、刀に手を掛ける。

桃太郎は思い出す。

そして今、改めて思う。

自分は何のために刀を抜くと決めたのか。

断じて恨みを晴らすためではない。

ここでおとなしく殺されれば、鬼たちの恨みは晴れる。諸悪の根源が断たれたと、責任を取った気になれるかもしれない。

でもみんなはどうなるのか。

一緒に来てくれたシロやサスケ、おトヨ。刀をくれた、護る力をくれたおちゅんたち。道を拓いてくれた金太郎や討伐隊。島まで運んでくれた浦島と乙姫。命を懸けてまで海を渡れるようにしてくれた鬼の父。

都から命を懸けて逃がしてくれた、頭領の娘。

ここで自らの命を粗末に扱うことは、ここまで導いてくれたみんなの思いも粗末に扱うことになる。誰も助けることもせずに、ただ無意味に死んで行くことになる。多くの街や村で更なる被害が出るのを黙って容認することになる。

それで良いのか。良いわけがない。

誰も護らなければ、みんなの仲間を名乗る資格なんてない。誰も護れなければ、岩鬼やおちゅんにあの世で会わせる顔なんてない。頭領の娘にも申し訳が立たない。

諸悪の根源だから何だと言うのか。責任を感じているのなら、全てが終わった後に裁かれれば良い。死ぬのはみんなを護ってからだ。

頼光とも約束した。最善を尽くすと。この状況における最善とは黙って殺されることなのか。断じて否。

この状況における最善とは――。

桃太郎は刀を抜き、両の手でしっかりと握った。

切っ先を頭領の顔に真っすぐ向ける。

余計な感情を削ぎ落とすために、精神を研ぎ澄ませる。

「迷いが消えたようだな。それで良い。ではゆくぞ」

頭領が間合いを詰めて来た。

振り下ろされる金棒を、桃太郎は避けずに刀で防いだ。

全身を打ちつけられたような感覚。さすがは鬼の群れを束ねる総大将だ。前に戦った鬼の一撃とは比べ物にならないほど重い。

手に痺れを感じながらも、桃太郎は何とか金棒を薙ぎ払った。

続けざまに攻撃が来る。今度は幾分軽い。刀で弾くことができる。

金棒が振り回される。刀で受け止め、弾く。金棒が振り下ろされる。刀で受け止め、弾く。その繰り返し。

攻撃に転じるだけの隙ができない。相手の手数が多く、そして速い。弾いているだけでもじりじりと体力を奪われ続ける。とてもじゃないがきびだんごを食べて回復している余裕はない。

過去二回の戦いはどちらもシロが隙を作ってくれた。今回は自分一人の力で何とかしなければならない。前回以上の相手に対して。

再び金棒が頭上から振って来る。今度は刀で受け止めず、距離を取るため、後方に大きく飛んで回避した。

「少々興醒(きょうざ)めだな。防戦一方とは」

こちらは呼吸を整えるので精一杯。対して向こうは、息を切らすどころか、余計なお喋りを挟む余裕すらある。

刀を握り直す。握力が落ちているのがはっきりと感じ取れた。

頭領の一撃は速くて重い。立て続けに受け止めていれば、こうなるのは自明(じめい)の理(り)。弾くのにだって相当な力を要する。反動も大きい。

こちらから仕掛けなければ――。

覚悟を決めて前に出ようとした瞬間、頭領の方が先に距離を詰めて来た。

もう一度後ろに飛んでかわす。受け止めても体力を削られる、弾いても体力を削られるとなれば、避けるしかない。

避けきれない攻撃のみ刀で受けながら、桃太郎は反撃の隙を窺った。

回避と後退を続けるうちに、背が壁際に近づいた。

頭領の金棒が横一線を描く。桃太郎はまたも飛んでかわした。

金棒が激しい音を立てて壁に大きくめり込む。

隙間――。

桃太郎は壁を蹴って高く飛び上がり、鬼の背後に回り込んだ。

上空から頭領の背に向かって刀を振り下ろす。

「甘いな」

めり込んだ金棒を頭領はいとも容易く振り抜き、桃太郎の一撃を受け止めた。金棒が大きく払われ、桃太郎は後ろに飛ばされた。

地面に着地するや否や、頭領が間髪いれずに次の攻撃を繰り出して来た。今度は後ろに飛ばず、しゃがんで金棒をかわす。

桃太郎は頭領の体勢を崩そうと足払いを仕掛けた。しかし足払いが決まるよりも一瞬速く、桃太郎は逆に頭領に蹴り飛ばされた。ぎりぎり刀の横腹で受けたが、重たいのは金棒だけではなかった。

受け身が取れず床を転がり、桃太郎の体は反対側の壁に叩きつけられた。

隙を作るつもりが反対に大きな隙を見せてしまった。頭領が見逃すはずがない。

桃太郎が壁を支えに立ち上がった時には、頭領は次の一撃を繰り出していた。

とっさに刀で受け止める。先刻までの一撃よりも重く感じられた。攻撃の威力が増したのではない。桃太郎の体力が大きく削られたせいだ。

金棒が押し込まれる。桃太郎の足が地面にめり込んだ。

ここで押し負けたら文字通り敗北を喫してしまう。咆哮と共に桃太郎はありったけの力を込めて金棒を押し返した。

金棒に引っ張られ、頭領の体が僅かに後ろに傾く。桃太郎は頭領に向かって刀を振り下ろした。頭領は金棒に引っ張られる力を利用し、宙返りをしながら桃太郎の手を蹴り上げた。刀が桃太郎の手から離れる。

刀は真っすぐに跳ね上がり、天井に突き刺さった。

「しまっ……」

体勢を立て直した頭領が、またも金棒を振り下ろして来る。刀で受け止めることはできない。桃太郎は飛び上がって一撃をかわし、金棒の上に着地した。一時凌ぎだが金棒による追撃を防げた。

頭領が空いている方の拳を下から突き上げるように放って来た。桃太郎は金棒から離れて拳の上に乗った。勢いを利用し、高く跳躍する。

刀に手が届いた。力任せに一気に引っこ抜く。

刀を逆手に持ち替えて切っ先を下に向ける。頭領の脳天目掛けて落下。頭領が軽く後ろに飛んだ。刀が地面に刺さる。

頭領が金棒を突き出して来た。身を翻して避ける。

回転の勢いを殺さず、桃太郎は真一文字に刀を薙いだ。刀は頭領の横腹を捉えている。

この間合いと速度なら頭領もかわせない。桃太郎はそう思った。

だが——

「なっ……⁉」

刀が掴まれる。桃太郎の何倍もある握力。びくとも動かせない。

刀を掴む鬼の手から鮮血が滴り落ちた。

「辞世の句は浮かんだか？」

横から金棒が飛んで来る。刀を手放す判断が瞬時にできなかったせいで、動作が一歩遅れてしまった。刀は動かせない。かわす時間もない。

「くっ……！」

桃太郎は無意識に、首から下げている裁縫針を掴んだ。紐を引き千切り、頭領目掛けて投げつける。

針は頭領の目に刺さった。

「小癪（こしゃく）な！」

頭領の動きが止まる。刀からも手が離れた。

ここしかない。この千載一遇（せんざいいちぐう）の機を逃せば次はない。目を押さえている今なら、再度刀を掴まれることもない。

刀を順手に持ち直し、渾身の力を込め、雄叫びを上げて刀を突き出す。

鋼鉄の肉体に、刀が深々と刺さった。

「ぐうっ……！」

確かな手応え。心臓を貫いた以上、これは——勝負ありだ。

桃太郎と頭領は、もつれ合いながら倒れた。

「……ふん。たったの一撃で負けるとは、一族の頭領が聞いて呆れるわ」

自らを嘲（あざけ）るように頭領が言った。

桃太郎は起き上がり、頭領から離れた。

胸に刺さった刀を抜く。血溜まりが広がった。

「たいした男よ。我が娘や同胞の目に狂いはなかったようだな。我自身の目にも」

「え？」

ふっ、と頭領が鼻で笑う。

「負け惜しみに聞こえるであろうな。だが元よりこうなることは分かっておった」

「どういう……意味？」

「先にも言ったであろう。二十年も経てば、復讐心が薄れる者も出て来ると」

「……？　まさか……」

あれは、岩になった鬼の父だけを指したわけではなかったのか。

「ふん。我には二十年も要らぬわ。貴様がまだ一寸法師と名乗り都に住んでいた頃から既に、貴様に対する恨みなど、とうに風化しておった」

「何……だって？」

それはつまり、鬼が大挙して都を壊滅させた時点ではもう――。

「貴様には感謝しておったのだ」

「感謝？」

「確かに貴様は我らの大事なものを奪った。それは許されるものではない。だが貴様は、正体を知らなかったとは言え、我が娘を慈しんでくれた。家族同然に、いや、それ以上にだ。我でもあそこまで娘を可愛がってはやれんかった。娘がどのような気持ちで貴様と共に過ごしていたかは、我が一番よく知っている。貴様を心底慕い惚れ込む代わりに、娘の中から貴様に対する復讐心は消えて行った。だがそれは、娘一人だけのものではなかったのだ。なぜかな……娘の中から復讐心が消えて行くと同時に、我の中からもそれは消えて行ったのだ」

「でも、じゃあどうして……」

　都を壊滅させたりなんてしたのか。

「それも言ったであろう。我は、我一人だけの意思を背負っているわけではない」

　同胞たちの桃太郎に対する恨み。二十年経っても風化していない彼らの復讐心。

「いくら我でも、娘が惚れてしまったから貴様に対する怒りを収めてくれなどと同胞たちには言えん。そんなものは頭領が言うべき言葉ではない。だが貴様が殺されるのを黙って見ているわけにもいかん。我の方が娘に会わせる顔がなくなってしまうからな。ゆえに、こうするしかなかったのだ」

「こうするしか？」

「我は同胞たちに言ったのだ。もし我が貴様と戦って負けた時は、潔く復讐も諦めようではないか……と。それが我にできる精一杯だった。仮にも我は一族を束ねる長。我の負けは一族の負けに等しい」

「僕がいずれこの島に来るって思ってたの？」

「根拠はなかったがな。必ず来ると思っていた。道中、同胞と遭遇するところまでは予想していなかったが」

「初めから僕と戦って、負けるつもりだったってこと？　どうしてそんな、回りくどい方法を……」

「貴様にはそう思えるかもしれぬが、我にはこれが一番の近道だった。貴様を生かしつつ同胞たちを納得させるには、貴様にこの首を取らせるのが最善だった。貴様が戦意を失ったままの時はどうなるかと思ったが」

「それであんな……」

発破（はっぱ）を掛けるようなことを散々言ったのか。戦意喪失した桃太郎を奮い立たせて、自分を討ち取らせるために。

「本当に、こうして戦う以外に道はなかったの？」

「我がおとなしく首をやると言ったところで、どうせ貴様は斬れぬであろう？　ならば戦って討ち取らせるしかないだろう。自害もできぬしな」

「そんなことをしても、同胞の怒りは収まらないから？」

「そうではない。我らはいかなる理由があろうとも、自ら命を絶つことはせぬ。種族の本能として、深く刻み込まれているのだ。貴様ら人間や他の生物に比べて、我らは数が少ない。ゆえにその数を自ら減らすのは一族の誇りを穢（けが）す行為であり、同胞たちへの最大の侮辱を意味する」

「でも、あの岩になった鬼は……」

「貴様は何か勘違いしているようだな。彼奴は死んだわけではない。岩に姿を変えただけだ。二度とあの状態から戻ることはできないが、命を捨てたわけではない。岩として生き続けているとでも思えば良い」

「そう……なんだ」

どういう感情を持ったら良いのか分からない。死んでいないことを喜ぶべきなのか、それでも岩から戻ることはないわけだから、やはり悼（いた）むべきなのか。

もう良いだろう、と頭領が目を閉じた。

「話し疲れたわ。貴様は我の首を持って、早く向こうの間へ行け」

それはつまり――。

「今ならできるだろう？　貴様が首を刎ねようが刎ねまいが、どうせ我は死ぬ。だが早いとこ勝利を宣言しなければ、我以外の死者が増えるぞ」

「でも……」

頭領の言い分は分かる。だが本当に何も打つ手がないのだろうか。

「……そ、そうだ！」

桃太郎は巾着袋を手に取った。

きびだんご。今ならまだ間に合うかもしれない。

このまま死ぬのを待たなくたって、少なくとも勝負はついたわけだから、無理に首を刎ねずとも十分なのではないだろうか。

「止せ。それが何かは知っている。余計なことはするな」

目を閉じたまま頭領が言った。

「きびだんごは万能薬ではない。今の我のように、もう助からない状態の者が食べても効果は発揮せぬ。傷ついた仲間のために取っておけ」

きびだんごが駄目なら、他に手はないだろうか。

――思いつかない。

「……一つだけ訊き忘れておった」

頭領がうっすらと目を開いた。

「桃太郎よ。打ち出の小槌がどこにあるか、今の貴様には分からぬのか？」

桃太郎は無言で首を横に振った。

「そうか……仕方あるまい。もし貴様が所在を知っていれば、島まで持って来て欲しいと頼みたかったが……」

「今はどこにあるか分からないけど、でも約束するよ。元々僕が勝手に持ち出したのが悪いんだ。だから必ず捜し出して、この島に持って来る」

頭領は僅かに口元を緩ませ――

「……もう二度と、我が娘のことを忘れてくれるなよ」

再び目を閉じた。

桃太郎は刀を持つ手を上に上げようとして――

すぐにまた下げた。

「この期に及んで躊躇すんなよ」

声のした方を見る。サスケがうつ伏せになった鬼の上で胡坐（あぐら）をかいていた。

「何とか勝利したぜ。でもシロとおトヨの疲労と怪我が大きい。きびだんごをくれ」

鬼の隣でシロとおトヨも横たわっていた。

巾着袋を投げる。サスケが受け取り、中からきびだんごを取り出してシロとおトヨに与えた。二人の回復した様子を見てサスケは桃太郎に視線を戻した。

「今の話、俺も聞いてたよ。あとはその大将の首を持ってあっちに行けば、万事解決ってことだろ？　じゃあやることは決まってるじゃんか。何で躊躇するんだ？」

「それは……」

「お前は本当に、ここぞって時ほど優柔不断になるんだな。護るために刀を振るうのがお前の信条なんだろ？　大将の首を取れば討伐隊を護れるぞ。迷ってどうすんだよ。俺に竜宮城で何て言ったか忘れたのか？　手遅れになってからじゃ遅いんだろ？　お前が躊躇すればするほど、向こうが手遅れになる確率は上がるんだぜ」

「へえ、サスケがそんなこと言うなんて意外だね。鬼が化けてるんじゃないの？」

シロがサスケに鼻を近づけて匂いを嗅いだ。

「うるせえな。竜宮城ん時の仕返しだよ。手遅れになる前にって桃太郎が言ったせいで、あまりのんびりできなかったからな。やられたらやり返すのが俺の信条なんだ」

「……ありがとう、サスケ」

ふん、とサスケはそっぽを向いた。

この期に及んで躊躇するな――サスケの言葉が脳内で繰り返される。

刀を持つ手に力を入れ、ゆっくりと振り上げる。

不意に何者かに腕を掴まれた。手の動きが止まる。

「金太郎……」

「手が震えてるぜ。そんなんじゃ無理だろ。下がってな」

金太郎たちが取っ組み合っていた場所に視線を向ける。鬼が仰向けに伸びていた。

「たとえ誰かを護るためであろうと、無抵抗の人間に刃を向けたくはない。お前さんはそれで良いんだ。お前さんは十分戦ったよ。あとの汚れ仕事は討伐隊が引き受ける」

「金太郎……君のお父さんが命を落としたのは、僕が……」

都でのこと。一寸法師だった頃の自分。思い出したことを桃太郎は包み隠さずに金太郎やシロたちに話した。

話を聞き終えた金太郎は一言、気にすんな、と笑っただけだった。

「誰にだって欲ってのはあるもんだ。魔が差すことだってある。言ったじゃねえか。オイラたちは神様仏様じゃねえんだって。お前さんが良い奴だってことに変わりはねえよ。第一、もしお前さんが嫌な奴だったら、シロたちだって懐かないぜ。動物はそういうの敏感だからな。嫌な人間には懐かないんだよ。だろ？」

「もちろんだよ」

「私も桃太郎さんが悪い人だなんて思ってません」

シロとおトヨが答えた。サスケは何も言わずふんと軽く鼻を鳴らしただけだったが、金太郎の言葉を否定はしなかった。

「なあ桃太郎。仮に初めて会った時から既にお前さんが一寸法師としての記憶を全部持ってて、今言ったことをオイラに話していたとしても、オイラはお前さんと親友になってたと思うぜ。だからよ——」

金太郎が落ちていた鉞を拾う。

「——これからも変わらずに、オイラの一番の親友でいてくれ。それだけで十分だ。謝罪はいらねえ。お前さんが一番の親友ってのは、オイラの何よりの誇りなんだよ。だからこれからも自慢させてくれ」

金太郎は頭領の首の上で鉞を大きく掲げ、力一杯に振り下ろした。

地響きが起こるほどの爆音と共に、鉞が地面に叩きつけられる。

頭領の首が胴から離れた。

金太郎が首を拾い上げる。

「これでオイラも、討伐任務完了だ」

断末魔（だんまつま）の叫び一つ上げず最期を遂げた頭領の表情は、どこか満足げに見えた。筋書き通りの結末を迎えられたからか。

背後から喧騒が聞こえる。振り向くと、岩の壁を突破したらしい数人の鬼がなだれ込むように部屋の中に入って来た。

金太郎が鬼たちに向かって堂々と宣言する。

「大将の首は討ち取ったぜ」

「何だと⁉」

「頭領が……まさか、小僧にやられたと言うのか？」

鬼たちの視線が金太郎の手と桃太郎を交互に見やる。敗北の動かぬ証拠を確認した鬼たちは瞬く間に室内の空気を迷いと戸惑いに変えた。

「この勝負はオイラたちの勝ちだ！」

金太郎の勝ち名乗りを聞いた鬼たちは、頭領との約束もあってか、完全に意気消沈した。

全員が力なく崩れ落ちる。

「こいつらはもう大丈夫そうだな。向こうに急ごうぜ」

金太郎が桃太郎の背中を力強く叩き、鬼たちを尻目に部屋の外へと駆けて行く。

「行こう、桃太郎さん。戦いを終わらせなきゃ」

「……そうだね」

桃太郎も金太郎の後を追った。更にその後ろからシロ、サスケ、おトヨがついて来る。

岩の壁は完全に取り払われていた。鬼の父が蔵を解体した時のことを思い出す。鬼の力をもってすれば、これくらいは可能か。

広間に戻って来る。

鬼と討伐隊の戦いは続いていた。激しい競り合いが至るところで起こっている。

「戦いは終わりだ！」

広間中に響き渡る声で金太郎が叫んだ。みんなの視線が徐々に金太郎に、金太郎の横にいる桃太郎に集まる。

金太郎が一人の鬼に向かって頭領の首を投げた。

受け取った鬼から一気に戦意が失せていくのを感じる。空気は波紋のように広がり、残りの鬼たちも次々に戦意を喪失していった。対照的に、討伐隊は桃太郎や金太郎を見て歓声を上げた。雄叫びにも近い歓声が室内の空気を震わせている。

頼光が走り寄って来る。満身創痍（まんしんそうい）とまでは言わないが、鎧がところどころ欠けていて血の流れる跡も見える。それでも頼光は痛みも疲れも一切顔に出さずに、晴れやかな笑顔を桃太郎たちに向けた。

「金時！　大義であった！」

「はっ！」

金太郎が片膝をつく。

「桃太郎殿……望んだ結果ではないだろうが、それでも礼を言わせて欲しい。よくやってくれた」

話し合いに失敗したことは一目で分かる。だからこその言葉だろう。

頼光は昔の桃太郎を、一寸法師を知っている。

桃太郎は一度深呼吸をしてから、頼光にも自分の過去を話した。

「……そうであったか。どうりで同じ目をしているわけだ。懐かしいな。当時はよく一寸殿と一緒に、坂田殿に稽古をつけてもらったものだ。我々は三人とも年が近く、宮仕えを始めた時期もほぼ一緒であったが、坂田殿の強さは最初から群を抜いていたからな」

今なら思い出せる。確かに彼の強さは途轍もなかった。宮中の誰よりも強かった。都に鬼が攻めて来た時も一番勇猛に戦ったに違いない。

「しかし、なるほどな。彼らは仲間の仇討ちや打ち出の小槌の奪還のために、都に攻め入って来たのか。我々は誤解していたようだな。鬼をただの無法者だと決めつけ、理由もなく攻めて来たと思っていた」

頼光が広間にいる鬼たちを見渡す。気を失って倒れている者、戦意を喪失して座り込んでいる者、ただ無表情に桃太郎たちを見て立ち尽くしている者、鬼の様子は様々だ。

「全ては僕のせいです。だから僕は……」

「裁きを受ける、とでも言うつもりか？　一寸殿……いや、桃太郎殿。そんなに自分を責めるものではない。誰もお主を裁くことなどできんよ」

「でも……」

「お主の当時の功績は誰もが認めるところ。それに打ち出の小槌をこの島から持ち出したのが罪と言うのなら、惜しげもなく使った我々も同罪であろう」

「僕が持ち帰ったりしなければ、みんなが使うこともなかった」

「お主が持ち帰って来なければ、あれだけ都が栄えることもなかった。あの時は都に住む誰もが小槌の恩恵に与っていた。桃太郎殿一人に罪をなすりつけるのは、あまりにも無責任ではないか。都が壊滅したのは桃太郎殿のせいではない。言うなれば天罰よ。全員が私利私欲のために安易に打ち出の小槌を使った罰だ」

「打ち出の小槌は今どこに？」

「残念ながら所在は分からん。都の壊滅と共に壊れてしまったのか、あるいは誰かが騒動に紛れて持ち去ったか」

打ち出の小槌は簡単に壊れるような代物ではない。おそらくは後者だ。

「あれが見つかっていたら都の復旧にも使っていたのであろうが、今にして思えば、見つからなくて良かったのかもしれんな。また天罰を受けていたかもしれぬ」

何でも願いを叶えてくれる不思議な小槌。便利だが、人間には少し荷が重い道具だったのかもしれない。

「しかし、何はともあれ我々の任務も終わりだ。負傷した者はいるが、幸い死者は出なかった。桃太郎殿のおかげだ。仮に裁きを受ける立場であったとしても、今回の功績で帳消しにできるだろう」

金太郎も頼光も、どうしてこうも簡単に許してくれるのか。桃太郎を優しい奴と評するのならば、彼らの方が、それこそ神様仏様のように優しい。

なあ桃太郎殿、と頼光が神妙な面持ちで言った。

「今となっては、この討伐が正しい行動だったと断言はできん。我々は、無法者にはどうせ話も通じないだろうからと討伐に臨んだ。だがお主は話し合うことを望んだ。我々もそうすべきだったのだ。そうすればもっと早くに鬼たちの思いを知ることができたかもしれんし、許すことも、許してもらうことも、できたのかもしれん」

「頼光様……」

「桃太郎殿が一寸殿だと知った今、そう呼ばれるのは何だかこそばゆいな。昔と同じように呼んでくれて構わないのだが」

頼光がはにかむ。

「我々は業の深い生き物だ。だから時に間違うこともあるし、罪を犯すこともある。人を恨むこともある。それは避けられないことだ。だが代わりに、我々には償いという行為が用意されている。罪を償うということは、許してもらうということだ。では犯した罪を許してもらうために、どんなことをすれば良いのだろうか。それは自分も誰かを許すことなのではないか？　互いに許し合う、きっとそれが、手を取り合って生きて行くという意味なのだろう。我々はもっと早くにそのことを悟るべきだったのだな」

もっと早くに悟っていればこの結末は回避できた――かもしれない。でもこの結末を迎えたからこそ悟ることができたとも言える。

ともあれ戦いは終わった。もう誰も血を流す必要はない。

「……そうだ。サスケ、きびだんごは？」

「ほいよ」

サスケから巾着袋を受け取る。

桃太郎は頼光にきびだんごの説明をした。

「ほう、そのようなものが。桃太郎殿は何かと不思議なものに縁があるな」

「できればこの場にいる怪我人全員に食べさせたいんだけど……」

さすがに数が足りない。討伐隊か鬼たち、どちらか一方で良ければ足りるが。

桃太郎の様子から言いたいことを察したのか、ふむ、と頼光が頷き、おいお前たち、と討伐隊に呼びかけた。

「すまんが、戦いで少し目を痛めてしまったようだ。各自、負傷の具合を報告してくれ。今の私の目では正しい判断ができん」

死者がいないとは言え、意識を失って倒れている者もいるし、自力では動けないほどの怪我を負っている者もいる。だが頼光の言葉に含まれる意図を読んだのか、返事が可能な者は全員が全員、たいしたことはないと報告した。

「擦り傷ならありますが、こんなの舐めれば治ります」

「俺も今は疲れてへとへとですが、一晩寝ればへっちゃらですぜ」

「私も問題ないです。訓練の時の方がよっぽど体が重かったですよ」

「……だ、そうだ。だから桃太郎殿。我々はそのきびだんごは必要ない」

この状況でそんなことが言えるなんて凄いと感心しつつ、桃太郎は近くにいた鬼に巾着袋を差し出した。

「これ、きびだんごって言うんだけど……食べれば怪我が治るし疲労も回復するから、良かったら……」

「ふん。そんなもの要らぬわ」

一蹴されてしまった。

「今のやり取りを見て素直に施しを受けられるほど、我らは下賤(げせん)ではない。我らのことは気にせず、傷ついた人間どものために使え。同情など必要ない」

「同情って、そんなつもりじゃ……」

他の鬼も反応は一緒だった。皆一様にきびだんごを受け取ることを拒否した。

結局きびだんごは討伐隊に食べさせることになった。

「これは凄いな。痛みが嘘のように引いたぞ」

頼光は元より仲間の肩を借りてやっと立っていた隊員たちも、戦闘を始める前の、シロに連れられて広間に乗り込んで来た時の元気を取り戻した。

「気絶している者たちは……目を覚ますのを待つしかあるまいな。お前たち」

頼光が討伐隊に声を掛ける。

「動けない者を船に運べ。桃太郎殿。彼らの分のきびだんごもいただいて良いかな？」

もちろん、と桃太郎は頷き、袋ごと頼光に手渡した。

「僕たちにはもう必要ないから」

「すまんな」

金太郎と頼光を残し、討伐隊の面々は気を失っている仲間を背負って次々と広間から出て行った。

「さて……我々は都に戻るが、桃太郎殿はどうする？　良かったら我々と一緒に都に来ないかね？」

思えばこの旅は元々、金太郎に会うために都に行くことが目的で始まったものだった。金太郎との再会は果たせたが、都に行くという目的は未だ達成していない。

せっかくだから来いよ、と金太郎が言った。

「さっきも言ったけど、一緒に酒でも酌み交わそうぜ」

誘ってくれるのは素直に嬉しいし是非受けたいところだが、ごめん、と桃太郎は頼光や金太郎の申し出を断った。

「僕は一度お花見村に戻るよ。約束があるんだ」

ぽん太が仲間の狸や和尚、お爺さんやお婆さんを連れて戻って来る。

「お花見村か。オイラもまた行きたいな」

金太郎が頼光の方に向き直る。

「頼光様。オイラも桃太郎と一緒にお花見村に行って良いですか？」

「お前は一度都に戻ってからにしろ。報告もしてもらわねばならんからな」

金太郎のしゅんとした様子を見るのは聞き耳頭巾が欲しいという頼みを断った時以来ではないだろうか。懐かしさに思わず笑みがこぼれた。

「まあ仕方ねえ。オイラも討伐隊の一員だからな」

頼光と金太郎がどちらともなく出口へと向かう。

桃太郎はすぐには彼らの後を追わず、頭領の首を持った鬼に話しかけた。

「これからも、打ち出の小槌を捜すために都に行ったりするの？」

「そうなるな。頭領との約束がある以上、貴様との戦いはもう終わりだが、打ち出の小槌の回収は何としても果たさねばならぬ」

「あのさ……僕が打ち出の小槌を見つけて、持って来るよ。だからそれまで待っててもらえないかな？　できれば、今島の外にいるみんなも」

「貴様が……？　ふん、その言葉を信じろと言うのか？」

桃太郎にとってはもはや鬼は敵対する相手や恐怖の対象ではないが、多くの人にとってはそうではない。金太郎や頼光、討伐隊ならまだしも、それ以外の人が鬼と相対するのは避けた方が良い。

そのためには信じてもらうしかない。桃太郎が回収する代わりに鬼たちにはこの島でおとなしくしてもらうしかない。

「頭領とも約束したんだ。必ず僕が捜し出すって。一応、頭領は納得してくれた」

頭領が、という言葉はやはり効果が高いらしい。不信感を露にしていた鬼も、表情こそ変えなかったものの、良いだろう、と言葉の上では了解してくれた。

「各地にいる同胞たちも引き上げさせよう。ただし貴様が約束を守れなかった時は、我らもおとなしくはしていないぞ」

「肝に銘じておくよ」

桃太郎も広間を後にする。

入って来た時は全員が敵意を向けて来たのに、今はそれがない。恨みを完全に忘れてくれたわけではないだろうが、彼らにとって、頭領という存在がどれだけ大きかったのかが窺える。だからこそ、こんな形でけりをつけることになってしまったのが悔やまれる。頭領は自分の首を取る以外に道はないと言っていたが、他の道もあったのではないか。今の彼らを見ているとそんな風にも思える。

だからというわけではないが、打ち出の小槌は何があっても絶対に持って来る。桃太郎は強く自分に言い聞かせた。

シロたちと共に金太郎たちに追いつき、一緒に洞窟を出る。

洞窟を出てすぐに浦島と乙姫の二人と再会した。

「終わったようじゃのう」

「迷いや疑問は晴れましたか？」

「今、鶴と亀が人の言葉を喋らなかったか？　オイラにもはっきりと聞こえたぞ」

金太郎が驚きながら二人を指差す。

「ああ……えっと、どう説明したら良いのか分からないけど、この鶴は浦島のじいちゃんだよ。お花見村にいた」

何と、と今度は頼光が驚いた。

「あの浦島殿が……何故(なにゆえ)鶴の姿に？」

「源様も来ておられたのですな。わけあって今はこんな姿になっておりますが、お気になさらぬよう」

「左様か。まあ、世の中には不思議な道具もあるものだし、人が動物に姿を変えることもあるのだろう」

打ち出の小槌やきびだんごで慣れたのか、頼光はすぐに受け入れた。

「それでどうだった？　やっぱりここが例の何とか山なの？」

「残念ながら、まだ確証は得られていません」

乙姫が答える。

「今のところ、可能性としては五分五分と言ったところですね。桃様の方は、真実を知ることはできましたか？」

「うん、まあ……何とか」

桃太郎の声に何かを感じたのか、乙姫が首を伸ばす。

桃太郎は、一寸法師としての過去を掻い摘んで乙姫や浦島に聞かせた。

「そうですか……桃様にそんな過去が。でも気に病むことはないと思いますよ。真実がどうあれ、今の桃様が否定されるわけではないのですから」

「そうじゃのう。わしらにとって恩人であることには変わりがないわい」

「……ありがとう」

乙姫や浦島は、頼光が言ったことをずっと前に悟っていたのかもしれない。

「二人はこれからどうするの？　僕はお花見村……じいちゃんと一緒にいたあの村に戻る予定なんだけど、良かったらまたあの村でみんなでお花見しようよ。乙姫様も」

「お花見ですか。素敵ですね。本物の桜はもう何年も見ていません」

乙姫の顔がぱっと輝いた。

「本当はしばらくここに滞在しようと思っていたのですが、せっかくのお誘いですから、わたくしも参加させていただきます」

確認を求めるように乙姫が浦島を見る。特に動きを見せた様子はなかったが、何らかのやり取りは二人の間で行われたらしい。

「わたくしたちは一度竜宮城に戻ってからその村に向かいます。桃様たちはどうするのですか？　もし必要なら、またわたくしたちが本島まで運びますよ」

「そうだね。どうしよう」

金太郎と頼光を見る。

「オイラたちの船に乗ってって良いぞ。ってか、どうせオイラたちもお花見村に行くし、お前さんも一緒に都に来たら良いんじゃねえか？」

「ごめん。僕もお花見村に行く前に、ちょっと寄りたいところがあるから」

「それでも本島までは、我々と一緒に船で行ったら良いだろう」

頼光がそう言い、浦島と乙姫を見た。

「浦島殿と、そちらの……乙姫殿、でよろしいのかな？　良ければお二人も我々と一緒にどうかな？　本島までは距離がある。飛んだり泳いだりするのは大変であろう」

桃太郎たちを運んで来た時も、相当に体力を消費していたに違いない。

「申し出はありがたいが、よろしいのですかな?」

「もちろんだとも」

「ならばお言葉に甘えさせていただこうかのう」

乙姫も同意し、本島までは全員が船に乗って行くことになった。

ぞろぞろと、討伐隊の船が泊まっている入り江に向かって進んで行く。

相変わらず周辺の視界は悪く、島全体が薄暗い雰囲気に包まれている。島の主とも言える頭領の首を取ったところで変化が齎(もたら)されるわけではないらしい。

晴れない霧。

その様子に桃太郎は、今の自分の心境を重ねた。

——迷いや疑問は晴れましたか?

実はまだ、晴れていない疑問が残っている。

# 17　桃太郎の本懐

「寒くないかい？」

「うん……平気」

平気と言いつつ、寒さを凌ぐようにお千代が白湯（さゆ）の入った湯のみを両手で握る。

鬼ヶ島から戻った後、桃太郎はお千代の家に立ち寄り、一緒にお花見村に連れて来た。

お千代にも思い出したことは全て包み隠さずに話した。自分が父親であることも正直に明かした。元々反応の薄い娘ではあるが、お千代に驚いた様子はほとんどなかった。何となく予感があったのかもしれない。

お千代も桃太郎を咎めはしなかった。ただ、桃太郎のことを父とは思えない、自分にとって父親は育ての親である弥平だと、それだけははっきりと告げられた。

仕方ないと思った。だから桃太郎も親子の関係に戻ろうとは言わなかった。

「桜……綺麗。初めて見た。あたしの村にはなかったから」

お千代が窓の外を見て呟く。

「都には咲いていたけど、君が生まれた後、次の春が来る前に僕たちは都を離れてしまったからね……見せてあげられなくて、ごめん」

会話が途切れる。前に一緒にいた時は無言の時間が続いても平気だったのに。

楠の祟りから解放されて以来、体調の方は特に問題ないようだが、さすがにお祭り騒ぎの一端を担えるほどではないので、お千代は家の中から桜を眺めていた。

桃太郎も窓の外を見る。

花見酒と雪見酒。めったに重なり合わない二つの摩擦が生み出す熱のおかげか、お花見村全体が冬の寒さを完全に忘れて盛り上がっている。

最も高温なのは村の中心。ぽん太と仲間の狸たちが輪を作って、いつぞやのように腹鼓を打ち、周りの花見客が喝采(かっさい)を浴びせている。輪の中には和尚もいる。上半身裸になった和尚の姿は見ているだけで凍えそうだが、当の和尚はものともしていない。楽しそうに一緒になって腹を叩いている。

和尚にも自分が一寸法師であることは明かした。都が壊滅したのも自分のせいだと打ち明けた。話を聞いた和尚は笑いながら酒を呷(あお)り、また一緒に飲めて嬉しいと言った。怒っていないのかと桃太郎が訊ねると、死んでいたら怒っていただろうと和尚は答えた。桃太郎と酒を飲むという一番の楽しみをあの世に持ち去るとはけしからんと。

中心から少し外れたところでは頼光や討伐隊が任務を無事に終えた祝賀会と称して酒盛りをしている。更にその横では金太郎がクマと相撲を取っている。最初にクマが登場した時はさすがに村中が目を点にしていたが、金太郎が背中に乗って遊んだり取っ組み合ったりしている様子を見て警戒心が解けたようだった。

金太郎は力強さも酒の強さも父親の血を色濃く受け継いでいる。今も相当量の酒を飲んでいるはずだが、全く様子が変わらずにクマを投げ飛ばしている。

クマ以外の動物もぽん太は連れて来てくれた。動物同士気が合ったのか、今はみんなでサスケが投げる雪玉をシロやおトヨと一緒に避ける遊びに興じている。シロやおトヨはともかく、サスケが他の動物と遊ぶ光景を見られるのは何だか嬉しい。

同じく動物の姿をしている浦島や乙姫は喧騒から離れ、村の外れの方、おちゅんたちの木のそばで静かに活気を見つめている。人の姿に戻らないのかと桃太郎が質問した際、二人は寂しそうに、もう戻ることはないだろうと答えた。

ぽん太は仲間の狸や和尚だけではなく、約束通りにお爺さんとお婆さんも連れて来てくれた。今は討伐隊の近くで桜を眺めながらのんびり酒を飲んでいる。

桃太郎が一寸法師だと知った二人は、深々と頭を下げた。あんなことを言ってすまなかったと。桃太郎は謝罪を素直に受け入れた。

もっとも、元より二人に対して怒りなど感じてはいなかった。二人は一寸法師の時に受けられなかった分の愛情を桃太郎に注いでくれた。怒りを覚えるどころか、感謝しても釣りが来るほどだ。

二人の気持ちも分からないではない。

二人は普通の子供が欲しかっただけなのだ。特別な才能も類稀な能力も必要ない、何一つ秀でたところがなくても良い、極々平凡な子供で良かったのだ。でもようやく子宝に恵まれたと思ったら身の丈一寸から成長しない特異な子供だった。気味悪く思ってしまうのも仕方ない。

二人からは花見が終わったら一緒に村に戻ろうと言われた。だが桃太郎には大事な約束がある。だから帰るのはもう少しだけ待って欲しいと答えた。約束を果たしたら必ず村に戻るからと。

大事な約束――打ち出の小槌を見つけて鬼ヶ島に持ち帰る。花見が終わったらそのための旅が始まる。

でも実は、旅の目的はそれだけではない。

桃太郎は視線を窓からお千代に戻した。

「……何？」

お千代が視線に気づく。

「……あー……っと、その、何だ。もし良かったらだけど、このお花見が終わったら、僕と一緒に旅をしてみないかい？」

「旅？」

「うん。無理にってわけじゃないんだけどね。これから冬も本格化するし、歩いて回るには厳しい季節だからね。ただその……えっと……」

親子には戻れなくてもせっかく再会できたのだからこれからも一緒にいたい。その一言が喉の奥に引っかかって取れなかった。

「……じ、実は君に、会わせたい人がいるんだ」

「会わせたい人？」

「覚えてないと思うけど、君も都にいた頃は、その人に面倒を見てもらってたんだよ。会えるかどうかは分からないんだけどね。今どこにいるか分からないから」

鬼の頭領の娘。頭領の話では、桃太郎を逃がした後、彼女は自ら命を捨てた。

あの話には不審な点がある。

――我らはいかなる理由があろうとも、自ら命を絶つことはせぬ。

頭領が嘘をつく必要はない。だからあの言葉は真実なのだろう。

となれば、頭領の娘は自ら命を絶つことができない。たとえ怨恨と慕情の板挟みに耐えきれなくなったとしてもだ。

頭領は実際に娘の死を確認したわけではない。頭領が確認したのは、娘の行方が分からなくなったことと、神通力による交信ができなくなったことだけ。

娘が桃太郎を都から逃がしてくれた時、彼女は言っていた。

――わたくしたちには神通力という不思議な力があり、それゆえに、ある程度なら離れていても互いの考えていることが分かるのです。

ある程度なら――つまり交信可能な距離は無限ではない。

彼女はまだ生きているかもしれない。頭領と交信できないほど遠く離れた地で、今もひっそりと暮らしているかもしれない。

もしそうであれば、見つけ出したい。

だから――

「君が嫌じゃなければ、僕と一緒に、その人を捜しに行かないか？」

彼女が生きているかもしれないと思った時に、何となくだが、打ち出の小槌の行方も彼女なら分かるのではないかと思った。もしそうなら、彼女に会えれば残りの疑問が一片の曇りもなく晴れるはず。

「あれは……どこ？」

お千代が発した言葉は桃太郎の提案に対する可否ではなかった。

「あれ？」

「そう。あれ」

「……ああ、あれか」

桃太郎は巾着袋から一本の針を取り出した。

「紐が切れちゃってね」

元は桃太郎の持ち物だった、お千代からもらったお久の形見。

桃太郎とお久、お千代の絆を縫い止める唯一の品。

「これのおかげで助かったよ。本当にお守りになってくれた」

この針が隙を作ってくれなかったら今頃どうなっていたことか。おそらくだが、もし桃太郎が首を取らせるに値しない男だと判断したら、頭領は迷わず桃太郎の命を奪っていただろう。あの世で娘に詫びろと言った時の頭領は、本気だったと思う。

お千代はしばらく針を見つめていたが、やがてぽつりと蚊が鳴くような声で、良いよ、と呟いた。

「一緒に行く」

「ほ、本当かい？」

「あたしも、一緒に……いたい、から」

「……ありがとう」

桃太郎の本音など最初から見抜かれていたらしい。

「でも迷惑掛けちゃうかも。体力ないから」

「大丈夫だよ。急ぎの旅じゃないんだ。無理せずゆっくり行こう」

お久の分まで、一緒の時間を過ごして行こう。

「……うん」

お千代と二人で再び窓の外に視線を向ける。

窓から一対の雪と桜が同時に入って来た。

ぼうっと眺めながら改めて思う。

たとえ親子の関係に戻れなかったとしても、一緒にはいられるのだ。

めったに出会えない者同士でも寄り添える。世界はそれを許してくれるから。

この雪と桜のように——。

# あとがき

昔々あるところに、一つのでっかい大陸がありました。パンゲアと名づけられたその超大陸は長い長い年月をかけて少しずつ分裂し、アメリカ大陸やオーストラリア大陸、南極大陸などを生み出しました。人類が誕生するはるか以前のお話です。

拙作を手に取っていただきありがとうございます。本作は多くの人が一度は目にしたことがあるであろう日本の昔話をいくつかつなぎ合わせて一つの物語にしたものです。

僕はパンゲア大陸のように、今はバラバラだけど実は元々一つのものだった、という考え方が好きです。物語でも、散り散りになっていた伏線がクライマックスで一気に収束するような展開には、ジグソーパズルが一瞬で完成するような爽快感を覚えます。

桃太郎や浦島太郎のような昔話は、認知度は相当高いと思うのですが、子供の頃に読んだことはあっても、大人になってから読み返した人はそんなに多くないのではないでしょうか。僕もそうでした。

でも改めて触れてみると、昔話はなかなか奥が深いです。同じ昔話でも内容の異なるものがあったり、子供の頃には知らなかった新発見も意外とある。そもそも子供向けの昔話は、内容がまろやかになっていたり省かれていたりすることがよくあります。実際には残酷な内容だから子供には刺激が強すぎるという理由で削られていたりする。

桃太郎も、桃から生まれるのがよく知られている内容ですが、桃を食べて若返った老夫婦の間に普通に生まれたという場合もあります。別に残酷な内容ではないし、夫婦がどんな風に夜を営んだか詳細に書かれているわけではないにしても、どう表現したところで子供に読み聞かせにくいことには変わりがないですから、それなら桃から生まれたりコウノトリが運んで来る方が都合が良いのでしょう。おとぎ話というのは得てしてそんなものみたいです。グリム童話にもそんな一面があります。

場所や時代がはっきりしないのも昔話では珍しくない気がします。桃太郎と老夫婦がいつどこに住んでいたのか、子供向けの本でそれが具体的に記述されているものはおそらくないでしょう。たいてい「昔々あるところに」くらいしか書かれていない。

子供に読み聞かせる上で、場所や時代の情報はなくても支障がないということなのかもしれませんが、調べてみると、多くの昔話には場所や時代の設定がちゃんと存在します。でも一つとは限らない。桃太郎の場合も、全国各地にここが舞台だという説がある。

反対に、昔話特有の場所や地名が出てくる場合も少なくありません。桃太郎に出てくる鬼ヶ島や浦島太郎に出てくる竜宮城などがそれに当たります。

この鬼ヶ島や竜宮城、内容によっては桃太郎や浦島太郎以外の昔話にも出てくるのをご存知でしょうか？

僕が本作を書こうと思った最初のきっかけがそれでした。

固有の地名が複数の昔話に出てきたり設定に共通する部分がいくつもあるのなら、全ての昔話を一つの大きな物語として捉えることもできるのではないか。話の内容が違っていたり舞台とされる場所が各地にあるのも、元々一つの物語だったものがパンゲア大陸みたいに長い時間をかけて分裂し、その過程で様々な内容に派生したからではないか。そういう考えもありだと思ったのです。

ついでに言うと、僕は別々の作品のキャラクター同士が出会う展開も好きです。クロスオーバーという言い方をすることもありますが、本来なら出会わないはずの人物が出会うだけでもワクワクが止まりません。学生の頃はその手のゲームに結構はまっていました。「少年ジャンプ」の漫画の主人公たちが力を合わせて戦ったり、いろんなロボットアニメのキャラクターが一堂に会して地球を救ったり。ガンダムとエヴァンゲリオンが肩を並べて戦うなんて、その設定だけでお腹いっぱいです。

本作も言うなれば昔話のクロスオーバーです。本当は全部の昔話を一つにまとめられたら理想的だったのですが、昔話は数がとても多いです。全部詰め込んだらレンガ本どころか百科事典みたいになってしまうので、今回は代表的なものを十数個混ぜてつないでこねくり回しました。

でも機会に恵まれれば他の昔話もつなぎ合わせてみたいですね。今のところ予定はないですが、もし実現される日が来たら、その時にはまた気に留めてもらえたら幸いです。

ではいずれまた、どこかの拙作でお会いできる日を楽しみにしています。

手に取って下さった皆さんを始め、この本を通してつながることができた全ての人に感謝を込めて。

橘花　紅月

著者プロフィール
**橘花 紅月**（きつか あかつき）
1982年生まれ。長野県出身。現在も長野県在住。
国立長野工業高等専門学校を卒業後、電気通信大学に編入。
現在はITベンチャー企業の取締役兼システムエンジニア。

**混昔物語** ～日本昔話奇譚～

2017年5月15日　初版第1刷発行

著　者　橘花 紅月
発行者　瓜谷 綱延
発行所　株式会社文芸社
〒160-0022　東京都新宿区新宿1－10－1
電話　03-5369-3060（代表）
03-5369-2299（販売）

印刷所　株式会社フクイン


ISBN978-4-286-18159-2